HOFFNUNGS Leuchten

ELLA & LEANDER

BOOKAPI
VERLAG

Bibliografische Information der Deutschen Nationalbibliothek: Die Deutsche Nationalbibliothek verzeichnet diese Publikation in der Deutschen Nationalbibliografie; detaillierte bibliografische Daten sind im Internet über http://dnb.dnb.de abrufbar.

1.Auflage

Theodor-Heuss-Str. 5, 89340 Leipheim

Coverdesign: Nina Hirschlehner
Lektorat & Korrektorat: Nina Hirschlehner
Layout & Satz: Stefanie Scheurich,
Bildmaterial: freepik.com

Druck: booksfactory
ISBN: 978-3-9824015-6-0

@bookapi.verlag

Für Dich!
Du bist genug!
Immer!

1

Leander

Ich konnte nicht fassen, was er mir gerade an den Kopf geworfen hatte, und stürmte aus seinem lächerlich dekadenten Büro. Warum tat er es immer wieder? Mir dieses Gefühl zu vermitteln, ich wäre ihm unterlegen.

»Eines Tages wirst du mir dafür danken, du wirst schon sehen«, waren die Worte, die ich noch hörte, als ich aus seinem Büro stolperte.

»Träum weiter«, äffte ich in Gedanken zurück. Warum, verdammt, ließ sich die schwere Bürotüre nicht zuknallen?

»Leander! Du kommst sofort zurück«, hämmerten seine Worte in meinen Ohren durch den Flur der Firma und bewirkten diesen ekligen Tinnitus, der seit Tagen wie ein kleiner Teufel in meinem Ohr saß.

Warum hatte ich mir das angetan? Mich wiederholt auf eine Diskussion mit ihm eingelassen? Eine, die ich

niemals würde gewinnen können. Lieber würde er tot umfallen, als mir nur einmal, ein einziges verdammtes Mal in seinem Leben recht zu geben.

Mein Kopf hatte auf Autopilot geschaltet, als ich die vielen Stufen in Richtung Tiefgarage hinunter hastete. Nichts wie raus hier. Raus aus dieser Enge und diesem Spießbürgertum. Aus unzählbaren Vorschriften und Zwängen. Die dort wie verstaubte Ordner in Regalen standen, um einem dann im falschen Moment vor die Füße zu fallen und mit dem Finger auf einen zu zeigen. War es eine gute Idee, mit dieser Wut ins Auto zu steigen? Wenn man davon ausging, dass Wut am Steuer vergleichbar mit Alkohol zu unbedachten Reaktionen führt, wer würde die Frage dann mit »Ja« beantworten? Trotzdem öffnete ich die Tür und ließ mich schwer auf den Ledersitz fallen. Mein Puls raste bis zum Anschlag. Das Gefühl, keine Luft mehr zu bekommen, wurde übermächtig und ich öffnete hektisch den obersten Knopf meines Hemdes. In meinen Ohren rauschte das Blut wie ein Fluss nach sintflutartigem Regenfall.

Diese endlosen lächerlichen Diskussionen mit ihm. Dass ich sie hasste, war noch untertrieben. Sie liefen immer auf das Gleiche hinaus. »Leander mach dies. Leander du musst das …« Immer und immer wieder. Bis ich innerlich kotzte.

Wütend hämmerte ich auf das Lenkrad meines absurd teuren Sportwagens ein. Startete, öffnete das Dach und stieg aufs Gas. Der Motor röhrte und ließ meinen ganzen Körper vibrieren. Geübt ignorierte ich den nervigen Ton, der mir sagte, dass ich mich anschnallen sollte. Wut, die wild in meinen Adern pulsierte, riss mich mit und ich drückte aufs Gas, während die Musik von Linkin Park aus den noblen Boxen wummerte.

Der Streit mit meinem Vater hatte meinen Verstand vernebelt. Wirre Gedanken drehten in meinem Kopf wilde Loopings, als ich mit überhöhter Geschwindigkeit durch Hamburg bretterte. Ich wollte weg. Einfach nur weg. Aus diesen Verpflichtungen. Aus der Enge, die mir immer mehr die Luft zum Atmen nahm. Und vor allem dem Einfluss meines Vaters. Wiederholt fragte ich mich, warum ich nicht früher die Eier gehabt hatte, ihm zu widersprechen. Doch was er sagte, war Gesetz. Oder eher: *Er* war das Gesetz! So dachte er zumindest. Und so behandelte er mich. Es gab keine andere Option. Das hatte ich schon mit der Muttermilch aufgesogen. Nicht bei meinem Vater und dessen Vater und …

Es war der rote Faden im Winterfeldt-Clan, der sich durch alle Generationen zog. Der, dass man sich zu fügen hatte. Um nach Möglichkeit zu nicken und im Strom mitzuschwimmen. Und ich? Ich war so verdammt gut im Schwimmen. Ich hatte es über die Jahre perfektioniert. Zudem hatte ich das große Los gezogen. Den Jackpot. Weil ich der Älteste von zwei Söhnen war. Sagte das nicht schon alles? Auf mir ruhten die

Blicke und unausgesprochenen Erwartungen der ganzen Winterfeldt-Immobilien-Sippschaft. Vermutlich mit meinem ersten Herzschlag hatte mein Vater beschlossen, dass ich die Firma eines Tages übernehmen sollte. Ob er sich manchmal selbst zuhörte?

»Eines Tages … Das glaubst du ihm doch nicht wirklich?«, höhnten mir meine Gedanken durch den Kopf, um sich zu einem wirren Knäuel zu formen und mich dann auszulachen. Weil ich genau wusste, dass er nie Wort halten würde. Denn er würde niemals das Zepter aus der Hand geben. Er musste immer und zu jederzeit die Kontrolle behalten. Trotz allem hatte ich das Spiel jeden verdammten Tag mitgespielt. Hatte das Büro-Bullshit-Bingo perfektioniert. Angepasst hatte ich meinen Platz eingenommen, in der abgestandenen Luft zwischen den vermeintlich Schönen und Reichen. Nebenbei hatte ich die Privilegien genossen, die ich dadurch hatte. Lächerlich schnelle, teure Autos, mein Penthouse, Partys und unverbindlichen Sex. Oh ja! Partys waren meine Spielwiese in diesem Anzugseinheitsgrau. Ablenkung von Bürostuhlquietschen und Betongeflüster. Beim Feiern versuchte ich all dem Trott zu entfliehen, und der Sex ließ mich wenigstens für kurze Zeit vergessen, wie erbärmlich mein Leben sich anfühlte. Die Namen der Ladys, mit denen ich eine schnelle Nummer schob, waren so austauschbar, wie sich ihre perfekte Fassade unter dicken Schichten von Make-up ähnelte.

Im Moment befand ich mich in einem Zustand, den man als normaler Mensch vermutlich als Beziehung bezeichnen würde. Doch normal kam ich mir schon lange nicht mehr vor. In meinem Inneren herrschte so etwas wie tiefster Winter. Und wie ich in diese Beziehung geraten war, war mir selbst nicht mehr klar. Vermutlich war zu viel Alkohol im Spiel gewesen.

Warum löste ich diese Verbindung nicht auf? Es war meiner Bequemlichkeit zuzuschreiben. Und mir schlichtweg egal. Mein Leben lief sowieso nicht in die Richtung, die ich mir wünschte. Da konnte ich die Leck-mich-am-Arsch-Haltung doch auch gleich weiter beibehalten. Und Romy? Sie war schön und perfekt. Zumindest nach außen. Und definitiv nicht wegen ihres wundervollen Charakters an meiner Seite. Ihr getünchtes Äußeres hatte einen sehr explosiven Kern. Sie war die Smalltalk-Königin und aus Champagnerflöten trinkend dauerlächelnd. Und wir zusammen waren seit ein paar Wochen das, was manche Menschen als Paar bezeichneten. In mir wehrte sich alles gegen diese Betitelung. Ich ließ mich nicht gerne einengen. Zumindest nicht auch noch in diesem Bereich meines Lebens. Romy arbeitete hart an unserem Traumpaar-Image. Die Fotos von uns in ihrem Instagram-Account waren bezeichnet mit #love und #couplegoals. Mich überkam jedes Mal dieses drückende Gefühl der Enge, das aus meinem Bauch in meinen Brustkorb schlich

und mir dort die Luft zum Atmen nahm, wenn ich ihren Feed anschaute.

Es reichte doch, dass mein Vater diesen Part großzügig erledigte. Dieses nach außen mehr darstellen, als man in Wirklichkeit war. Vorzeigesohn hieß das, was ich sein sollte. Blender war, was ich von mir dachte.

Verdammt, konnte der Idiot vor mir nicht schneller fahren?

Womit ich wieder beim Stichwort war. Schneller. Die letzten Jahre waren an mir vorbeigerauscht. Atemlos und ohne viel nachzudenken. Es gab zu wenig Raum, um mich zu hinterfragen. Bis heute das Fass übergelaufen war. Ich hatte nur noch auf Autopilot funktioniert. Ich war ein funktionierendes Zahnrad im Getriebe, das nur deshalb weiterläuft, weil es muss. Weil es das schon immer so gemacht hat. Ich war ein Hamster im Rad. Ich rannte. Rannte und kam nie an. Schneller, immer schneller. Bis jetzt. Doch der Streit mit meinem Vater hatte etwas ins Rollen gebracht. Ein Stein aus Zweifeln und Fragen hatte sich in meinem Inneren gelöst und ich hatte die leise Ahnung, dass er eine Lawine auslösen könnte. Ich wusste nur noch nicht genau, was das bedeutete.

Der Klingelton meines Handys riss mich aus meinen Gedanken, die in meinem Kopf Achterbahn fuhren. Der Name meines Vaters erschien auf dem Display meines Cockpits. Mein Vater, mit dem ganz speziellen Gang. Dieses Bild hatte sich über die Jahre in meiner

Erinnerung eingebrannt. Ich konnte ihn in meiner Vorstellung mit dem Telefon am Ohr in seinem Büro auf- und abgehen sehen. Die Schultern gestrafft, die Nasenspitze nach oben tragend, den Wohlstandsbauch im Hohlkreuz vor sich her schiebend.

»Was willst du denn noch? Warst du noch nicht fertig mit deiner Moralpredigt?«, nölte ich ins Telefon, nachdem ich widerwillig abgenommen hatte.

»Leander.« Die Stimme meines Vaters klang eisig. »Wie redest du mit mir? Hast du völlig den Verstand verloren, mitten im Gespräch abzuhauen?«

»Gespräch nennst du das? Echt jetzt? Für mich war es eher ein Monolog.« Ich hatte Mühe, meine Fassung zu wahren. Ich klammerte mich mit meinen Händen am Lenkrad fest, als wäre es ein untergehendes Schiff und ich kurz vor dem Ertrinken.

»Was für einen Blödsinn redest du denn da? Wie dem auch sei, du hast Verantwortung zu tragen. Und dieser musst du verdammt nochmal in deinem Posten gerecht werden. Alles, was ich die letzten Wochen bei dir beobachtet habe, ist egoistisches, rücksichtsloses Verhalten. Du schadest dem Ruf meiner Firma. Entweder du reißt dich ab jetzt zusammen, benimmst dich wie ein richtiger Winterfeldt und machst, was ich dir sage, oder …«

»Oder was?«, fiel ich ihm ins Wort.

»Oder du bist als Geschäftsführer entlassen. Deine

Frauengeschichten und Saufeskapaden haben genug Schaden angerichtet.«

War das sein verdammter Ernst?

»Oh? Das tut mir leid. Danke, Dad. Vielen Dank auch. Hast du für einen Moment nachgedacht, warum das so sein könnte? Nein?« Meine Stimme triefte vor Spott und ich war an der Schwelle zum Ausrasten. »Danke für Nichts, Dad. Ich kann doch in deinen Augen absolut nichts richtig machen. NICHTS, verdammte Scheiße! Es reicht nie! Also lass ich es am Besten doch gleich bleiben! Da spare ich mir jede Menge Energie! Und du lässt mich jetzt verdammt nochmal in Ruhe! Ende der Durchsage!«

Ich drückte auf Auflegen und schrie vor Wut gegen die Windschutzscheibe. Mich beschlich immer mehr das fiese Gefühl, im falschen Film die Hauptrolle zu spielen. In den letzten Wochen hatte sich langsam, fast unscheinbar etwas verändert. Nach und nach merkte ich, wie meine mühsam errichtete Fassade aus funktionieren, ohne nachzudenken, am Abbröckeln war. Wie ich die Gefühle nicht weiter unterdrücken konnte, die sich in mir angestaut hatten. Das dumme Spiel meines Vaters nach noch mehr Besitz und Geld nicht mehr mitspielen wollte. Als ob er nicht schon genug hatte. Es reichte nicht. Nie. Er war wie besessen von der Gier. Sollte er doch seinen platt gesessenen Bürostuhl-Hintern mit den Scheinen polstern.

Wenn ich abends im Bett lag, wurden die Stimmen in meinem Kopf laut. Weil sie tagsüber kein Gehör fanden. Sie lieferten sich diese Streitgespräche in Endlosschleife in meinem Hirn und machten mich mürbe. Diese unterdrückte Stimme in mir, die die endlos langweiligen, oberflächlichen Gespräche hasste, die ich auf zahlreichen Events und Partys der Firma und Geschäftsessen führen musste.

Genauso wie diese von Arroganz geschwängerte Luft, die um all diese Menschen waberte. Die, je höher man stieg, immer dünner wurde.

Die andere Stimme wollte mich davon überzeugen, dass alles nach Plan lief und ich eines Tages den Platz meines Vaters einnehmen würde. Dass ich ohne das Geld und Ansehen eine Null war und nicht existieren konnte. Diese Stimme, die mich jahrelang im Glauben gelassen hatte, dass ich es weit nach oben schaffen würde. Und meine Probleme sich alle in Luft auflösen würden. Die, die mir immer wieder ins Ohr säuselte und Honig ums Maul schmierte, um mich dann in meinen schwachen Momenten wie ein abgenutztes Wäschestück fallen zu lassen. Ich war an einem Punkt, an dem ich ihr nicht mehr glauben wollte. Nicht glauben konnte.

In einem hatte sie allerdings recht. Was hatte ich schon vorzuweisen, außer als ein Winterfeldt geboren zu sein? Mein Studium? Wow, ich war so stolz auf

mich, wieder einmal mehr das getan zu haben, was mein Vater von mir erwartete. Und nicht das, was ich wirklich wollte. *Applaus, Winterfeldt.* Und verdammt, ja, der plattgedrückte Büroarsch hatte teilweise recht mit seinen Anschuldigungen.

Schon lange hatte ich die Kontrolle über mein Leben verloren. Mir das jedoch nie eingestehen wollen. Den Frust und die Leere hatte ich wieder und wieder erfolgreich mit Alkohol heruntergespült. Es war nicht so, dass ich ohne Alkohol nicht existieren konnte. Und genau das klang wie die typische Ausrede eines Süchtigen. Wem machte ich hier etwas vor? Ich war ja nicht permanent betrunken. Trotzdem war es so, dass einige Promille im Blut mich vergessen ließen. Mich hin und wieder aus meinem selbsterwählten Gefängnis ausbrechen ließen.

Entschieden drückte ich noch mehr aufs Gas. Ich wollte mich endlich wieder spüren. Gefangen im Geschwindigkeitsrausch sah ich, wie erneut das Display aufleuchtete. Dad.

»Was willst du denn noch?«, schrie ich, ignorierte jedoch das Klingeln. Der Idiot konnte mich mal.

Während ich kurz mit der Hand Richtung Cockpit greifen wollte, um das Bild meines Vaters wegzudrücken, konnte ich gerade noch erkennen, wie ein Auto aus der Seitenstraße bog und mir die Vorfahrt nahm. Im Versuch, das Lenkrad herumzureißen, kam mein

Wagen ins Schlingern. Dann lief alles ab wie im Film. Und ich war Zuschauer meines eigenen Dramas, in der ersten Reihe. Sequenzen, die surreal vor meinen Augen abliefen. In Zeitlupe und doch gleichzeitig ganz schnell. Ich spürte einen Aufprall an meiner Beifahrertür. Er erschütterte das gesamte Auto. Der Airbag platzte auf. Etwas Hartes schob sich gegen meinen Körper. Katapultierte mich aus meinem Sitz. Im nächsten Moment wurde ich in die Luft geschleudert. Drehte mich einige Male um mich selbst. Sah in Sekundenbruchteilen abwechselnd verschiedene Szenarien. Himmel. Asphalt. Blau. Grau. Bis ich auf genau diesem Grau aufprallte. Hart, erbarmungslos und kalt. Dann wurde es dunkel.

Weit entfernt hörte ich Verkehrslärm. Gedämpfte Geräusche. Hupen. Pochen. Schmerzen, Stimmen … Ich schmeckte Beton und Blut. Mir war speiübel. Alles war verschwommen. Wie hinter dichtem Nebel. Wo um alles in der Welt war ich?

Was war passiert? Wo …?

Ich öffnete die Augen, als ich das Bewusstsein wieder einigermaßen erlangte. Mein Schädel dröhnte, mein Körper schrie vor Schmerz, als mich jemand vorsichtig berührte. Ich lag in einer warmen Pfütze. Als meine Lider gerade wieder zufallen wollten, erkannte ich unscharf ein Gesicht, welches sich über mich beugte. Plötzlich waren da Augen, die mich beruhigend anschauten. Die grünsten Augen, die ich je gesehen hatte.

Da waren weiche Hände, die mich berührten und meinen Kopf hielten und eine warme Stimme, die sagte: »Halten Sie durch, Hilfe ist unterwegs.«

Dann ging in meinem Kopf erneut das Licht aus.

2

Ella

5 Minuten zuvor

Ich stand an der der Theke, meine braunen Haare locker zu einem Messy-Bun hochgesteckt und war dabei, einen Cupcake auf einen Teller zu legen. Das Café war gut gefüllt. Stimmengewirr vermischte sich mit leiser Musik und erfüllte die Atmosphäre. Wie ich es liebte, hier zu sein. Zwischen all den Menschen, die auf den alten, zum Teil abgewetzten Sesseln und Stühlen saßen. An Tischen aus Holz, die so alt waren, dass sie Geschichten erzählten. Von Menschen, die an ihnen gegessen hatten. Geredet, gelacht, gestritten hatten. Über die Jahre hatte ich die Einrichtung des Cafés aus verschiedensten Orten zusammengetragen. Schon lange, bevor ich wusste, dass ich das Café eröffnen würde.

Sammelleidenschaft nannte Oma das. Verrückt nannte Opa es. Gut, dass sie einen großen Keller hatten, in dem die Möbel über die Jahre untergestellt werden konnten.

An den Backsteinwänden hingen verschieden gerahmte und verschnörkelte Spiegelformen, die ich zwischen Bildern und alten Buchseiten angeordnet hatte. Das Licht der Lampen, die von den Decken hingen, spiegelte sich darin. Dieses Café war mein zweites Zuhause und es war, als würde man eine andere Welt betreten, sobald man einen Fuß über die Türschwelle setzte. Das hier war mein ganz eigenes Wohlfühluniversum, in dem die Welt in Ordnung war.

Lächelnd strich ich über den Tresen mit den vielen Gebrauchsspuren. Das alte Holz mit den unzähligen Kerben hinterließ ein wohliges Gefühl in mir. Tief atmete ich den Duft von frischen Kaffeebohnen ein und machte mich daran, die Bestellungen zu bearbeiten. Die hungrigen Studenten, die das Café bevölkerten, zeigten an, dass Mittagszeit war, und an den Tischen saßen zahlreich Gäste.

»Ella, ich brauch zwei Espresso«, riss Amy mich aus meinen Gedanken. Meine beste Freundin, seit ich meinen Namen in geraden Linien schreiben konnte. Meine rechte Hand in »Ellas-Welt«.

Ich hatte das Café vor gut einem Jahr eröffnet. Amy und ich hatten es gemeinsam zum Leben erweckt. Diesen Traum hatten wir gesponnen, als wir noch mit Zahnlücken Sprüche in Freundebücher geschrieben hatten. Und nun, viele Jahre später, hatten wir es geschafft, diesem Traum Leben einzuhauchen.

»Weißt du, Ella, ich hab sie alle durch. Alle Dating-Apps dieser Welt, vermute ich. Und jetzt schau mich an, ich bin immer noch single.«

Ich versuchte mich auf Toms Monolog zu konzentrieren, der mindestens einmal die Woche, wie so manch anderer Gast, bei mir am Tresen saß. Dem ich neben Café zubereiten und bedienen zuhörte. Wiederholt bekam ich lustig-tragische Dating-Geschichten serviert. Und ja, er tat mir leid.

»Hast du nicht vielleicht ein paar Freunde, die dich verkuppeln könnten?« Ich war großartig, anderen auf diesem Gebiet Ratschläge zu erteilen. Solange es mich nicht betraf, war alles okay.

»Willst du wissen, warum ich jede Woche hier bei dir am Tresen sitze?« *Huch, was wurde das jetzt?* »Weil ich mich entspanne, sobald ich einen Fuß über diese Türschwelle setze. Ohne Scheiß.«

Ich lächelte zufrieden.

»Danke«, sagte ich und schob ihm einen Café Americano vor die Nase. »Geht aufs Haus. Hoffentlich hilft es gegen deinen Dating-Frust.«

Mein Zwinkern quittierte er mit einem schiefen Lächeln.

»Omsi, kannst du bitte die Tagessuppe an Tisch sieben bringen?«, rief ich über meine Schulter in Richtung Küche.

Omsi war mein Kosename für Oma. Bei ihr und Opa war ich aufgewachsen. Sie war 76 Jahre alt, was sie nicht davon abhielt, uns auszuhelfen, wenn Not an der Frau war. Dann stellte sie sich ins Café und zeigte, dass man nie zu alt für was auch immer war.

Ich zuckte zusammen, als draußen ein blecherner Knall ertönte. Wie wenn eine Autopresse ein Fahrzeug zusammenfaltet, und das innerhalb Sekunden. Das Glas der Fensterscheiben vibrierte leicht.

Amy, die neben mir stand, zog erschrocken die Schultern hoch. Hektisch lief sie zum Schaufenster, an dem die ersten Gäste schon aufgeregt ihre Köpfe in Richtung Straße streckten.

Oma kam verwundert aus der Küche. »Was war das denn?«

Ich stellte mich irritiert auf die Zehenspitzen, um besser sehen zu können, was unmittelbar vor der Tür des Cafés passiert war.

»Ach du Scheiße!«, rief Amy schrill. Sie rannte Richtung Tresen zum Telefon. »Ich rufe einen Notarzt.« Die Panik in ihrer Stimme ließ meinen Puls schlagartig in die Höhe schnellen. Und dann funktionierte ich auf Autopilot.

Erschrocken ließ ich den Siebträger der Kaffeemaschine fallen, das Kaffeepulver flog in alle Richtungen und ich rannte zur Tür. Zwei total verbeulte Autos, die ineinander verknotet zu sein schienen, hatten sich quer auf die Straße geschoben. Eines davon musste ein Cabrio gewesen sein. Ein Mann lag auf der Straße, der von jeder Menge Blut umgeben war. Blut! Hilfe! Ich konnte doch kein Blut sehen, hatte aber keine Zeit, diesen Gedanken zu Ende zu denken. Der andere Mann saß noch im Auto und wurde von Passanten herausgezogen.

»Scheiße! Scheiße! Scheiße!« Die Worte sprudelten panisch aus meinem Mund, während ich auf die Straße rannte. Warum verdammt war mein Erste-Hilfe-Kurs gefühlte hundert Jahre her? Es gab keine Zeit zum Nachdenken, ich musste funktionieren. Sofort. Ich kniete mich neben den verletzten Mann und umfasste vorsichtig sein Gesicht mit meinen Händen. »Können Sie mich hören?«, redete ich auf ihn ein und er öffnete langsam seine Augen.

Er versuchte, etwas zu sagen, doch die Worte erstarben in seinem Mund, ehe er sie aussprechen konnte. Während ich ihm in die Augen schaute und versicherte, dass Hilfe unterwegs war, klammerte ich mich krampfhaft an die Reste meines kläglichen Wissens. Ich nahm das verdrehte Bein des Mannes wahr und mir wurde schlecht. Beruhigend redete ich weiter auf ihn ein. Bis mich kurz darauf das erlösende Geräusch des Rettungswagens aus meiner Panik riss.

Dann lief alles ab wie im Film. Sanitäter, die herumrannten und erste Hilfe leisteten. Ein Notarzt, der eine Infusion legte, ein Druckverband, der angelegt wurde. Eine Bahre, die in den Krankenwagen geschoben wur-

de, die Tür des Krankenwagens, die mit einem »Rums« geschlossen wurde.

Plötzlich klang alles dumpf in meinen Ohren. Die Stimmen und Geräusche hörte ich nur noch weit entfernt. Ich nahm ein Piepsen wahr und sämtliche Geräusche wirkten mit einem Mal wie in Watte gepackt. Mir wurde schwindelig und ich wollte mich setzen.

»Geht es Ihnen gut?«, hörte ich entfernt, wie unter Wasser, einen Sanitäter sagen.

Was passierte hier?

»Ich … ich … muss mich setzen. Mir ist so schlecht.« Die Worte fielen wie von allein aus meinem Mund. Ich war nicht mehr fähig, klar zu denken. Auf einmal wurde mir schwarz vor Augen und ich spürte zwei kräftige Hände nach mir greifen.

Dann riss die Erinnerung ab wie ein Faden und ich fiel in ein dunkles Loch.

Als ich meine Augen öffnete, lag ich im Büro des Cafés und blickte auf zwei Beine, die in die Luft gehoben wurden. Meine Beine?

Drei Augenpaare sahen mich besorgt an und in meinem Kopf begann es zu rattern, bis ich wieder in der Realität ankam.

Oma streckte mir ein Glas Cola entgegen. »Hier, trink. Du bist weiß wie eine Wand.«

Ein Sanitäter überprüfte meinen Puls und Blutdruck

und erklärte mir, dass ich am Unfallort zusammengeklappt wäre.

»Oh, verdammt«, sagte ich schwach. »Geht es den Verletzten gut?«

Ich erinnerte mich an den Mann, der aus dem Cabrio geschleudert worden war. Sofort krampfte sich mein Magen wieder zusammen.

»Es ist alles gut, sie sind versorgt und auf dem Weg ins Krankenhaus«, beruhigte mich der Sanitäter.

»Wird … wird er durchkommen?«, hörte ich mich leise fragen.

»Es sieht gut aus. Er hat Glück gehabt. Trotz allem. Auch deswegen, weil Sie sofort den Notarzt gerufen haben.«

»Das ist gut.« Ich atmete erleichtert aus. »Zum Glück haben wir so was nicht jeden Tag vor dem Café«, sagte ich erschöpft an Amy und Oma gewandt. »Das brauche ich echt so schnell nicht wieder.«

Ich lächelte schwach und Oma und Amy nickten nur mit ernsten Gesichtern.

3

Leander

Als ich meine Augen öffnete, fand ich mich in einem Raum wieder, den ich nie zuvor gesehen hatte. Mein verschwommener Blick richtete sich auf sterile, hellblaue Schränke und in den tiefen meiner Erinnerung suchte ich nach einer Erklärung, weshalb ich hier lag.

Wo war ich? War ich auf einer Party gewesen? Hatte ich einen Filmriss gehabt? Warum lag ich in einem fremden Bett? Der Himmel konnte es nicht sein, da war ich mir fast sicher angesichts der hässlichen Schränke und ungemütlich kratzenden Bettwäsche. Mein Kopf schmerzte und meine Kehle brannte. Ich wollte mich bewegen, doch die Kabel, die überall an mir hingen, hinderten mich daran.

Kabel?

Auf einmal pumpte sich ein Gerät an meinem Arm auf, welches ein surrendes Geräusch von sich gab. Was zum Henker lief hier für ein Film? Ich fühlte mich wie nach einem Boxkampf mit K.o. und hatte bis gerade noch wirres Zeug geträumt. Mein Zeigefinger war in einer Klemme eingezwängt und ich fing an zu husten.

Das durchdringende Piepen eines Alarms ging los. Kurz darauf wehte eine Frau ins Zimmer, die mich besorgt anblickte. Warum verdammt konnte ich mich nicht erinnern?

Mein verwirrter Blick musste Bände gesprochen haben, denn ihre Sätze kamen betont langsam aus ihrem Mund. Als wäre ich ein kleines Kind. Oder schwer von Begriff. Oder beides.

»Sie hatten einen Unfall vor ein paar Tagen und wurden schwer verletzt hierhergebracht. Sie liegen auf der Intensivstation im Marienkrankenhaus«, hörte ich sie monoton sagen und identifizierte sie als Krankenschwester oder Ärztin. Sie checkte alle Monitore und überprüfte meine Vitalfunktionen, um kurz darauf den Raum wieder zu verlassen.

In meinem Kopf suchte ich nach Informationen zu meinem Unfall und die Erinnerung kam schemenhaft zurück. Erinnerungsfetzen an den Streit mit meinem Vater tauchten auf. All die hässlichen Dinge, an die ich mich nicht erinnern wollte.

Im selben Moment ging die Tür auf und als ich erkannte, wer es war, verließ ein tiefes Seufzen meine Kehle. Mein Vater, der einen grünen Umhang trug,

rauschte herein. Er bot einen absolut merkwürdigen, lächerlichen Anblick. Die buschigen Augenbrauen quollen unter einer Haube, die er über der Glatze trug, hervor. Meine Tasche mit meinen persönlichen Sachen stellte er auf einem Stuhl ab, was bedeutete, dass er in meiner Wohnung gewesen war. Wie ich das hasste. Warum ausgerechnet er? Ich konnte es nicht ausstehen, wenn er in meinen privaten Dingen herumwühlte, vor allem mit dem Wissen im Hinterkopf, wie neugierig er war.

»Leander, du bist bei Bewusstsein, dem Himmel sei Dank.«

Bitte … was? Welchen Film spulte er jetzt ab? Ich wünschte mich augenblicklich in den wirren Schlaf zurück.

Erinnerte er sich nicht an unseren Streit? War nicht ich der mit der Kopfverletzung? Und was zum Henker sollte das geheuchelte Interesse?

»Dad.« Ich konnte nicht mal mit den Augen rollen, weil auch das schmerzte. »Was genau willst du hier?«, fragte ich nochmal und atmete hörbar aus. Selbst das Reden fiel mir schwer.

»Was soll diese dumme Frage?« Sofort wechselte seine Stimmung von vorgetäuschtem Interesse zu seiner gewohnt unterkühlten Art und seine Gesichtszüge verhärteten sich. »Wie oft, verdammt nochmal, habe ich dir schon gesagt, du sollst nicht so schnell fahren!

Ich werde sofort veranlassen, dass du in eine Privatklinik verlegt wirst. Dieses Krankenhaus hier ist ...« Er machte eine theatralische Pause. »Sagen wir es mal so, unter unserem Standard und *absolut* nicht unserer Vorstellung entsprechend.«

Hektisch zog er seine Augenbrauen hoch und sein Handy aus der Tasche und begann zu tippen.

»Echt jetzt? Das meinst du doch gerade nicht ernst, oder?«

Er reagierte nicht.

»Dad!« Ich versuchte es etwas lauter.

»Kannst du bitte damit aufhören?« Er ließ irritiert das Handy sinken.

»Es entspricht nicht *deiner* Vorstellung. Meiner aber schon, verstehst du das? Ich werde nirgendwo anders hingehen und ich möchte auch nicht, dass du dich darum kümmerst. Ich bin keine fünfzehn mehr.«

»Du kannst doch nicht ernsthaft meinen, dass du in *diesem* Krankenhaus bleiben willst? Du brauchst die beste Behandlung, um schnell wieder arbeitsfähig zu werden. Ich werde alles Notwendige sofort in die Wege leiten. Mach dir keine Sorgen, du brauchst dich auch um nichts zu kümmern.«

»Darum geht es also, ja? Wieder mal nur ums Geld? Echt jetzt? Du tauchst hier auf und alles, was dich interessiert, ist, wie schnell ich wieder arbeiten kann? Weißt du was? Ich will das nicht! Ich will verdammt nochmal

nicht, dass du dich kümmerst und ich will auch nicht schnell wieder funktionieren, sondern gesund werden.«

»Wie kannst du nur so egoistisch sein, Leander? Denkst du *nie* an die Firma?«

»Okay, Dad. Du verstehst mich nicht. Vergiß es einfach, okay?« Resigniert stieß ich die angestaute Luft aus. »Kannst du bitte jetzt gehen? Ich brauch meine Ruhe und bin müde«, sagte ich, so laut es mir in meinem Zustand möglich war, was mir unendlich schwerfiel. Ich fühlte mich wie ausgekotzt.

»Du möchtest bitte was?« Sein Blick signalisierte mir, dass er nicht glauben konnte, was er eben gehört hatte.

»Du sollst gehen. Jetzt. Sofort. Lass mich bitte einfach nur in Ruhe. Ich will genau hier in diesem Krankenhaus bleiben. Was genau kapierst du daran nicht? Kannst du bitte nur *einmal* meine Wünsche akzeptieren?«

Mein Vater legte die Stirn, die sowieso schon faltig war, noch mehr in Falten. Als würde er mich nicht verstehen. Als wäre meine Aussage das Absurdeste, was er je gehört hatte. Einige Zeit starrte er mich nur eisig an. Seine Augen waren zu Schlitzen verengt, er stand in leicht nach vorn gebeugter Haltung am Fußende meines Bettes und hielt sich daran fest. Dies hier war ein Machtkampf und ich hatte eine Ahnung, dass ich nicht in der Lage war, als Gewinner herauszugehen.

»Das kannst du doch nicht ernst meinen, nach allem, was ich jahrelang in dich investiert habe?« Er wurde lauter. Wie immer, wenn es nicht nach seinen Vorstellungen lief. Es war noch nicht vorbei. Ich hatte diesen Knopf gedrückt, der den Choleriker in ihm weckte.

»Sag mal, checkst du nicht, dass du mich erst vor ein paar Tagen aus der Firma werfen wolltest?«, legte ich nach. Mir war klar, dass ich ihn damit provozierte, doch es war mir egal. Es war sowieso schon alles zu spät.

»So siehst du diese Sache also, ja?«

Ich spürte, wie seine Wut anschwoll. Es passierte wie so oft zuvor. Ich kannte es schon. Er wurde lauter und der Vulkan mit dem Gesicht meines Vaters spuckte glühend heiße Lava über mich. Eine Ader trat bedrohlich an seiner Stirn hervor. Er versuchte, seine Wut zu kontrollieren, die sich einen Weg nach draußen bahnen wollte. Seine Hände waren zu Fäusten geballt.

»Hätte ich nicht die Notbremse gezogen, hättest du die Firma langsam, aber sicher gegen die Wand gefahren. Etwas, was ich nicht zulassen werde. Nicht, nachdem ich Jahre investiert habe, um für dich und Ben etwas aufzubauen. Ich erwarte, dass du dieses Erbe nicht mit Füßen trittst, sondern dich deinem Namen entsprechend verhältst. Ich habe das für euch getan. Für die Familie.« Inzwischen schrie er fast.

Die Diskussion ging wie immer in die übliche Richtung und ich spürte, dass ich dieser kräftemäßig null

gewachsen war. Das kleine bisschen Energie, das ich eben verbraucht hatte, war purer Erschöpfung gewichen.

Wie selbstlos, dachte ich.

»Dad. Du kannst nicht mehr so tun, als wärst du auf meiner Seite, wenn du es nicht bist. Ich bin nicht mehr der Junge von damals, mit dem du deine Spielchen spielen kannst.«

»Spielchen? Werd du erstmal erwachsen, um mir zu sagen, was ich zu tun habe.«

Es war, wie es immer gewesen war. Er hatte recht. Zu jeder beschissenen Zeit. Es war sinnlos, zu denken, dass er auch nur ansatzweise versuchte, mich zu verstehen.

Entmutigt und frustriert seufzte ich tief, als eine verärgerte Krankenschwester zur Tür hereinkam und ich mich erlöste. Mit einem Infusionsbeutel in der Hand funkelte sie meinen Vater böse an.

»Hatte ich Ihnen nicht ausdrücklich erklärt, dass Sie sich still verhalten sollen und die Patienten hier Ruhe brauchen? Ich möchte, dass Sie diese Station verlassen, und zwar sofort!« Ihr strenger Blick traf den eisigen meines Vaters.

»Sie wissen wohl nicht, wen Sie hier vor sich haben?«, meuterte mein Vater unbeeindruckt und machte wie immer seinen Einfluss geltend.

Mir wurde klar, wie eklig selbstgefällig der Mann war, und es widerte mich an. So wollte ich nie enden. Diese Erkenntnis traf mich wie ein Schlag. Es war, als hätte mir jemand einen Spiegel vorgehalten. Was mich aus diesem anschaute, war nichts, worauf ich stolz war. Es war eine arrogante Fratze und diese gehörte zu mir.

Ich fühlte mich leer, ohne Perspektive und hatte keine Kraft mehr, meinem Vater die Stirn zu bieten. Noch weniger aber, so weiterzumachen. In diesem Augenblick stand es mir klar vor Augen. Ich musste raus aus diesem goldenen Käfig, der mir zwar finanzielle Sicherheit gab, aber meine Freiheit raubte. Mit der Konsequenz, dass ich nichts als die lächerliche Marionette meines Vaters war.

Mein Kopf dröhnte und die Müdigkeit zog an mir. »DAD. GEH. JETZT!«

»Du wirst es noch bereuen!«

Sein Gesicht lief rot an vor Wut. Er machte auf dem Absatz kehrt, riss sich die Haube vom Kopf und stürmte aus dem Zimmer.

Die Luft war Minuten später noch durchdrungen von Arroganz und Machtgehabe. So war es immer gewesen. Wie machte er das bloß? Dass man sich in seiner Gegenwart klein und mies fühlte.

Bilder drängten sich in meinen Kopf. Bilder, die ich verdrängt hatte, ganz weit unten in einem versteckten Winkel meiner Seele. Meine Mutter. Ein Krankenhausbett. Schwach. Blass. Viel zu dünn.

Ich öffnete meine Augen und atmete durch. Ich konnte nicht daran denken. Es tat zu sehr weh. Der

Schmerz drohte mich in ein Loch zu reißen, das so tief war, dass ich Angst hatte, verschlungen zu werden. Dort nie mehr herauszukommen. Angestrengt drängte ich die schmerzenden Gedanken wieder dorthin zurück, woher sie gekommen waren.

Eine Weile später schlief ich erschöpft ein.

Ich war vor einer Woche aus dem Krankenhaus entlassen und direkt in eine Reha Klinik gekommen, um meine Beweglichkeit wieder herzustellen.

Gerade kam ich von einer anstrengenden Physiotherapie-Einheit, als mir eine mir bekannte Silhouette den langen Flur entgegenkam. Es war Ben, mein zwei Jahre jüngerer Bruder. Er trug eine Tasche in der Hand und grinste schon von Weitem, als er mich erkannte. Während ich noch sehr langsam an Krücken ging, kam er schnellen Schrittes auf mich zu und umarmte mich freudig, als er vor mir stand.

»Hey Großer!« Er klopfte mir fest auf den Rücken, sodass ich Mühe hatte, das Gleichgewicht zu halten. »Wie geht es dir?« Prüfend blickte er mich an und ich zuckte lustlos mit den Schultern.

»Können wir uns irgendwo hinsetzen?«, fragte ich. Langes Stehen machte mir große Mühe und nach der Physio war ich sowieso erschöpft. »Da vorne ist ein

Aufenthaltsraum oder wir gehen in mein Zimmer, das wäre noch besser. Ich bin komplett erledigt.«

Kaum hatten wir mein Zimmer erreicht, ließ ich mich erschöpft auf das Bett fallen. Ben zog sich einen Stuhl an den Bettrand und nahm Platz.

»Hier! Ich hab dir was mitgebracht. Deine alte Sim-Karte ist drin, die war nicht kaputt. An der Nummer hat sich also nichts geändert.«

Er streckte mir ein neues Smartphone entgegen, da mein Altes bei dem Unfall zerstört wurde.

»Danke, Mann. Jetzt bin ich nicht mehr komplett von der Außenwelt abgeschnitten.« Ich seufzte erleichtert.

»So und jetzt erzähl mal. Wie geht's dir?« Ben ließ nicht locker.

»Was willst du hören? Dass ich Mühe habe, zwanzig Meter am Stück zu gehen, weil ich danach kaputt bin und mein Bein verdammt wehtut? Dass ich eine beschissene Wut habe, auf Dad und auf mich selbst. Oder dass ich mich frage, wie ich so selten dumm sein konnte, unangeschnallt Cabrio zu fahren? Vielleicht auch, dass ich dankbar bin, dass ich nur ein Schädel-Hirn-Trauma hatte und mir nicht gleich das Genick gebrochen habe. Gott, Ben, ich bin solch ein Vollidiot. Und gleichzeitig bin ich so froh, dass ich das Ganze so gut überstanden habe. Das hätte verdammt nochmal ganz anders ausgehen können.« Ich seufzte und versuchte, im Liegen eine bequeme Position zu finden.

Ben schüttelte den Kopf. »Du bist so kaputt, Junge.«

»Bist du gekommen, um mir das zu sagen? Denn falls ja, das weiß ich schon selbst. Danke.«

»Was genau ist denn passiert? Dad sagt keinen Ton und wenn ich das Thema auf dich lenke, hat er plötzlich immer ganz dringend anderes zu erledigen. Und dich wollte ich im Krankenhaus damit echt noch nicht nerven, so fertig wie du aussahst.« Ben zog die Augenbrauen zusammen und blickte mich ernst an.

»Danke, Mann. So großzügig von dir.« Ich versuchte mich an einem Lächeln. »Aber das mit Dad? Das sieht ihm so ähnlich. Wir hatten Streit. Das Übliche. Er war anderer Meinung als ich, auch wie üblich, und ließ meine Meinung wie immer nicht gelten. Überraschung. Da bin ich explodiert. Zum ersten Mal. So richtig. Das Fass war voll und ich konnte es nicht mehr runterschlucken. Er hat mir gedroht, mich aus meinem Geschäftsführerposten zu entlassen. Seine Art, Konflikte zu lösen. Na ja, und während ich mit Dads Anrufen zu kämpfen hatte, hat mir einer die Vorfahrt genommen und dann war's passiert.«

Die Erinnerung an den Unfall ließ mich erschaudern. Ich hatte die Bilder deutlich vor Augen und wollte die Gedanken an die Schmerzen weit wegschieben. Bis auf diese *eine* Erinnerung. Diese tiefgrünen Augen.

»Das erklärt einiges.« Ben holte mich zurück aus meinen Tagträumen und ich versuchte, ihm zu folgen.

»Das erklärt was?«, hakte ich nach.

»Na, das Verhalten von Dad. Warum er mir ausweicht. Du kennst ihn doch. Er kann halt auch nicht aus seiner Haut.« Ben lehnte sich entspannt zurück und legte ein Bein auf seinem Knie ab.

»Schön für ihn, ich hab jedenfalls die Schnauze voll. Ich mag so nicht mehr weitermachen. Ich bin unglücklich. Und nichts anderes als der Depp vom Dienst für Dad. Sein dämlicher Handlanger, den er nur rumkommandiert. Ich bin fertig damit.«

»Wie meinst du das?« Jetzt lehnte er sich nach vorne und blickte mich verwundert an.

»So, wie ich es sage. Ich will nicht mehr. Ich hör auf. Mir macht das so keinen Spaß. Nein, schlimmer. Es macht mich kaputt, verstehst du? Ich kann und will das nicht mehr. Das ist mir, seit ich hier bin, so richtig klar geworden. Hier hat man viel Zeit zum Nachdenken.« Ich blies die Luft aus und starrte Richtung Fenster.

»Und was hast du dann vor? Du kannst doch nicht einfach nichts machen?« Ben zog seine Augenbrauen ein Stück hoch.

»Ben. Ganz ehrlich. Ich weiß es noch nicht. Ich weiß nur eins: Ohne den ganzen Stress in der Firma geht es mir um so vieles besser. Ich brauche endlich nichts mehr, um mich zu betäuben. Weißt du, wie oft ich in letzter Zeit zum Alk gegriffen habe? Einfach um den ganzen Scheiß zu vergessen. Das hat mich fertig gemacht und ich habe es nicht mal gecheckt. Dafür jetzt, denn ich bin endlich raus aus dem Hamsterrad. Und ich will auf keinen Fall dorthin zurück.«

Ben nickte. »Krass«, war alles, was er sagte.

»Ich werd schon eine Lösung finden. Auch wenn ich noch unsicher bin, wie genau die aussehen soll. Aber wenn ich weiß, was ich nicht mehr will, ist das schon der erste Schritt, oder? Ich hoffe es zumindest«, machte ich mir selbst Mut, denn in Wirklichkeit hatte ich die Hosen gestrichen voll.

»Vermutlich hast du recht. Auch wenn ich den Mut nicht hätte. Aber du wirst wissen, was du tust.«

Die Zeit in der Reha zog vorüber wie graue Wolken nach einem Sturm. Nach mehreren Wochen verließ ich die Klinik einigermaßen wiederhergestellt.

Die Ärzte sprachen immer wieder davon, wie viel Glück ich gehabt hatte. Von Schutzengeln und einem kleinen Wunder, dass mir nichts Schlimmeres passiert war. Inzwischen erinnerten nur noch Schmerzen im rechten Bein, die immer wieder auftauchten, und einige Narben an meinen Unfall. Physiotherapie würde ich weiter machen müssen. Obwohl ich darauf inzwischen keine Lust mehr hatte, nach all den Wochen mit zähen Übungen, aber was blieb mir anderes übrig?

Kaum war ich ins Taxi gestiegen, vibrierte mein Handy. Mein Vater hatte auf die Mailbox gesprochen. Beim Klang seiner Stimme blieb mir die Spucke weg und meine Brust wurde mit einem Schlag enger.

»Nur dass du es weißt, von mir siehst du kein Geld mehr, solange du dich so uneinsichtig zeigst. Das hast du dir selbst zuzuschreiben. Ich erwarte dich in der Firma zu sehen, sobald es dir gesundheitlich möglich ist.«

Frustriert blies ich die Luft aus und starrte zum Fenster hinaus, während das regennasse Hamburg an mir vorbeizog. Es schien mir, als hätte ich die letzten Wochen in einer Art Paralleluniversum verbracht und ich hatte Mühe, in die »normale« Welt zurückzufinden. Wie sollte das auch funktionieren, ohne einen Plan, wie mein Leben weitergehen sollte? Ich war mir ja nicht einmal mehr sicher, ob ich das wollte, in das scheinbar normale Leben zurückfinden.

Nachdem ich den Schlüssel in die Haustür meines Penthouse' gesteckt hatte, schlug mir abgestandene Luft entgegen, stickig und eng, wie mein Leben von vor ein paar Wochen.

Zögernd trat ich über die Schwelle. Auf dem Tisch standen zahlreiche Whiskeygläser. Flaschen und die Reste meiner Eskapaden vor meinem Unfall und Post, die sich dazwischen stapelte. Ich hatte Ben gebeten, meinen Kasten zu leeren. Zwischen Job und Studium hatte er immer wieder nach meiner Wohnung geschaut.

Ich wollte auf keinen Fall, dass Dad das tat. Ben absolvierte momentan ein berufsintegriertes Studium, so wie ich damals, weil Dad uns diese eine Gleichung schon früh eingetrichtert hatte: Zeit ist gleich Geld und Geld kann man nicht genug haben. Wie ein beschissenes Mantra, das uns auf Schritt und Tritt verfolgte.

Ich war mit fünfundzwanzig fertig mit meinem Studium. Eben weil Zeit Geld war.

Ich zog die Schultern hoch, riss die Fenster auf und sog die klare Luft ein. Hoffte, dass es dadurch auch in meinen Gedanken klarer werden würde.

Müde lehnte ich den Kopf gegen den Fensterrahmen und starrte ins Leere, als mein Handy klingelte. Romy. Sie hatte mich anfangs ein paarmal im Krankenhaus besucht, als ich noch nicht die Kraft gehabt hatte zu reden. Im Sinne von »die Dinge klären«. Später hatte sie mich mehrere Male versucht anzurufen. Ich hatte sie allerdings vertröstet auf: »Später« oder »Wenn ich aus dem Krankenhaus zurück bin.« Sie war nicht die Art Frau, die händchenhaltend neben dem Krankenbett saß und Kissen aufschüttelte. So hatte sie schnell aufgegeben, mich mit Nachrichten zu bombardieren. Herausbekommen, dass ich aus der Reha entlassen worden war, hatte sie offensichtlich trotzdem. Ben musste es ihr gesteckt haben, vermutete ich.

Ich war maximal genervt von Romy, scheute im Moment aber die Konfrontation mit ihr, denn sie gehörte nicht zu der Sorte Frau, die einfach klein beigab.

Ich wusste, dass sie nicht mehr in mein Leben passte. Sie hatte, wenn ich ehrlich war, nie zu mir gepasst. Romy war Luxus und einen speziellen Lifestyle gewohnt und den würde ich ihr bald nicht mehr bieten können. Jetzt, da der plattgedrückte Büroarsch mir drohte, den Geldhahn zuzudrehen. Ich war nicht so dumm zu glauben, dass sie sich in Zukunft mit weniger als ihrem gewohnten Luxus zufriedengeben würde.

Das mit Romy und mir war nie etwas Ernstes gewesen. Wenn wir ehrlich waren, würde es das auch nie sein, sodass es nur fair war, es jetzt zu beenden.

Kurz nachdem das Klingeln aufgehört hatte, vibrierte mein Handy erneut: »Wir müssen reden!«

Ich tippte die Antwort, ohne lange zu überlegen.

Ich: »Müssen wir das?«

Romy: »Ich würde sagen, ja. Du gehst mir aus dem Weg. Was ist los mit dir, Winterfeldt? Ich habe neue Wäsche. ;-)«

Ich: »Nope. Keine Lust auf deine Wäsche. Hör zu, Romy, machen wir es kurz: Das mit uns ist vorbei. Und wenn du ehrlich bist, weißt du wie ich, dass das zwischen uns nie wirklich gepasst hat. Korrigiere mich, wenn ich falsch liege, aber du wirst bald keinen Bock mehr auf mich haben, wenn ich nicht mehr haufenweise Kohle habe, und die war es doch, an welcher du in Wirklichkeit interessiert warst, oder? Also beenden wir es besser einfach jetzt, ohne große Szene und ohne Drama. Und bitte, spar dir deine Ausreden, dass du so nicht wärst. Ich kenn dich besser. Ich weiß, wie ich bisher war.«

Romy: »Du bist so ein feiges Arschloch!«

Es war amtlich. Ich war ein Arsch. Ein feiger noch dazu, der es nicht mal schaffte, seiner Freundin persönlich den Laufpass zu geben.

Angewidert von mir selbst schmiss ich mein Handy auf die Couch und ließ mich in das weiche Polster sinken. Hypnotisch starrte ich auf den Poststapel vor mir, der zwischen den versifften Gläsern auf dem Tisch lag. Ich tat so, als müsste er dringend durchgesehen werden. Blätterte gedankenlos durch zahlreiche Rechnungen, Werbung, das Hamburger Wochenblatt, als mir plötzlich eine Anzeige entgegensprang: »Gemütliches Tiny House zu verkaufen.« Meine Augen blieben wie gebannt an den Worten hängen.

»Tiny House mit Küchenzeile, Holzofen, bodentiefen Fenstern für einen Ausblick in die Natur. Für Aussteiger oder solche, die es werden wollen.«

Es waren nur wenige Worte, die jedoch tief in meiner Seele etwas berührten. Alte Erinnerungsfetzen krochen an die Oberfläche. Meine Gedanken füllten sich mit Wärme. Fast konnte ich das Holz riechen, sah die Werkstatt, mich dort arbeiten. Sägespäne in Haaren und Kleidung und ich tief in mir drin glücklich. Mein erstes Regal, das ich gebaut hatte, um es stolz nach Hause zu tragen.

Zum ersten Mal seit Jahren war da ein Hauch einer Idee. Ein Bruchstück meiner Wünsche hatte sich aus einer verborgenen Ecke meiner Seele befreit und stieg wie Luftblasen an die Oberfläche. Ich konnte das entsetzte Gesicht meines Vaters jetzt schon vor mir sehen. Er würde denken, ich hätte den Verstand verloren.

»Du bist ein Träumer, Leander, du musst mit beiden Beinen fest am Boden stehen. Etwas vernünftiges Lernen.« Seine Worte von damals spulten sich kontinuierlich in meinen Gedanken ab.

Vielleicht hatte ich das? Meinen Verstand verloren. Und doch fühlte es sich für einen Augenblick richtig an. Was hatte ich schon im Leben erreicht? Ein Penthouse? Zwei Sportwagen? Wow!

Es tat mir doch nicht einmal weh, dass mein Auto nach dem Unfall ein kompletter Schrotthaufen war, ich hatte ja noch ein weiteres in der Garage stehen.

Alles war so austauschbar in meinem Leben. Die Dinge, die ich besaß, die Beziehungen, die ich geführt hatte. War das meine Vorstellung von Leben? Ich, das Arschloch, das in der Firma immer mehr Geld gescheffelt hatte. Wen wollte ich damit beeindrucken? Ich hatte teilweise Existenzen zerstört und gefühlstaub, wie ich war, war es mir egal gewesen. Mein schlechtes

Gewissen, das nachts an die Oberfläche kroch, versuchte mich oft genug zu warnen, doch ich hatte es ignoriert. War es das alles wert gewesen? Ich hatte die Kontrolle über dieses Spiel verloren, kam mir wie ein Auto vor, permanent auf der Überholspur unterwegs. Bis ich aus der Spur geflogen war. Und das nicht nur auf der Straße.

Und nun saß ich hier, verloren in einer Anzeige über den Verkauf eines kleinen Holzhauses?

Du hast komplett den Verstand verloren, Winterfeldt.

Die Stimme in meinem Kopf lachte mich aus. Ich schüttelte den Kopf und nahm ein erneutes Vibrieren meines Handys wahr.

»Komm bitte morgen um zehn in die Firma. Wir müssen reden.«

Er gab keine Ruhe, oder? Ich seufzte.

Ich betrat Winterfeld-Immobilien am nächsten Tag eine Viertelstunde zu spät, da ich wusste, wie sehr der plattgedrückte Büroarsch Unpünktlichkeit hasste. Gerade deswegen. Mir war bewusst, dass ich mich benahm wie ein bockiger Teenager, doch es war mir egal. Die jahrelang in mich hineingefressene Wut ließ sich nicht mehr unter Verschluss halten. Das Gebäude wirkte vertraut und gleichzeitig fremd und kalt.

Charlotte, die Sekretärin meines Vaters, saß am Empfang vor dessen Büro. Sie kannte mich schon seit der Zeit, als ich noch keine drei zusammenhängenden Sätze sprechen konnte, und hob den Kopf, um mir ein Lächeln zu schenken, als sie mich sah.

»Du kannst reingehen, Leander, er erwartet dich schon.«

Ich nickte zustimmend.

Als ich die schwere Tür öffnete, blickte ich direkt auf den großen Schreibtisch aus Nussholz, hinter dem er thronte, vermutlich schon seit Stunden. Seine Augenringe sprachen Bände. Mehrere leere Kaffeetassen stapelten sich neben dem Telefon. Das Leben eines Workaholics.

»Setz dich.« Er nickte in Richtung eines Stuhles, der am Tisch gegenüber seinem imposanten Ledersessel stand.

Zögerlich setzte ich mich. Das Polster gab unter mir nach. Ich sog Luft ein, als müsste ich mich für einen Angriff wappnen.

Nervös trommelte er mit den Fingern auf dem Schreibtisch aus Nussholz herum, während ich auf den Teppich zu meinen Füßen starrte. Ich studierte das Muster, als gäbe es nichts Interessanteres als die Formen auf dem Perser. Kreise, Rauten, Schnörkel. Bunte Farben. Alles sauber und gepflegt. Während ich über den Teppich sinnierte, setzte mein Vater zu seiner ver-

mutlich einstudierten Rede an. Alles, was ich hörte, waren Wortfetzen wie: »Mehr Freiraum, mehr Zeit für mich. Weniger Stress, weniger Verantwortung«, mit denen er mir auf freundlich verpackte Weise versuchte, den eleganten Rausschmiss aus der Geschäftsführung zu verkaufen.

Stumm behielt ich den gemusterten Teppich im Auge. Bemüht, mir nichts anmerken zu lassen.

»Hörst du mir überhaupt zu, Leander?«

Ich blickte auf. Murmelte ein: »Ja, sicher«, um gleich danach wieder im Muster abzutauchen.

Wie lange kann man Formen zählen, ohne dabei müde zu werden? Wie viel Geld bekommt hier die Putzfrau? Mindestlohn? Warum mache ich mir solche Gedanken?

Zögerlich öffnete sich die schwere Bürotür und als ich Ben aus den Augenwinkeln wahrnahm, blickte ich interessiert auf. Als er, wie selbstverständlich, auf der gegenüberliegenden Seite neben meinem Vater Platz nahm, klappte mir innerlich die Kinnlade herunter. Der Teppich rückte schlagartig in den Hintergrund.

Was wollte Ben denn jetzt hier? Meine Aufmerksamkeit ballte sich in Richtung Schreibtisch. Ich lächelte Ben an, suchte den Augenkontakt, doch der wirkte seltsam reserviert und wich meinem Blick aus.

»Leander, du verstehst sicher, dass wir dir die Verantwortung der Geschäftsführung nicht mehr überlassen können«, setzte mein Vater an und ich rollte in

Gedanken mit den Augen. »Leider hast du dich in letzter Zeit durch deine Alkoholeskapaden nicht gerade als vertraulich erwiesen, diesem Posten noch gerecht zu werden. Du wirst natürlich weiter Teil des Winterfeldt-Imperiums bleiben, aber nicht in gewohnter Weise. Den Geschäftsführerposten übernimmt ab sofort dein Bruder.«

Wow! Ich war sprachlos. Er hatte mich soeben verbal angespuckt. Ich fühlte mich, als hätte mir jemand mit voller Wucht ins Gesicht geschlagen und war kurz davor aufzustehen, um den beiden zu ihrem einstudierten Theater zu applaudieren. Ihre intrigante Arroganz widerte mich an. Darauf, dass Dad mich aus meinem Posten entlassen würde, war ich vorbereitet gewesen. Dass mein Bruder mir dabei in den Rücken fallen würde, war, was mich sprachlos machte.

Wie naiv war ich gewesen? Wie lange sägte er schon heimlich an meinem Stuhl?

Irritiert über diesen Verrat, schüttelte ich den Kopf. Mein kleiner Bruder, der immer zu mir aufgeschaut hatte. Den ich für meinen Freund gehalten hatte, nutzte meine Schwäche, um die Karriereleiter höher zu steigen. Und ich Idiot hatte ihm vertraut.

Sie hatten mich billig verraten und verkauft. Beide.

Wortlos stand ich auf, schob meinen Stuhl zurück. Ein riesengroßes »Warum?« formte sich in meiner Kehle, doch ich war absolut unfähig, es auszusprechen.

Es war so groß und schmerzhaft und steckte so sperrig in meinem Hals fest, dass ich das Gefühl hatte, daran zu ersticken.

»Ich kündige«, hörte ich mich sagen und wusste, dass es absolut lächerlich klang, noch im selben Moment, als die Worte aus meinem Mund fielen. Egal. Nur raus hier. Raus und das ganz schnell. Ich versuchte, das letzte bisschen Würde in mir zusammenzukratzen und keine Szene zu machen.

Ohne zurückzuschauen und ohne ein Wort, verließ ich den Raum. Die schwere Tür ließ ich offenstehen.

Ich hörte, wie Charlotte mir »Tschüss, Leander« hinterherrief, doch mir blieb jedes weitere Wort im Hals stecken. Dads abfälliges Lachen verfolgte mich noch im Flur. Ich fühlte mich unendlich verloren, als ich die Treppen aus dem Gebäude hinunter hetzte.

4

Ella

ca. 30 Minuten zuvor

Es war einer dieser Tage, an denen das Café gut gefüllt war. Angenehmes Gemurmel erfüllte die Atmosphäre und erzeugte Gemütlichkeit. Besteckklappern und Essensduft lagen in der Luft. Ich sog sie tief ein, wieder einmal dankbar dafür, meinen Traum leben zu dürfen.

Um die Mittagszeit boten wir unseren Kunden frische Salate, Sandwiches und Suppe an und zahlreiche Hungrige bevölkerten »Ellas-Welt« in ihren Mittagspausen, um ihre Bäuche zu füllen.

Im Laufe des Vormittags hatte ich die Bestellung einer Firma über verschiedene Cupcakes angenommen. Während ich gerade das Topping darauf drapierte, um sie fertigzustellen, kam Amy mit gestapeltem Geschirr in die Küche.

»Ella, so geht das echt nicht weiter. Wir brauchen mehr Unterstützung. Irgendwer muss das hier hinten koordinieren, hier herrscht das reinste Chaos und wir rennen uns die Hacken wund«, meckerte sie vor sich hin.

»Du hast ja recht«, seufzte ich und blies mir eine Haarsträhne aus dem Gesicht, die sich aus meinem Pferdeschwanz gelöst hatte. »Ich weiß nur nicht, wie wir das momentan finanziell stemmen sollen. Wenn du mir also jetzt noch verraten kannst, wie wir das anstellen, bekommst du einen Kaffee aufs Haus.«

»Haha, sehr witzig.« Amy rollte gespielt mit den Augen.

»Aber jetzt mal ernsthaft. Ich denke, wir müssen Omsi mehr einspannen, oder was denkst du? Das wäre doch die beste Lösung für alle. Erst vor ein paar Tagen hat sie über Langeweile zu Hause geklagt. Sie behauptet, sie geht ein wie eine Primel, wenn sie nichts zu tun hat. Und Opa hat sich auch schon beschwert, dass sie nicht weiß, wohin mit all ihrer Energie.« Bei dem Gedanken an die beiden musste ich schmunzeln. »Ach und ich muss leider noch kurz weg. Da ist eine Bestellung, die ich wegbringen muss.« Ich zog eine Schnute. »Meinst du, du kommst trotzdem für eine Weile allein klar? Der Ansturm der Mittagszeit müsste theoretisch jetzt vorbei sein.«

Amy stöhnte kurz theatralisch auf, atmete tief ein, um dann mit einem langgezogenen »Jaaaa« zu antworten. »Ausnahmsweise.« Sie grinste mich an.

»Danke, du bist die Beste.« Ich packte die Cupcakes vorsichtig in zwei große Pappboxen, auf denen das

Logo unseres Cafés prangte, zog meine Schürze aus und hauchte ihr einen Kuss auf die Wange.

»Weiß ich doch«, rief sie mir hinterher. »Die Allerbeste!«

Trotz Klimaanlage schwitzte ich, als ich im Stadtteil Winterhude ankam. Ich war pünktlich losgefahren, aber jede zweite Ampel hatte beschlossen, mich provokant rot anzuleuchten. Meine Sorge wuchs, es nicht rechtzeitig zum vereinbarten Termin zu schaffen, was wir uns echt nicht leisten konnten. Die Zufriedenheit der Kunden war die beste Werbung überhaupt. Und diese Firma schien definitiv in der oberen Liga von Hamburg zu spielen.

In letzter Minute fuhr ich mit dem Auto auf dem Parkplatz von Winterfeldt-Immobilien vor und atmete erleichtert auf. Mein Blick wanderte entlang des imposanten Gebäudes. Augenblicklich fühlte ich mich klein und unbedeutend daneben. Große, eckige Säulen zierten den Eingang, welcher von riesigen Pflanzen gerahmt wurde. Das Blau des Himmels spiegelte sich in den Glasfronten. Ehrfürchtig blickte ich die vielen Stockwerke nach oben.

Ich straffte meine Schultern und mit den gefüllten Kartons beladen hastete ich die Stufen zum Eingang hoch, als ein großer, dunkelhaariger Typ die Treppen hinunter stolperte. Die Kartons balancierend, versuchte ich, ihm auszuweichen.

Sah der mich nicht, oder warum machte er keine Anstalten, zur Seite zu gehen? Ich hatte den Gedanken noch nicht zu Ende gedacht, als sein Ellenbogen mich kräftig streifte und mir einer meiner Kartons aus der Hand rutschte und auf den Boden flog.

»Kannst du nicht aufpassen?«, meckerte ich vor mich hin. »Die Treppe ist doch wirklich breit genug, oder?«

Der Typ blieb kurz irritiert stehen, schaute mir mit leerem Blick in die Augen und für einen flüchtigen Moment fragte ich mich, woher ich dieses Gesicht kannte. Während ich dabei war, weiter vor mich hinzuschimpfen und den Karton wieder einzusammeln, stieg er ohne Kommentar in seinen Sportwagen.

»Schnösel! Und Entschuldigung auch!« Verärgert schüttelte ich den Kopf, als er seinen Motor startete und ohne ein Wort davonfuhr.

Während ich weiter darüber nachdachte, wo ich den Schnösel schonmal gesehen hatte, überprüfte ich die Cupcakes in der Box, die bis auf einen zum Glück alle heil geblieben waren. Ich ordnete sie neu an, schob mir mit ein paar Bissen den zerstörten in den Mund und machte mich daran, meine Bestellung an der Empfangstheke der Firma abzugeben.

Eine Stunde später trudelte ich wieder im Café ein, der Kopf schwer vom Grübeln und hundemüde dazu. Ich ließ mir einen Kaffee aus der Maschine und trottete nach hinten in die Küche. Amy steckte mit hochrotem Kopf unterm Waschbecken fest.

»Hilfe, was ist denn hier los?« Meine Tasche pfefferte ich ins Büro, welches sich hinten neben der Küche befand, und ging auf Amy zu. »Was genau machst du hier?«

Amys roter Lockenkopf kam unterm Waschbecken hervor, sie blies sich die Haare aus dem Gesicht und stöhnte. »Der verdammte Abfluss läuft nicht mehr richtig ab und ich wollte mich darum kümmern«, erklärte sie mit angestrengtem Gesichtsausdruck. »Einer hat doch immer die Arschkarte, oder? Wo sind all die heißen Handwerker mit nacktem muskulösem Oberkörper, wenn man sie mal braucht?«

Ich kicherte. »Ich hab bisher keinen getroffen. Nur welche mit Bierbauch oder Handwerker-Dekolleté. Aber gibt es eigentlich auch irgendetwas, das du nicht kannst, Amy?«

»Lass mich mal überlegen … Mir fällt nichts ein, jetzt wo du mich fragst«, erwiderte sie kichernd. »Bist du deine Lieferung losgeworden, bei der *High Society* von Hamburg?« Sie betonte das Wort mit einer winkend eleganten Handbewegung.

»Ich sag's dir, um ein Haar wäre das voll in die Hose gegangen mit der Lieferung. Abgesehen davon, dass ich fast zu spät angekommen wäre. Gerade als ich die Treppen hochgelaufen bin, rempelt mich so ein Volltrottel auf der Treppe an. Keine Ahnung, was bei dem schief lief, aber der schien etwas neben der Spur zu laufen. Er wirkte, als wäre er in einer Art Paralleluniversum unterwegs. Und dabei hatte er es ziemlich eilig. Blind war er auch. Anders kann ich mir nicht erklären, warum der mich nicht wahrgenommen hat. Zum Glück ist fast alles heil geblieben, sonst hätte ich die Krise gekriegt. Aber weißt du was? Er kam mir bekannt vor. Nur weiß ich nicht, woher. Und das macht mich kirre.«

»Okaaaay? Sah er denn gut aus?«

»Echt jetzt, Amy?« Ich verdrehte gespielt genervt die Augen. »Ja, stell dir vor, er sah gut aus. Sehr gut sogar.« Wurde ich gerade rot? Hilfe. »Ein gutaussehender Alien in einem Paralleluniversum.«

Schnell weitersprechen, nichts anmerken lassen. Meine Taktik Nummer eins gegen das Rotwerden.

»Hat er denn etwas gesagt?« Amy schien meine Verlegenheit zum Glück nicht zu bemerken.

»Das war ja das Komische. Nichts. Keine Entschuldigung, gar nichts. Der Typ ist einfach weitergegangen, als wäre ich Luft. So ein Schnösel, echt«, betonte ich wieder.

»Schnösel, aber sowas von!«, bestätigte sie, schaute mich an und wir brachen in Lachen aus. Amy und ich.

Da ging nichts dazwischen. Ich kannte sie seit der Grundschule. Damals war ich neu in die erste Klasse gekommen, war völlig fremd in Hamburg, in einer Großstadt, in der ich keinen Menschen außer meinen Großeltern kannte. Todtraurig und eingeschüchtert fühlte ich mich und war mir sicher, dass das für immer so bleiben würde. Nachdem ich eine Woche lang jeden Tag einsam am Rand des Pausenhofs gestanden hatte, war Amy vorbei getänzelt, hatte meine Hand genommen und mich mitgezogen. Seitdem waren wir unzertrennlich. Sie hatte mich adoptiert und war genau die Freundin, die ich brauchte. Amy war mutig, wild, lustig und voller verrückten Ideen. All das, was ich nicht war. Sie tat all die Dinge, die ich mich nicht traute. Zum Beispiel, sich mit Jungs prügeln. Sie ließ sich nichts gefallen und wenn jemand gemein zu mir war, bekam er es mit ihr zu tun.

Tatsächlich glaubte ich, der Himmel hatte sie mir geschickt. Sie war mein Anker in dieser Zeit, in der ich mich oft so verloren fühlte. Und sie schaffte es, dass ich meinen Kummer immer wieder vergessen konnte.

Amy war die Schwester, die ich nie hatte. Die Wochenenden verbrachten wir entweder bei ihrer Familie oder Amy war bei mir, Oma und Opa. Unsere Freundschaft hatte Teenagerstürme überstanden und nun führten wir zusammen unser Café, das zwar meinen Namen trug, aber auch Amys war. Obwohl ich es mit dem Erbe meiner Eltern bezahlt hatte und es deswegen umso kostbarer für mich war, so war es Amy, die mit mir ihr ganzes Herzblut hineingelegt hatte. Es war unser gemeinsames Ding. Unabhängig davon, wem es auf dem Papier gehörte. Und das würde für immer so bleiben.

5

Leander

Wie lange ich schon auf dem beschissenen Parkplatz vor meiner Wohnung in meinem dämlichen Auto saß, wusste ich nicht. Ich hatte aufgehört, die Minuten zu zählen. Zeit spielte keine Rolle mehr. Meinen schmerzenden Kopf an die Scheibe gelehnt, starrte ich resigniert ins Leere und beobachtete die Menschen, die vorbeiliefen.

Wo sollte ich nur hin? Mein Leben glich einem Kartenhaus, welches gerade dabei war, in sich zusammenzustürzen. Die Worte meines Vaters hallten in meinen Gedanken wider, stürzten wie harte Felsbrocken auf mich ein.

Was war das eben gewesen? Dass mein Vater mich verbal ohrfeigte, mich ins offene Messer rennen ließ, war keine Überraschung. Dass Ben mir den Rang ablief, den Moment meiner Schwäche ausnutzte, als hätte er nur darauf gewartet, war, als hätte mir jemand den Boden unter den Füßen wegzogen. Wie konnte er mir das antun?

Ich fühlte mich unendlich leer und unfassbar müde. In der schweren Zeit, als Mom krank wurde, und auch danach war ich immer für ihn dagewesen und hatte als großer Bruder versucht, für uns beide stark zu sein. Dad hatte es einen Dreck gekümmert, was mit uns passierte. Er, der nur seine Bürostuhlarsch-Karriere im Kopf gehabt hatte, hatte uns ein Kindermädchen vor die Nase gesetzt und gemeint, damit seine Pflicht getan zu haben. Uns aber mit unserem Schmerz allein gelassen. So wie Mom in ihrer schwersten Zeit, als sie gegen den Krebs ankämpfte.

Wenn ich an sie dachte, zog sich alles in mir zusammen. Sie hätte ihn gebraucht in dieser Zeit. Wir alle. Er jedoch hatte es vorgezogen, auf der Karriereleiter weiter nach oben zu steigen. Höher, immer höher. Unfähig, Empathie für seine Mitmenschen zu empfinden. In dieser Zeit war ein Riss durch mein Leben gegangen, der sich mit nichts wegradieren ließ. Er klebte an mir wie Kaugummi an Schuhsohlen. Ich hatte meinen Halt verloren. Der Cheerleader der Familie war Mom gewesen. Sie war immer für uns dagewesen. Hatte Ben und mich unterstützt und angefeuert. Bis sie starb.

Mit ihr die Liebe und das Strahlen, das sie versprüht hatte. Und plötzlich war alles kalt. Für Ben und mich stand die Welt still, für die anderen drehte sie sich weiter und das fühlte sich so verdammt falsch an.

Innerlich schrie ich. Weil ich es nach außen nicht konnte. Wie konnte das sein? Dass alle lebten, als wäre nichts passiert? Dabei war doch *alles* anders. Unser Zuhause. Meine Gedanken. Meine Zukunft. Alles war leer und kalt und schwer.

Der Tag ihrer Beerdigung. Ich erinnerte mich genau daran. Ben fünfzehn und ich siebzehn Jahre alt, weinend am Grab. Unfähig, sie gehen zu lassen. Bis Dad sein *Machtwort* sprach: »Ihr müsst jetzt stark sein. Richtige Winterfeldt-Männer. Das Leben geht weiter. Also reißt euch zusammen.« Damit drehte er sich um und ließ uns stehen. Seine Worte standen wie eine kalte Mauer aus Eis neben uns. Das Thema war für ihn erledigt und er machte weiter im Programm. Also versuchte ich, ein *richtiger* Mann zu werden, wie mein Vater es von mir erwartete. Einer, der seine Gefühle unterdrückte. Funktionierte. Karriere machte.

Das war der Moment, in dem ich in meinem Leben abbog. Nur, dass mir das zu diesem Zeitpunkt nicht klar war. Es war der Moment, in dem ich meine Träume und Hoffnungen mit Mom begrub. Meinen Traum, mit Holz zu arbeiten. Möbel zu bauen. Mit meinen Händen Dinge zu erschaffen. Meine eigene Schreinerei zu haben. Seit ich ein kleiner Junge war, faszinierte es mich, Sachen aus Holz zu schnitzen. Als ich diesen Wunsch vor Jahren gegenüber Dad äußerte, brach er in einen heftigen Lachanfall aus. Er erklärte mir, dass dies eine dumme Jungen-Idee wäre. Und ich zu Höherem berufen. »Angesichts meiner familiären Abstammung«, waren seine Worte. Was das für mich hieß, wusste er, und so nahm mein Weg seinen Lauf. Aus Scham verlor ich kein Wort mehr darüber. Nichts wäre mir ferner gewesen, als meinem Vater zu widersprechen. Ich wollte ihm beweisen, dass ich es draufhatte. Nicht das Weichei war, als welches er mich bezeichnete, wenn er mich manchmal weinend nach Moms Tod fand.

Also tat ich, was von mir erwartet wurde. In dem Spiel, das sich Erfolg nannte, zu funktionieren. Nach einiger Zeit schaffte ich es, die Anerkennung meines Vaters zu bekommen. Endlich. Er machte mich zum Geschäftsführer von Winterfeldt-Immobilien. Die Welt stand mir offen. Nur dass ich mich dabei selbst verlor und mir immer fremder wurde. Der Alkohol rettete mich nach Feierabend. Was konnte an ein paar Gläsern hier und da schon falsch sein? Es war ja nicht so, dass ich permanent etwas brauchte. Trotzdem kam es häufiger vor, dass ich nicht pünktlich zu Terminen erschien. Weil ich nach One-Night-Stands in fremden Betten erwachte und in letzter Zeit oft verschlief. Absprachen nicht einhielt oder unkonzentriert und alkoholisiert in Meetings saß und uns dadurch wichtige Geschäfte durch die Lappen gingen. Dad zog mich mehrmals zur Rechenschaft.

Als ich beim letzten Geschäftsessen einen wichtigen Kunden als einen gierigen Halsabschneider bezeichnete, war es mit der Geduld meines Vaters vorbei. Was dann kam, war Geschichte.

Da saß ich nun in meinem dämlichen Sportwagen vor dem Haus meines Penthouse' und war am Ende. Es war so sinnlos, was ich hier tat.

Ich wollte nicht in meine Wohnung. Was sollte ich da? Meinen ganzen nutzlosen Luxus anstarren? Also setzte ich meinen Wagen in Bewegung und fuhr wie auf Autopilot durch die Straßen Hamburgs. An den *einen* Ort, an dem ich reden konnte. An dem *keiner* beurteilte, was ich sagte oder tat. An den Ort, der mir unter seinen ehrfürchtigen Bäumen Schutz bot.

Als ich Wohldorf erreichte, bog ich auf den Parkplatz des Waldfriedhofs in Ohlstedt ein. Das Grab von Mom lag unter zwei hohen Weiden. Alles war so still und friedlich. Das Grün beruhigte mich. Wie oft war ich schon hier gewesen, um meinem Frust Luft zu machen? Heute stand ich nur da und starrte für einige Minuten ins Leere. Bis sich nach einer Weile die Worte wie von selbst den Weg aus meinem Mund bahnten.

»Mom? Ich brauche Hilfe und fühle mich komplett verloren. Irgendwie ist mein Leben aus dem Ruder gelaufen. Zumindest fühlt es sich gerade so an. Ich weiß, was du sagen würdest. Dass man an seine Träume glauben muss. Sie festhalten. Das sagt sich so leicht, weißt

du. Wenn du mir nur sagen könntest, wie das geht. Ich hab das Gefühl, ich habe das Träumen verlernt. Vielleicht kannst du bei deinem Gott da oben ein gutes Wort für mich einlegen? Ich könnte es definitiv gebrauchen.«

Mom und ihr unerschütterlicher Glaube, der sie durch all die Stürme ihres Lebens getragen hatte. Dafür hatte ich sie immer bewundert. Mit der Hoffnung, dass meine Worte irgendwie da oben ankommen würden, blickte ich zum Himmel. Hoffte auf ein Zeichen oder irgendein Wunder, wie es für mich weitergehen könnte.

Ich seufzte und fuhr mir durch die Haare. Als ich mich umdrehte, bereit zu gehen, sah ich *sie*. Sie stand einige Meter entfernt an einem Doppelgrab. Mit diesem großen bunten Strauß voller Blumen, den sie in den Händen hielt. Ihr langes braunes Haar floss auf ihre Schultern. Schräge goldene Sonnenstrahlen fielen weich durch das Laub der Bäume und rahmten ihre schlanke Silhouette. Sie murmelte etwas in Richtung des Grabsteins, so wie ich es eben noch getan hatte, und war so bei sich selbst und vertieft in ihre Worte. So wirkte es auf mich. Es gab keinen Zweifel, es war *sie*. Das Mädchen von heute Morgen, das ich fast über den Haufen gerannt hatte. Verdammt, wie peinlich. Es war *sie*, mit diesen tiefgrünen Hoffnungsaugen. Sie, die vor Wochen bei meinem Unfall bei mir gewesen war, oder spielte mir meine Erinnerung einen Streich?

Ich schaute verstohlen in ihre Richtung. Völlig vertieft stand sie da und ich wagte es nicht, sie zu stören. Ich konnte aber auch nicht aufhören zu starren. Ich musste mich zwingen, den Blick von ihr abzuwenden.

Ich sah, wie sie die Blumen in eine Vase stellte und sanft über den Grabstein strich. Sie wirkte so zerbrechlich in diesem Moment. Und ich? War schlichtweg zu feige einen Schritt auf sie zuzugehen. Ich konnte sie nur anschauen. Aber ansprechen? Ich meine, auf einem Friedhof? Wer würde so was tun? Das war der unpassendste Ort dafür, oder?

So gern wäre ich auf sie zugegangen, doch ich schaffte es nicht. Nichts passte zusammen. Weder mein Zustand noch der Ort noch der Zeitpunkt. Ich war komplett verunsichert und Unsicherheit war etwas, das ich in Bezug auf Frauen nicht von mir kannte.

Du musst aufhören zu starren, Winterfeldt. Verdammt, reiß dich zusammen.

Ich zwang mich, zu gehen, bevor sie auf mich aufmerksam wurde. Stalker war das Letzte, was ich als ersten Eindruck hinterlassen wollte. Also trottete ich in Richtung Parkplatz zum Auto, startete den Motor und hatte für heute nur ein Ziel. Meine Wohnung und mein Bett. Ich war durch und kaum noch fähig, die Augen offen zu halten. Keine Ahnung, wie ich schaffte, unfallfrei zu Hause anzukommen. Ich erinnerte mich nicht mal mehr, mein Auto gesteuert zu haben.

Im Penthouse angekommen, taumelte ich mitsamt meinen Klamotten ins Bett, streifte meine Schuhe ab und fiel in einen tiefen Schlaf.

6

Ella

Eine halbe Stunde zuvor

Es war Abend und ich bog mit meinem kleinen Lieferwagen in die altbekannte Straße in Ohlstedt ein, in der ich groß geworden war. Die, in der ich jeden Baum kannte und jede Ecke. Über die Jahre hatte ich sie mit Amy zusammen rauf und runter bunt mit Kreide bemalt. Wir hatten »Himmel und Hölle« gespielt, bis wir nicht mehr konnten.

Dort stand das Haus, das ich so sehr liebte. Für mich das Schönste der Welt, denn aus allen Ritzen zwischen den roten Klinkersteinen hindurch strömte das Gefühl von Geborgenheit. Das Haus mit den dunkelgrünen Fensterläden, den Sprossenfenstern und den Blumenkästen, von Oma bepflanzt. Alte Obstbäume und Hortensien zierten den Garten, den Oma über die Jahre angelegt hatte.

Sobald ich einen Fuß über die Türschwelle setzte, entspannte ich mich. Dieses Haus roch nach Kissen-

schlachten und Pfannkuchen. Nach Tanzeinlagen auf der Couch mit Oma und Kirschkernweitspucken im Garten mit Opa. Nach Zelten unterm Sternenhimmel, Pool-Partys im Planschbecken, rosafarbenen Kaugummiblasen, dem vertrauten Duft meiner Kindheit.

»Ich bin da-haaa. Omsi, Opi?«, rief ich, als ich die Tür aufschloss.

Aus der Küche drang leise Radiomusik und ich folgte schnuppernd der leckeren Duftspur, als mein Magen anfing, lautstark zu rebellieren. Omi stand mit ihrer gepunkteten Schürze hinter dem Herd. Die langen Ohrringe baumelten von ihren Bewegungen hin und her und ihr schneeweißes Haar leuchtete im Kontrast mit den grünen Küchenschränken um die Wette.

»Himmel nochmal! Was ist denn *hier* passiert?« Ich riss irritiert den Mund auf, als ich an die Zimmerdecke blickte. »Wann hast du *das* denn gemacht und, äh, vor allem, warum? Warst du ... high?«

Opa versteckte sich kichernd hinter seiner Zeitung.

»Haha, Ella, sehr witzig«, konterte Oma und warf ein Geschirrtuch nach mir, welches ich gespielt lässig auffing.

»Touché! Na ja, sagen wir es mal so, es ist ... interessant?« Ich zog meinen Mund in die Breite. »Aber ... es passt zu dir, Omsi.«

Ich betrachtete all die kunterbunten Muster, mit denen sie offenbar versucht hatte, sich künstlerisch auszutoben.

»Mich fragt ja keiner«, meuterte Opa und blinzelte hinter der Zeitung vor. »Zukünftig trage ich in der Küche eine Sonnenbrille. Sonst werde ich noch blind.«

Ich prustete los.

»Als ob es dich je gestört hat, was ich mache?« Omsi blickte Opa herausfordernd an, der daraufhin die abwehrend die Hände hob.

»Ich habe ja keine andere Wahl.« Opa zwinkerte erneut in meine Richtung und grinste in seinen Bart, als Oma nicht hinsah, um wieder hinter der Zeitung abzutauchen.

Ich setzte mich an den Tisch mit der gepunkteten Wachstischdecke und musste grinsen, denn der Spruch: »Was sich liebt, das neckt sich«, war bei den beiden mehr als passend.

»Ich sterbe vor Hunger. Es riecht *so* lecker. Was gibt's zu futtern?«, fragte ich in Omas Richtung schauend, die mit einer Gegenfrage antwortete.

»Hast du wieder den ganzen Tag nichts gegessen, Ella-Kind? Du weißt doch, dass das nicht gesund ist?« Oma blickte mich mit diesem mütterlich-vorwurfsvollen Blick an.

»Wo steht das, Omsi? In Omas Weisheitenratgeber Seite 127?«

»Nicht witzig. Ich meine es ernst, Ella. Du bist viel zu dünn. Du musst mehr essen. Was sagst du dazu, Lorens? Ich hab doch recht, oder?«

Opa blickte von seiner Zeitung auf. »Was? Recht? Du? Immer!«

»Opa, echt jetzt? In welchem Zeitungsartikel bist du gerade versunken? Du hast doch gar nicht zugehört?« Ich zuckte mit den Schultern.

»Mann tut, was man kann, mien Deern.« Er lachte ein kehliges Lachen.

»Keine Chance, gegen euch zwei im Doppelpack.« Ich schüttelte lächelnd den Kopf, stand auf und drückte den beiden nacheinander einen Kuss auf die Backe.

Kurze Zeit später saßen wir genüsslich kauend am Tisch und ich erzählte ihnen die Geschehnisse des Tages.

»Hast du heute schon daran gedacht, mien Deern?«

»Woran soll ich gedacht haben?«, fragte ich und schob mir das letzte Stück Frikadelle in den Mund.

»Heute ist doch Jahrestag«, erklärte Oma kauend.

»Verdammt!« Ich schlug mir erschrocken die Hand vor den Mund. Wie konnte ich diesen Tag vergessen? Jedes vergangene Jahr hatte ich an den Tag des Unfalls meiner Eltern gedacht. Immer.

»Ich ... ich hab's vergessen. Das gibt's doch nicht. Wie konnte mir das passieren?« Resigniert ließ ich meine Schultern hängen und sackte tiefer in den Stuhl. Ich schüttelte den Kopf über mich selbst.

»Sei nicht so hart zu dir, Ella. Du hast so viel um die Ohren. Und die beiden wären dir nicht böse. Das weißt du.« Es war Oma, die mich zu besänftigen versuchte.

Wusste ich es wirklich? Als meine Eltern verunglückten, war ich noch so klein gewesen und allzu viele Erinnerungen hatte ich nicht an sie. Das Meiste kannte ich von Bildern oder aus Erzählungen von Oma und Opa.

»Wart ihr beiden denn schon am Grab?«

Oma nickte.

»Und darf ich mir Blumen aus eurem Garten klauen? Ich glaube nicht, dass jetzt noch ein Blumenladen offen hat.«

»Klar«, erwiderte Oma und ich war mal wieder dankbar ohne Ende, sie in meinem Leben zu haben. Ich drückte ihr einen Kuss auf die Wange, warf Opa einen Luftkuss zu und stürmte in den Garten.

»Tschüss ihr beiden und danke für alles. Das Essen war sehr lecker, Omsi. Ich hab euch lieb«, rief ich noch über meine Schulter hinweg und war schon in Richtung Haustür unterwegs.

»Tschüss, Ella-Wirbelwind«, rief Opa hinter mir her.

Omas Lachen hörte ich bis in den Garten schallen und ein warmes Gefühl, das sich nach zu Hause anfühlte, flutete meinen Körper. Dankbar sog ich die Luft ein und machte mich daran, Blumen zu pflücken.

Als ich den Eingang des Friedhofs passierte, war mir ein wenig komisch zu Mute. Mein Gewissen nagte mehr an mir, als ich zugeben wollte, und ich versuchte krampfhaft, die schlechten Gefühle wegzuschieben. Es war das Letzte, das ich vergessen wollte — woher meine Wurzeln kamen.

Ich atmete tief ein und wieder aus und hielt die Blumen in meiner Hand fest umklammert. »Sorry, Mama und Papa«, flüsterte ich am Grab angekommen. »Ich bin spät, ich weiß, aber noch nicht zu spät. Seid mir bitte nicht böse. Es war so viel los heute im Café. Gestern habe ich noch an euch gedacht und heute ... Ach ... Es tut mir leid.«

Aus den Augenwinkeln nahm ich einen Typen rechts von mir einige Meter entfernt wahr. Verstohlen warf ich einen Blick hinüber. Er stand mit hängenden Schultern vor einem Grab, den Kopf gesenkt. Auch er schien zu reden.

Moment! Das war doch der Schnösel von heute Morgen oder täuschte ich mich?

Ich wischte mir die Tränen aus den Augen. Himmel, verfolgte der mich jetzt? Ich schüttelte den Kopf, um den Gedanken zu vertreiben, und stellte die Blumen in die Vase neben dem Stein. Ich zog noch ein paar Unkräuter aus der Erde und rieb sie mir von den Händen, so gut es ging.

Als ich wieder nach rechts blickte, war niemand mehr zu sehen.

7

Leander

Als ich am nächsten Morgen die Augen öffnete, spukte das Mädchen mit den grünen Hoffnungsaugen durch meinen heftig schmerzenden Schädel.

Ernsthaft jetzt, Leander. Was ist los mit dir?

Warum war sie das Erste, woran ich beim Aufwachen dachte? Komischerweise war sie an diesem beschissenen Tag gestern mein Lichtblick gewesen und dass ich nun wiederholt an sie dachte, irritierte mich ziemlich. Wir hatten nicht ein einziges Wort miteinander gewechselt und trotzdem schlich sie sich in meine Gedanken. Das hatte auf diese Weise bisher noch keine Frau geschafft.

Zugegeben, unsere erste Begegnung war ungewöhnlich gewesen. Sie hatte mich gehalten, als ich in meinem eigenen Blut lag.

Wie schräg war das denn bitte?

Angewidert schob ich den Gedanken weg. Außerdem hatte ich mich definitiv nicht mit Ruhm bekleckert, als ich sie angerempelt hatte.

Ich musste sie ausfindig machen, mich bei ihr entschuldigen und mich bei ihr bedanken und …

Klar Leander, ist ja kein Problem, Hamburg ist quasi ein Dorf. Stell dich einfach auf den Friedhof die nächsten Wochen und warte, bis sie wiederkommt. Zeit hast du ja jetzt.

O Mann, ich brauchte Kaffee und etwas zu essen und das schnell. Mein Hirn schien nicht richtig zu arbeiten. Da ich die letzten Wochen in der Reha verbracht hatte und gestern außer literweise Kaffee und einer Stulle unterwegs nichts gegessen hatte, gähnte mein Kühlschrank, als ich ihn öffnete.

Es gab nur eine Option, ohne viel Aufwand an etwas Essbares zu kommen. Ich würde mich in das nächstbeste Café setzen und das so schnell wie möglich, da ich heftig unterzuckert war. Jetzt musste ich nur noch eines finden, in welchem ich sicher sein konnte, keine bekannten Gesichter zu treffen. Denn darauf hatte ich im Moment absolut keine Lust. Der Gedanke, Romy zufällig über den Weg zu laufen, jagte mir einen Schauder über den Rücken.

Als ich in die Osterstraße bog, spürte ich ein seltsames Gefühl in der Magengegend. Erinnerungen an meinen Unfall vor vielen Wochen kamen hoch. Man sah noch die Reste der Kreidemarkierungen der Polizei.

Der Typ, der mir die Vorfahrt genommen hatte, war sogar im Krankenhaus bei mir erschienen und hatte sich entschuldigt. Ihn traf jedoch nicht die volle Schuld, da ich mit überhöhter Geschwindigkeit gefahren war. So kamen wir beide mit einer Geldstrafe und ein paar Punkten davon. Bei mir kam noch ein Fahrverbot von einem Monat dazu, was mich aber nicht störte, da dies in die Zeit der Reha gefallen war.

Während ich damit kämpfte, das Adrenalin in meinem Körper zu besänftigen, fiel mein Blick auf ein Café direkt am Straßenrand. Blaue Hortensien in Körben standen an beiden Seiten des Eingangs. Die Bistro-Tische vor dem Schaufenster waren fast alle leer, bis auf ein Pärchen, das dick eingehüllt in Wolldecken saß. Es war Anfang Mai und die Temperaturen waren morgens unter null Grad gefallen.

Am nächstmöglichen Parkplatz hielt ich an, stellte den Wagen ab und ging zielstrebig auf den Eingang zu. Als ich die Tür öffnete, fiel mir sofort die entspannte Einrichtung ins Auge. Alles schien aufeinander abgestimmt, alte Tische und Stühle zwischen wunderschönen antiken Kerzenleuchtern, die von der Decke hingen. Die Möbel wirkten gerade durch ihre Altersspuren perfekt unperfekt. Hölzerne Kommoden, die am Rand standen, waren mit Büchern und bizarren Pflanzen dekoriert. Ich bewunderte die Vinylplatten, die abwechselnd mit den dazugehörigen Covern eine

komplette Wand schmückten und Bilderrahmen, die mit Zitaten aus Filmen gefüllt waren. Im hinteren Teil des Cafés nahm ich wahr, dass alte Holztische und Schränke mit Büchern standen. Scheinbar konnte man hier auch welche kaufen. Zum Schmökern waren einzelne Sessel und eine grüne Samtcouch im Retro-Style aufgestellt worden. Diese wurden momentan genutzt. Einige Leute saßen dort in Bücher vertieft und schienen die Welt um sich herum zu vergessen.

In der Bücherecke hing eine große Tafel, auf die verschiedene Sprüche gelettert waren. Leise Musik drang aus den Boxen und ich suchte mir einen freien Tisch. Überall saßen frühstückenden Pärchen, Familien, Freunde. Ein Geräuschpegel aus Gesprächen und Wortfetzen, Geschirrklappern und Lachen erfüllte die Luft. Entspanntheit und Frühstücksduft lag in der Atmosphäre und mein Magen knurrte.

Gerade hatte ich mich an einen der freien Tische gesetzt, als ich *sie* an der Theke stehen sah. Das Mädchen mit den Hoffnungsaugen. Langsam zweifelte ich an meinem Verstand. Wie konnte es sein, dass diese Frau mir nun das vierte Mal in Folge begegnete, und das innerhalb von ein paar Wochen oder Tagen? Spielte mir mein Hirn einen Streich? Waren das die Folgen meiner heftigen Gehirnerschütterung, dass ich halluzinierte? War ich inzwischen so unterzuckert oder was passierte hier?

Es war, wie wenn man ein neues Auto kaufen wollte.

Ein bestimmtes Modell, eine bestimmte Farbe. Auf einmal sah man nur noch Autos genau dieser Art fahren, die einem zuvor nie aufgefallen waren.

Wow! Jetzt verglich ich sie mit einem Auto. Prima! Gut, dass niemand meine Gedanken lesen konnte.

Verstohlen schaute ich hinter der Speisekarte zu ihr hinüber, unsicher, was ich tun sollte, wenn sie an meinem Tisch erschien.

Plötzlich machte alles Sinn. Der Unfall war genau vor diesem Café passiert und sie war es, die als Erste am Unfallort gewesen war. Warum war ich da nicht gleich darauf gekommen?

Was würde ich sagen, wenn sie an meinen Tisch kam? »Hey, wir kennen uns?« Zu billig. »Hey, dein Gesicht kommt mir so bekannt vor!« Zu lahm.

Eine große Rothaarige mit wilden Locken und zahlreichen Sommersprossen trat an meinen Tisch und nahm mir fürs Erste die Entscheidung ab. »Hey, guten Morgen. Was darf es für dich sein?« Sie zückte ihren Stift, war schreibbereit und blickte mich interessiert an. »Du bist neu hier, oder? Zumindest in Ellas-Welt?«

»Stimmt. Ich war noch nie hier. Was kannst du mir denn für ein Frühstück empfehlen?«

»Na ja, das kommt darauf an. Hast du eher Lust auf herzhaft oder süß?« Die Rothaarige schaute mich herausfordernd mit einem Augenzwinkern an. Flirtete die etwa mit mir?

Verwirrt schüttelte ich den Kopf und blickte nochmal kurz in die Karte. »Ich denke, ich nehme das Elbfrühstück.«

»Also herzhaft, gut, ist notiert. Sehr gerne. Und willkommen in unserer Welt. Falls du zufällig Bücher magst, kannst du gern auch hinten im Bookstore schauen, ja?«

Ich nickte interessiert. »Okay.«

Die Rothaarige zündete die Kerze auf meinem Tisch an, steckte Notizblock und Kugelschreiber in eine Tasche ihrer Kellnerschürze und marschierte Richtung Theke davon.

Ich versuchte, mich zu entspannen und mir nebenbei eine kreative Idee zu überlegen, wie ich *sie* ansprechen könnte. Vor meinem inneren Auge spulte sich ein Film ab und ich sah mich lässig zur Theke schlendern, ein cooler Anmachspruch auf den Lippen. Gott bewahre. Das durfte nicht passieren.

Tief einatmend flößte ich mir Mut ein. Steuerte mit dem perfekten Satz im Kopf, den ich wie ein Mantra wiederholte, Richtung Tresen. Bis ich direkt vor ihr stand.

»Hey, alles ok?« Sie strahlte mich mit einem entwaffnenden Lächeln an, das mich etwas fassungslos dastehen ließ.

Verdammt. Diese Augen, die aus der Nähe noch grüner strahlten, als ich sie im Gedächtnis hatte. Wie zwei tiefe Seen. Für einen winzigen Moment blitzte die Erinnerung wie eine Momentaufnahme auf und ich sah Ben und mich, Steine flippend vor genau solch einem See stehen. Mein Kopf begann fieberhaft nach dem Namen zu suchen. Jetzt war ich völlig aus dem Konzept und mein zurechtgelegter Satz schien in den tiefen meines Hirns verschwunden zu sein, als hätte er nur drauf gewartet, rechtzeitig die Flucht zu ergreifen.

»Hey! Ich … a-also … Ich … ich müsste mal zur Toilette. Wo ist die denn?« Die Worte stolperten aus meinem Mund, ehe ich sie stoppen konnte.

Verdammt.

Ernsthaft? Hatte ich das gerade wirklich gefragt? Toilette? Jetzt war es amtlich, ich war so was von verloren auf einem neuen Level. Ich konnte nicht mehr normal kommunizieren. Was zum Henker war los mit mir?

Sie schenkte mir ein strahlendes Lächeln. Ich hatte mit Sicherheit schon viele Menschen lächeln sehen, aber dieses war mit Abstand das schönste und ehrlichste Lächeln der ganzen Welt und ließ mich wortlos dastehen.

»Toilette? Klar. Den Gang nach hinten und dann rechts«, erwiderte sie neutral, so als hätte ich mich gerade absolut nicht blamiert, was den Wunsch in mir trotzdem nicht schrumpfen ließ, mich in Luft aufzulösen, und zwar augenblicklich.

Wie blöd konnte man sich anstellen? In Gedanken

ohrfeigte ich mich tausendundeinmal. Spulte in meinem Hirn auf Anfang zurück.

Diese Frau schien alles, was ich bisher an vernünftiger Konversation geführt hatte, außer Gefecht zu setzen. Ich war mir einmal mehr nicht sicher, ob mein Hirn beim Sturzflug aus dem Auto einen bleibenden Schaden abbekommen hatte.

Während ich beim Händewaschen in den Spiegel schaute, schwor ich mir, mich nochmals untersuchen zu lassen. Es konnte keine andere logische Erklärung dafür geben, dass ich mich wie ein absoluter Volltrottel aufführte, als dass mit mir etwas nicht stimmte.

Denk nach, Winterfeldt, wie du aus dieser Situation wieder rauskommst, ohne komplett dein Gesicht zu verlieren.

Dann fasste ich einen Plan.

8

Ella

Mein Kopf lief auf Hochtouren, als ich hinten in der Küche einige Bestellungen zubereitete. Wäre ich eine Comicfigur, würden über meinem Kopf Dampfwolken und Fragezeichen schweben. Warum kam ich nicht dahinter, woher ich den Toiletten-Typen-Schnösel kannte. Klar, neulich hatte ich ihn zweimal gesehen, aber davor?

Amy hatte mir gesagt, dass er das erste Mal bei uns zu Gast war, also konnte ich diese Möglichkeit ausschließen. In Gedanken vertieft schnippelte ich Gurken und Tomaten zur Deko für die Frühstücksteller, als Amy zu mir in die Küche kam.

»Wie ist die Lage, Amy, kommen wir noch klar oder brauchen wir weitere Unterstützung? Was meinst du, soll ich Omsi anrufen?«

»Nee, lass mal, alles gut. So langsam sind alle zufrieden und die ersten Frühstücksgäste sind auch schon wieder weg. Auch der ›Schnösel‹ ist inzwischen gegangen.« Amy grinste. Sie hatte die Bezeichnung für den namenlosen Unbekannten mit übernommen.

»Was grinst du so blöde?« Ich blickte Amy fragend an und hob die Augenbrauen.

»Das hier«, erklärte sie und wedelte mit einem Stück Papier vor meiner Nase herum. »Das lag an seinem Platz.«

Sie streckte mir einen Zettel entgegen. Als ich nach ihm greifen wollte, zog sie ihn mir weg. Provozierend langsam faltetet sie das Papier auseinander und fing laut an zu lesen.

»Hey, du unbekannte Lebensretterin! Eigentlich war …«

»Wie jetzt, Lebensretterin?«, unterbrach ich Amy, zog ihr den Brief aus der Hand und las gespannt nochmal von vorne.

»Hey, du unbekannte Lebensretterin. Eigentlich war es mein Plan, mich heute bei dir für mein bescheuertes Verhalten von neulich zu entschuldigen. Ich war so froh, dich heute hier im Café zu sehen. Als ich aber vorhin vor dir stand, war mein Kopf schlagartig wie leergefegt. Alles, was ich dir eigentlich sagen wollte, war plötzlich wie verschwunden, was mir echt peinlich ist. Auf jeden Fall tut es mir total leid, dass ich dich neulich so derbe angerempelt habe, woran du dich sicher noch erinnerst, oder? Bestimmt tust du das. Vielleicht nimmst du die Entschuldigung an, wenn ich dir sage,

dass ich einen übelst schrecklichen und heftigen Tag gehabt habe und nicht ganz bei Verstand war. Was allerdings noch viel wichtiger ist, ist dir zu sagen, dass ich echt froh bin, dass du mir auf gewisse Art und Weise auch das Leben gerettet hast vor ein paar Wochen. Als ich einen Unfall genau hier vor deiner Tür gehabt habe. Gut, ich übertreibe ein winziges bisschen, aber zumindest warst du zur richtigen Zeit am richtigen Ort und hast mir sehr geholfen. Dass ich dieses Café bis dahin noch gar nicht gekannt habe, ist echt ein Jammer, denn es ist wirklich schön hier. Abgesehen davon, dass ich mich wiederholt wie ein Trottel benommen habe. O Mann, sorry für mein irres Gestammel. Was ich dich fragen wollte, ist, ob ich dich wenigstens als Entschuldigung für das Trottel-Verhalten und als Wiedergutmachung zum Essen einladen darf? Falls ja, kannst du mir kurz Bescheid geben? Natürlich nur, wenn du magst. Ich gebe dir meine Handynummer und du kannst mir ein Ja oder Nein schicken, dann melde ich mich bei dir. Leander.«

Seine Handynummer hatte er ebenfalls hinterlassen.

Ich ließ den Brief sinken, schaute Amy an, die über beide Backen grinste, und klatschte mir mit der Hand gegen die Stirn. Der Schnösel. Der Unfall. Das viele Blut. Mein Ohnmachtsanfall. Logisch. Jetzt war alles klar. O Mann! Warum war ich da nicht selbst draufgekommen?

»Uuuuuuhhhhhlala.« Sie zog das Wort künstlich in die Länge. »Wir haben ein Date. Also fast. Wenn du willst. Du willst doch, oder?« Amy blickte mich fragend an, um sofort weiter zu plappern. »Ich meine, wenn du mich fragst, ich würde den Typen definitiv nicht von der Bettkante stoßen, so heiß wie der aussah. Ich meine: Groß, dunkles Wuschelhaar, muss ich noch mehr sagen? Genau mein Beuteschema. Aber nach mir hat er ja leider nicht gefragt.« Amy schenkte mir einen verheißungsvollen Augenaufschlag und kicherte.

»Kannst du vielleicht ausnahmsweise bitte mal ernst bleiben? Was mach ich denn jetzt?«

»Wie jetzt? Ist das eine Frage? Das ist doch völlig klar: Du gehst natürlich hin. Heißt, du schickst ihm die Zauberbotschaft: JA. Du gehst nicht über Los, sondern direkt zum Date. Tadaaaaaa! So einfach geht das. Moment, wann war noch dein letztes Date?« Amy fasste sich gespielt nachdenklich an die Stirn. »In der Zeit, als wir in der Zwölften waren? Oder war es noch früher? Grundschule? Hmmmmm, ich komm gerade nicht drauf.« Angestrengt legte sie die Stirn in Falten und tat so, als versuchte sie, sich krampfhaft zu erinnern.

Ich gab ihr einen leichten Seitenhieb. »Haha, du Keks, du bist so blöd. Und verarschen kann ich mich selber.«

Mir war klar, dass ich absolut nicht der Typ Mädchen war, der mit der Anzahl ihrer verblichenen Typen

prahlen konnte. Abgesehen davon, dass ich das überhaupt nicht wollte. Mir war aber bewusst, worauf Amy hinauswollte. Meine letzte Beziehung – mich schüttelte beim Gedanken daran – war schon Jahre her und hatte meinem sowieso geringen Selbstbewusstsein einen heftigen Knacks gegeben. Seitdem hatte ich beschlossen, mich nicht so leicht wieder auf einen Kerl einzulassen. Lieber hatte ich meine Konzentration auf Schule, Ausbildung und dann das Café gerichtet. So wusste ich wenigstens, was zu tun war.

Für mich bedeutet es Sicherheit und ich wog mich in dem Gefühl, mich dadurch vor Verletzungen zu schützen. In Sachen Daten war Amy der Draufgänger von uns beiden. Sie hatte keine Angst, sich in zahlreiche Abenteuer zu stürzen. Keine Ahnung, wie sie das machte. Im Moment war Amy single und genoss es in vollen Zügen. Das war ihre Art, das Leben anzugehen, für sie schien es eine einzige Party zu sein und Amy war die Gastgeberin, mittendrin.

Und dann gab es da mich. Zweifelnd, oft zögernd, zurückhaltend, vorsichtig.

»Jetzt komm schon, was hast du zu verlieren? Wie wäre es, wenn du genau jetzt damit aufhörst, immer nur vernünftig zu sein? Mach mal eine kurze Pause davon, okay? Es ist nur ein harmloses Treffen. Nicht mehr und nicht weniger. Geh endlich mal wieder aus und hab Spaß. Du gehst doch kein Risiko ein. Keine

Verpflichtung. Du musst den Kerl auch nicht gleich heiraten. Ich schwöre. Und wenn er doof ist, auch nie wieder treffen. Du hast einfach mal ein bisschen Spaß.«

»Ach Amy, du Cheerleader.« Ich seufzte laut. »Ein bisschen Spaß. Einfach? Haha. Redest du von dir? *Du* hast Spaß, wenn du neue Menschen kennenlernst. Du verwechselst mich gerade mit dir, oder? Für mich ist das erstmal Stress. Wir erinnern uns?«

Ich knuffte sie in die Seite und seufzte. Dann erwachte ein winziger Funke Mut in mir, keine Ahnung, wo der plötzlich herkam. Bevor er wieder erlosch, sagte ich schnell: »Vielleicht hast du ja aber auch recht. Zumindest ein klitzekleines bisschen«, und mein Mund verzog sich zu einem gewollten Lächeln. »Ich denk darüber nach, okay? Und jetzt lass uns weiter arbeiten, das ganze Geschirr hier muss versorgt werden.«

»Alles klar, Chefin.« Amy gab mir einen Klaps auf den Hintern, krempelte die Ärmel hoch und begann das Geschirr in den Geschirrspüler zu räumen.

Es war inzwischen Abend geworden, als ich in meiner gemütlichen Dachgeschosswohnung in einem Altbau ankam. Die weichen Strahlen der Abendsonne fielen auf meinen kleinen Balkon und tauchten alles in goldenes Licht.

Ich setzte mich und schaute den Schwänen zu, die sich das ganze Jahr auf dem Wasser tummelten. Rund um das Haus standen hohe Pappeln, die beruhigend raschelten. Sie rahmten die Grünfläche ein wie schützende Wächter. Der Stress des Tages fiel von mir ab und machte den Platz frei für Entspannung.

Ich atmete tief ein und wieder aus, als mein Handy im Wohnzimmer piepste. Seufzend stand ich auf, um nach innen zu gehen und auf das Display zu schauen.

Amy: Uuuuuuund? Hast du ihm schon geantwortet?

Amy, Logo. Neugier war ihr zweiter Vorname. Ungeduld der Dritte.

Ich tippte ein: Ja, bevor ich es mir anders überlegte und der Mut mich verließ. An Leander. Nicht an Amy. Logisch.

Amy bekam ein: Verrate ich dir morgen, als Antwort.

Mein Handy vibrierte erneut.

Amy: Ich hasse dich ☺

Ich: Ich dich mehr. Haha. 😇

Während ich leise kicherte, leuchtete eine neue Nachricht auf. Nicht von Amy.

Unbekannte Nummer.

Leander. *O mein Gott. O mein Gott.* Mein Puls ging augenblicklich schneller.

Hey! So peinlich, aber ich weiß nicht einmal deinen Namen. Ich schlage vor, wir treffen uns morgen, Samstag, 18 Uhr? Klingt das gut für dich? Wollen wir uns in Övelgönne an der Strandperle treffen? Wäre das ok? Ich freu mich. Leander.«

Ahhh, was hatte ich getan? Ich hatte ein Date und machte mir jetzt schon fast in die Hose. Was, wenn ich Unsinn redete, nicht wusste, was ich überhaupt reden sollte, wenn ich …

Mein Herz war im Panikmodus angekommen, während mein Kopf Dinge zur Beruhigung sagte.

Ganz ruhig. Es ist nur ein Treffen, Ella. Er will sich bei dir bedanken. Kein Date. Alles gut. Atmen.

Ich atmete tief durch und tippte auf antworten.

Okay. Klingt gut. Ich freu mich auch. Ella.

Ich war eine so schlechte Lügnerin. Freuen? Die Wahrheit war, dass ich mir vor Angst fast in die Hose machte, aber das konnte ich ihm schlecht sagen.

Ella! Schöner Name. Bis dann Ella-Lebensretterin.

Erschrocken über meinen eigenen Mut, starrte ich einige Minuten auf das Display. Ich hatte zugesagt. Himmel. Es gab kein Zurück mehr. Ich würde ihn morgen treffen.

Nervosität war mein Dauerzustand, den ganzen Tag vor dem Treffen. Treffen, nicht Date, war das Mantra, das ich wiederholte, wenn wieder ein Adrenalinstoß durch meinen Körper fuhr, als wäre ich eine Achterbahn und das Adrenalin ein Wagon.

Amy hatte mich mehrmals beruhigt und mir Mut zugesprochen und ich sie mehr als einmal genervt, dass ich das Ganze absagen würde, weil mir schlecht war. Und heiß. Mir war so heiß und ich war mir sicher, dass ich schlagartig Fieber hatte. Oder eine andere Krankheit, die ein Treffen unmöglich machte. Ich wollte ihn ja nicht anstecken. Ich hatte tausend Ausreden, die auf einmal alle so viel Sinn für mich ergaben. Ich konnte mich so gut in meine diffusen Ängste hineinsteigern.

Irgendwann hielt Amy es nicht mehr aus und mich an den Schultern fest. Sie sah mir tief in die Augen und ich blickte verwundert zurück. »Ella. Ich liebe dich wirklich sehr, aber du nervst gerade echt tierisch. Du hörst jetzt auf, dich da unnötig reinzusteigern, weil du das gar nicht nötig hast. Du bist der wundervollste Mensch, den ich kenne, und du hast es verdammt noch mal verdient, mal wieder ein bisschen Spaß zu haben, okay?«

»Okay«, murmelte ich zaghaft und nickte. Um dann schuldbewusst zu Boden zu blicken. Mir war bewusst, dass ich mich wenig erwachsen benahm, aber was konnte ich schon dafür? Ich konnte es nicht besser, so sehr ich es auch wollte.

»Du machst jetzt Feierabend, Ella, ziehst dir was Hübsches an und verschwindest von hier. Oder, Omsi?«

Oma blickte aus der Küchentür und grinste. Sie war heute eingesprungen, damit Amy nicht allein im Café die letzte Stunde überbrücken musste. Oma kam auf mich zu, nahm mich in den Arm, drückte mich und küsste mich aufs Haar. »Hab Spaß, mein Mädchen.«

Damit schob sie mich in Richtung Tür und ich lief nach draußen in die warme Mailuft. Es war ein sonniger Abend. Ich atmete einmal tief durch, ganz viel Mut ein. Zumindest hoffte ich das. Und Hoffen war nie verkehrt.

Es war kurz nach 18 Uhr, als ich an der Strandperle ankam. Ich sah ihn schon von Weitem am Ufer der Elbe stehen und aufs Wasser blicken. Er, in der hellen Jeans, ein lässiges weißes Hemd, die Ärmel hochgekrempelt, Sneakers an den Füßen. Mein Herz fing wie automatisch an, schneller zu schlagen.

Auf einmal drehte er sich um und lächelte mich an, so als hätte er meinen Blick gespürt.

9

Leander

Ich blickte auf die Elbe, als ich sie kommen spürte. Tatsächlich konnte ich ihre Anwesenheit körperlich spüren. Wie das ging, war mir ein Rätsel und ich hatte so etwas nie zuvor erlebt. Ich wusste, sie war gekommen, noch ehe ich sie sah, und augenblicklich schienen meine Mundwinkel der Schwerkraft entgegen nach oben zu wandern. Ob ich wollte oder nicht, ich konnte nichts anderes tun, als aus meinem tiefsten Inneren zu lächeln. Ich glaube, alles an mir lächelte in diesem Moment.

Dieser Augenblick war besonders. Die Abendsonne ließ die Elbe golden schimmern, die Möwen am Himmel hatten ihre eigene Flugshow und als Ella auf mich zukam, schimmerte ihr gewelltes kastanienbraunes Haar in der Sonne. Sie trug einen langen Rock, der ihre Beine umspielte, ein leichtes Top und sah zauberhaft aus.

Neben uns lag die »Strandperle«, leise Musik wehte von dort zu uns herüber. Überall waren Menschen, manche saßen im Sand, Stimmengewirr und Kinderlachen erfüllte die Luft. Drachen flogen am Himmel.

Ich ging aufgeregt auf Ella zu und sie schaute schüchtern, aber lächelnd zu Boden.

»Hey! So gut, dass du gekommen bist und das, obwohl ich dir genug Gründe gegeben habe, mich für einen Vollidioten zu halten. Scheinbar scheint meine Pechsträhne mal eine Pause einzulegen.«

»Hey, ja, hier bin ich.« Sie blickte vom Boden auf und strahlte mich an. Ihre grünen Augen leuchteten durch die schrägen Strahlen der Abendsonne noch intensiver.

Ich schluckte die ansteigende Nervosität herunter. »Hast du vielleicht Lust, zuerst noch ein Stück an der Elbe entlang zu gehen oder ist dein Hunger schon groß und du willst gleich was essen?«

»Spazieren klingt gut«, erwiderte sie. Ich nahm die Unsicherheit wahr, die in ihrer Stimme mitschwang, und überlegte, wie ich ihr diese nehmen könnte. Sie strich sich die Haare aus dem Gesicht. »Wohnst du schon immer in Hamburg?«

Ich nickte. »Ich bin ein richtiger Hamburger Ureinwohner«, erwiderte ich lachend. »Und du?«

»Nicht ganz.« Sie verzog ihre Mundwinkel zu einem angedeuteten Lächeln. »Ich bin als Sechsjährige nach Hamburg gekommen.«

»Okay, verstehe. Wo hast du denn davor gewohnt?«

Sie seufzte tief. »In Bremen. Ich musste zu meinen Großeltern ziehen.« Sie ließ die Schultern sacken.

Ich drehte mich in ihre Richtung und blickte ihr ins Gesicht. Etwas in ihrer Stimme sagte mir, dass es ihr schwerfiel, darüber zu reden. Da lag ein leises Zögern darin und ich wollte sie nicht in Verlegenheit bringen. »Wenn ich was Falsches gefragt habe, tut es mir leid. Wir können auch über etwas anderes reden, ich dachte nur …«

»Schon gut, ich rede nur nicht so oft darüber, um ehrlich zu sein.« Ihr Blick schweifte über das Wasser der Elbe, als würde sie die passenden Worte dort suchen. »Meine Eltern sind beide bei einem Autounfall ums Leben gekommen. Deshalb bin ich damals nach Hamburg gekommen, zu meiner Oma und meinem Opa, die ab diesem Moment für mich gesorgt haben.«

Täuschte ich mich oder wirkte sie augenblicklich angespannt?

Ich wandte mich ihr zu und unterdrückte den Drang, nach ihrer Hand zu greifen. Auf keinen Fall wollte ich sie verunsichern. Also ließ ich es bleiben.

Was passierte hier gerade und wie waren wir so schnell in diese tiefen Gewässer geraten?

»Puhhh. Das ist allerdings richtig schlimm.«

»Schon gut, es ist lange her. Ich kann froh sein, bei meinen Großeltern gelandet zu sein. Ich glaube, etwas

Besseres hätte mir in der Situation nicht passieren können«, sagte sie mit einem Schulterzucken. »Ich will mir gar nicht ausmalen, was es für mich bedeutet hätte, in eine Pflegefamilie oder ins Heim zu kommen.« Ihr Blick wirkte kurz gedankenverloren, dann schaute sie mich direkt an. »Aber sag mal, kann es zufällig sein, dass ich dich neulich auf dem Friedhof in Ohlsdorf gesehen habe, am selben Tag, an dem du beinahe meine Cupcake-Lieferung ruiniert hättest?«

»Ach du Scheiße, du hattest Essbares in den Schachteln? Wie peinlich.« Ich schlug mir mit der Hand gegen die Stirn. »Ich bin so ein Idiot.«

»Jap. Also wegen essbar, nicht wegen Idiot.« Sie grinste kurz und blickte mich auffordernd an, als würde sie auf eine Erklärung warten.

Ich blieb stehen und wandte mich ihr zu. Neben uns rauschte die Elbe, beruhigend und stetig. Der Wind spielte mit ihrem Haar und mir stockte für einen Augenblick der Atem, so schön sah sie aus. »Weißt du, das hier ist verrückt. Ich kenne dich so gut wie nicht und doch habe ich gleichzeitig das Gefühl, ich würde dich schon ewig kennen. Wie kann das sein? Keine Ahnung. Kennst du das? Ich bisher nicht.«

Himmel, jetzt stammelte ich schon wieder so wirres Zeug. Trotzdem begann sie zu lächeln und ich plapperte weiter.

»Ich hatte an dem Tag, an dem ich dich angerempelt

hab, einen kompletten Scheißtag und das ist echt noch milde ausgedrückt. Mein Vater hat mich aus der Firma gekickt und als wäre das noch nicht genug, gleich meinen Bruder an meiner Stelle eingesetzt. Es war, als hätte man mir einen Arschtritt verpasst. Also mein Vater jetzt. Für das mit meinem Bruder … dafür fehlen mir immer noch die Worte.« Ich schüttelte energisch den Kopf. »Das Schlimme ist, ich habe in letzter Zeit immer mehr das Gefühl, als hätte ich es verdient, verstehst du? Ich hab mich teilweise wie ein Vollidiot benommen, du hast es ja auch mitbekommen, und habe das Gefühl, das ist jetzt die Quittung dafür. Klingt das plausibel?« Ich machte eine kurze Pause, redete dann aber weiter, ohne ihre Antwort abzuwarten. »Jedenfalls war das der Moment, kurz nach dem Rausschmiss, in dem ich dich angerempelt habe … und … es tut mir echt leid. Ich stand an dem Tag einfach komplett neben mir.«

Ella schaute mich mit großen Augen an. »Wenn das hier das Resultat der Aktion ist, gefällt mir das ganz gut«, erwiderte sie aufmunternd und strahlte mich an. Noch immer lag ein Hauch von Schüchternheit in ihrem Blick, doch das machte ihr Lächeln nicht weniger schön.

Gott, was war los mit mir?

So gefühlsduselig kannte ich mich gar nicht.

»Vielleicht können wir jetzt doch was essen gehen, ich glaube, mein Bauch meldet Hunger.« Ihr Magen

knurrte leise, sie fasste sich daran und lächelte verlegen. »Ich hatte heute noch nicht viel Zeit zum Essen«, entschuldigte sie sich und zuckte dabei mit den Schultern.

Wir setzten uns auf zwei der Klappliegestühle, vor der Strandperle, bei der wir inzwischen wieder angekommen waren. Lässige Atmosphäre, entspannte Gäste, Containerschiffe vor uns auf der Elbe. Gewusel und Stimmengewirr hinter uns.

Ella hatte ihre Sandalen ausgezogen und vergrub ihre Füße im Sand. Ihr rechter Fuß wirkte leicht steif, doch ich dachte nicht länger darüber nach. Schiffe fuhren ächzend vorbei und es roch nach Freiheit und Fernweh.

Ich entspannte mich.

Ein Gefühl, das ich seit Monaten nicht mehr verspürt hatte. Die Luft war angenehm warm und die Sonne langsam dabei, zu verschwinden. Ein orangefarbener Himmel mit hellblauen Streifen bildete die Kulisse für unser Essen. In meinem Kopf machte sich eine Leichtigkeit breit und ich genoss Ellas Gegenwart und spürte, wie sie sich in meiner langsam entspannte.

Wir bestellten Burger und Alsterwasser. Sie erzählte mir von ihrem Café und ich war beeindruckt, was sie sich zusammen mit ihrer Freundin aufgebaut hatte. Dabei wirkte sie so mutig und jede Schüchternheit war verflogen. Es war zu spüren, wie sehr sie ihr Café liebte.

»Und ihr seid nur zu zweit und managt das allein?

Deine Freundin und du?«, fragte ich und biss in meinen Burger.

»Und meine Oma. Sie hilft uns oft aus. Sie liebt es, unter Menschen zu sein. Das hält sie fit, sagt sie.«

»Wolltest du denn schon immer ein Café eröffnen? Wie ist das, wacht man eines Tages auf und denkt, hey, ich will ein eigenes Café, oder wie war das bei dir?«

»Hm, tatsächlich wollte ich das schon, seit ich denken kann. Amy, also meine beste Freundin, und ich haben das schon ziemlich früh beschlossen, in der Grundschule oder so. Was man halt so träumt als Kind. Tatsächlich hat uns das dann aber nie losgelassen und es wurde mehr daraus als nur ein Kindheitstraum. Als ich dann mit der Schule fertig war, hab ich erstmal eine Ausbildung zur Restaurantfachfrau gemacht und danach das Café eröffnet.« Sie lächelte glücklich. »Und was machst du? Oder was hast du gemacht bevor dein, bevor …«

»Bevor mein Vater mich rausgeschmissen hat, meinst du? Immobilienbranche. Nicht wirklich spannend«, erwiderte ich.

»Oh, okay. Und trotzdem hast du in dieser Sparte gearbeitet? Warum?«

An ihrem interessierten Tonfall spürte ich, dass es keine rhetorische Frage war. Ihr fragender Blick spiegelte ehrliches Interesse wider und ich seufzte tief, vermutlich um mir Mut zu machen.

»Ganz ehrlich? Das ist eine ziemlich lange Geschichte. Gerade weiß ich es selbst nicht mehr.« Ich atmete tief ein und wieder aus, um meiner Seele Luft zu verschaffen, als ihr Blick in meinen fiel.

»Verstehe«, flüsterte sie leise, als hätte ich ihr ein Geheimnis erzählt, was in gewisser Weise auch so war.

Bisher hatte ich nur mit Ben über diese Sache geredet. Ausgerechnet mit ihm, der mich danach verraten hatte. Darüber, dass ich gerade keine Perspektive mehr hatte. Dass ich nicht wusste, wie es weitergehen sollte. Dass ich theoretisch keinen Job mehr hatte. Und es sich anfühlte, als würde ich auf dünnem Eis gehen und drohen, einzubrechen. Unterzugehen, was mir teilweise richtig Angst einjagte.

Manchmal fühlte ich mich so allein.

Sie legte ihre Hand auf den Tisch und unsere Fingerspitzen waren nur Millimeter voneinander entfernt. Fast konnte ich die Berührung spüren. Meine Haut kribbelte.

Können Augen einen vorm Ertrinken bewahren? In diesem Augenblick war ich mir fast sicher.

»Danke für dein Vertrauen.« Ihre Stimme klang warm und ihr Blick war immer noch mit meinem verwoben, so als würde nichts anderes Sinn ergeben. »Ich bin mir sicher, du findest deinen Weg.«

Und aus ihrem Mund klang das wie ein Versprechen.

10

Ella

Je weiter der Abend vorrückte, umso mehr entspannte ich mich in Leanders Gegenwart. Meine Aufregung war so gut wie verflogen, er hatte es mir wirklich leicht gemacht, die Zeit mit ihm zu genießen. Ich lehnte mich im Stuhl zurück und ließ meinen Blick übers Wasser schweifen. Wann war ich das letzte Mal so im Moment gewesen? Oft war ich in meinem Kopf immer schon einen Schritt weiter, dachte an die Arbeit, an tausend To-dos, die die nächste Zeit anstehen würden, an sämtliche »Wenn und Aber«, doch heute Abend hatte ich noch nicht *einmal* ans Café gedacht, außer dem Moment, als ich Leander davon erzählt hatte. Und es tat so gut.

All die Jahre hatte ich vor lauter Arbeit mein Privatleben vernachlässigt, was für mich aber nicht weiter schlimm war, denn das Café war mein Leben.

Verstohlen blickte ich zu Leander, der gerade damit beschäftigt war, die Rechnung unseres Essens zu begleichen. Der Kerl sah unverschämt gut aus. Wie hypnotisiert starrte ich auf seine kräftigen Oberarme. Er hatte die Ärmel seines Hemdes hochgekrempelt und ein Teil eines Tattoos blitzte darunter hervor. Wiederholt formte sich in meinem Kopf die Frage, warum er sich ausgerechnet mit mir abgab. So wie er aussah, konnte er doch jede Frau haben.

Ach, Ella. Bilde dir nichts ein. Er wollte höflich sein und hat dich nur eingeladen, um sein Gewissen zu beruhigen. Ende der Geschichte. Nach diesem Abend wirst du ihn nie wieder sehen.

»Ella?« Leanders Stimme riss mich aus meinen wirren Gedanken, die wie Vögel über meinem Kopf kreisten. »Wollen wir gehen? Wo hast du geparkt? Ich würde dich gern zum Auto begleiten.«

»Also, ich, ähm, bin mit der Bahn gekommen.«

»Wenn das so ist, würd ich dich gern nach Hause fahren, falls du magst?« Er klimperte mit seinem Schlüsselbund, den er sichtbar in die Höhe hielt. »Folgen Sie mir unauffällig.« Er grinste mich verschmitzt an.

Kurz überlegte ich und beschloss dann, sein Angebot anzunehmen.

Als wir einen roten noblen Sportwagen erreichten, klackte das Schloss und er öffnete mir die Beifahrertür. Ich gab mir Mühe, dass mir die Kinnlade nicht offensichtlich nach unten klappte, aber dieser Wagen war verdammt nochmal das Edelste, worin ich je gesessen hatte.

Vorsichtig stieg ich ein und ließ mich ganz langsam in das kühle Leder sinken.

»Du darfst atmen, Ella, es ist ein Auto, nicht mehr, und bald auch vermutlich nicht mehr meines.« Leander zwinkerte mir verwegen zu und grinste schief. »Eigentlich war es das auch noch nie wirklich, wenn man es ganz genau nimmt.« Er startete den Motor.

»Ich, ähm, versuche es«, stammelte ich und schnallte mich vorsichtig an.

»Wohin darf ich dich fahren? Wollen wir das Auto ein bisschen quälen, solange ich es noch habe, schon allein um meinem Alten eins auszuwischen?«

»O…kkkkay«, stammelte ich und nannte ihm meine Adresse. Er gab sie ins Navi ein, öffnete das Glasdach und drückte kräftig aufs Gaspedal. Der Motor röhrte laut und mein ganzer Körper vibrierte, worauf ich albern kichern musste. Als er den Wagen in Bewegung setzte, kribbelte alles in mir. Die Abendluft roch nach Freiheit und ich genoss es, mit ihm durch das mit Lichtern durchzogene Hamburg zu fahren. All die erleuchteten Fenster und Straßenlaternen flogen an uns vorbei und aus den Boxen drang leise Musik. Die Luft war durchdrungen von Blütenduft und ich fühlte mich fast schwerelos. Dieser Abend war wie ein Sommerregen. Warm und gleichzeitig erfrischend. Wolkenlose Gedanken in meinem Kopf, und ich überlegte, wann ich das letzte Mal so unüberlegt glücklich gewesen war.

Ich wollte nie wieder aussteigen und wünschte, die Zeit würde stillstehen.

Als wir am Ziel ankamen, war ich fast enttäuscht.

Leander stieg aus, sprang um den Wagen und öffnete mir ganz gentlemanlike die Autotür. »Ich bring dich noch bis zum Eingang, ja?«, sagte er leise, vermutlich um die Nachbarn nicht zu wecken.

Der Mond stand hoch am Himmel und warf bläuliche Schatten auf unsere glücklichen Gesichter. Die Blätter der Pappeln raschelten leise Melodien in die Abendluft.

Leander räusperte sich kurz, auf seinem Gesicht lag ein warmes Lächeln. »Ich danke dir, Lebensretterin-Ella. Danke für den schönen Abend.«

Meine Mundwinkel wanderten wie automatisch nach oben und ehe ich antworten konnte, hatte er mir diesen sanften, fast flüchtigen Kuss auf die Wange gehaucht. Er blickte mich an und auf seinem Gesicht lag ein leicht verlegenes spitzbübisches Grinsen. Ich schaute ihn aus tellergroßen Augen an.

»Gu-gute Nacht und danke für den Abend.«

O Gott, wie peinlich.

Ich stammelte dämlich irritiert vor mich hin, blickte ihn nochmals an und schloss mit nervösen Händen die Tür auf, um dann im Haus zu verschwinden. Dort lehnte ich mich von innen gegen die Haustür und atmete aus. Und wieder ein.

Seine tiefe Stimme klang in mir nach. Ich wartete, bis sich seine Schritte langsam entfernten. Dann auf das Geräusch des startenden Motors, das immer leiser wurde, bis es ganz verschwunden war. Gott, ich war völlig außer Übung in solchen Sachen.

Dass ich nicht lache. Übung? Wann genau soll ich darin Übung gehabt haben?

Die Stimme in meinem Kopf lachte mich aus und ich ging langsam die Stufen zu meiner Wohnung hoch. Lief dann immer schneller und hoffte, die Gedanken dadurch abzuschütteln, als mein Handy vibrierte.

Naaaaaaaaaaaaaaaaaaa?

Es war Amy. War ja klar. Ich hatte schon darauf gewartet.

Ich tippte.

Ich: Ich weiß wirklich nicht, was du meinst? 😇

Amy: Komm schon, lass mich nicht dumm sterben.

Ich: Wird schwierig. Scherz. Es war nett.

Amy: Nett? Dein Ernst jetzt? Ella? NETT? Come on ... 😴 😴 😴

Ich: Okay, okay, chill mal. Es war ein schöner Abend, reicht das fürs Erste?

Amy: Waaaas? Das ist jetzt echt nicht dein Ernst? Nur dass du es weißt, ich stehe gleich morgen früh vor deiner Tür und klingle Sturm, wenn du mich so billig abservierst. Dann gibt es keine Ausreden mehr. Ich will alle Details und so. Und wenn ich alle sage, meine ich das auch so. 😜 Schlaf gut.

Ich: Schlaf auch gut, du Keks. ♥

Ich seufzte tief, legte das Handy weg und warf mich auf mein Bett. Konnte den Hauch seines Kusses noch auf meiner Haut spüren. Wie tausend zarte Flügelschläge eines Schmetterlings, die meine Wange streichelten.

Was war das gewesen? Dieser Moment war so unvorbereitet gekommen. Ich war völlig durch den Wind. Meinte er das ernst? Nach nur *einem* Treffen? Oder war das eine Masche? Er kannte mich doch überhaupt nicht. Wir hatten einen schönen Abend verbracht, ja, aber ich war mir sicher, wenn er mich näher kennenlernen würde, dann …

Dann was? Ich traute mich nicht, den Gedanken zu Ende zu denken.

Ich war bestimmt nur ein Zeitvertreib für ihn. Ein Typ, der so aussah, konnte doch jede haben, oder? Ich würde ihm schnell langweilig werden und dann würde es enden wie mit Jack.

Alles, was ich vermeiden wollte, war, enttäuscht zu werden. Diese Demütigungen von damals waren etwas, das ich für immer zu vergessen versuchte. Dieses dumme Gefühl, nicht zu genügen. In aller Öffentlichkeit bloßgestellt zu werden. Ich hatte es tief in einer Schublade meiner Seele verschlossen und den Schlüssel weggeworfen. Doch etwas schien kräftig daran zu rütteln. Ich war das Mädchen gewesen, das immer die zweite Wahl war. Die, die im Sportunterricht als eine der

Letzten in die Mannschaft gewählt wurde. Die Person, die oft übersehen wurde. Die, die sich nicht traute, im Mittelpunkt zu stehen. Die, die nicht gerne vor einer Gruppe redete. Die, die man vergaß, zu einer Party einzuladen. Die ewig Zweite.

Ich wünschte mir die wolkenlosen Gedanken von vorhin zurück, doch mein Kopf war im Grübel-Modus angekommen. Herrgott, warum konnte ich nicht loslassen? Ich war richtig schlecht darin, zu vertrauen. Die Kontrolle abzugeben. Denn dieses Gefühl, sie zu verlieren, kannte ich zu gut und es war etwas, was ich versuchte, um jeden Preis zu vermeiden. Um mein Herz zu schützen. Ich hatte es erlebt, als ich meine Eltern verloren hatte. Und ich hatte es durchgemacht, als ich alles zurücklassen musste, was Heimat für mich gewesen war. Bei null anfangen musste. An einem neuen Ort, an dem ich keinen Menschen kannte, außer Oma und Opa. Und als ich dachte, die Eine für diesen Jungen zu sein, in den ich damals so hoffnungsvoll und gleichzeitig hoffnungslos verliebt gewesen war.

Jack war beliebt gewesen. Im Gegensatz zu mir. Ein Typ, mit dem jeder abhing, einer, der immer im Mittelpunkt stand. Und ich war so dumm, zu glauben, endlich akzeptiert zu werden, wenn ich mit ihm zusammen war. Durch ihn.

Wie naiv war ich gewesen?

Aber ich hatte es überlebt. Jedes Mal. Ich hatte mich

aus diesem Sumpf herausgekämpft und mir geschworen, mich nie wieder so verletzen zu lassen.

Aus Angst vor diesem dumpfen Schmerz hatte ich Mauern um meine Seele gebaut und ließ nur wenige Menschen dahinter blicken. Sobald der Putz bröckelte, schwang ich die Kelle des Verdrängens und spachtelte die Risse zu. Ich war gut darin, das fröhliche Mädchen zu geben. Dinge wegzulächeln und immer bereit, anderen zuzuhören. Aber ich war absolut mies darin, Menschen in mein Leben zu lassen. Ihnen Einblick in meine Seele zu geben.

Mit dieser Strategie war ich bisher gut durch mein Leben gekommen. Erfolgreich verdrängte ich die Stimmen in meinem Kopf, die mir sagten, dass ich feige sei. Mein Leben lahm und ohne Risiko. Ich kämpfte immer noch gegen die klaffende Wunde meiner Vergangenheit an.

Mit einem Seufzen streifte ich mir Schuhe und Prothese ab, zog die Bettdecke über meinen fröstelnden Körper und fiel in einen tiefen Schlaf.

Es war eine der angesagtesten Partys des Jahres. Nie im Leben hätte mich, Ella, jemand dazu eingeladen. Meine Eintrittskarte war er. Jack. Er hatte mich dort hingeschleppt. Und wenn ich ehrlich war, hasste ich Partys. Im Leben wäre ich nicht auf die Idee gekommen, dorthin zu gehen. Ich tat es nur für ihn.

Ich würde mich nicht auf die Tanzfläche trauen. Die Stimmung war am Siedepunkt angelangt, der Alkohol floss in rohen Mengen und in sämtlichen schummrigen Ecken hingen knutschende Pärchen. Leicht verzweifelt und verloren hielt ich mich an meinem mit Alkohol gefüllten Plastikbecher fest und hoffte, es fiel keinem auf.

Wie fehl am Platz konnte man sich fühlen? In einem Ranking von eins bis zehn hätte ich locker die zwanzig überschritten.

»Komm schon, Schätzchen, mach dich mal ein bisschen locker«, höhnte er mir seine Worte ins Ohr und versuchte mich auf die Tanzfläche zu zerren. Er hatte eindeutig zu viel getrunken und wirkte dadurch wie ein Mensch, der mir fremd war. Betrunken hatte ich ihn noch nie erlebt. Bisher.

Wenn das so einfach wäre. Ein bisschen locker machen. Als ob es dafür einen Schalter geben würde. Wenn es ihn gäbe, ich hätte ihn nicht nur gedrückt, ich hätte verzweifelt darauf gehämmert.

Todesmutig kippte ich meinen Becherinhalt in mich hinein, hoffte, der Alkohol in meiner Blutbahn würde ein schnelles Wunder vollbringen, welches mich vom Partymuffel mit angezogener Handbremse in einen einigermaßen lockeren Menschen verwandelte. Denn so angespannt, wie ich mich fühlte, wusste ich nicht, wie ich diesen Abend überstehen sollte. Amy war zwar auch hier, aber relativ schnell knutschend mit einem Typen in irgendein Zimmer verschwunden. Super.

Jack tanzte leicht torkelnd davon. Angespannt nahm ich auf einer abgewetzten Couch in einer Ecke Platz. Neben mir ein fummelndes Pärchen. Mir war schwindelig. Es war zu viel. Alles. Die Party. Der Alkohol. Die Menschen. Die stickige Luft. Ganz zu schweigen von dem Pärchen neben mir, von dem ich vermutete, dass sie sich gleich aufessen würden.

Hilfe, was um alles in der Welt machte ich hier?

Die Antwort konnte ich mir selbst geben und Jacks Worte: »Um endlich mal richtig Spaß zu haben«, höhnten in meinen Ohren und verpassten mir innerlich links und rechts eine Ohrfeige.

Ich fühlte mich unfassbar allein und verloren. Sein Satz, dass ich nicht so langweilig sein sollte, hatte dann vollends den Ausschlag gegeben, dass ich zugestimmt hatte. Denn ich wollte, dass er mich gut fand, und hatte meine Wünsche hinten angestellt. Wie so oft. Im Glauben, dann von ihm gemocht zu werden.

Mein Hals brannte und mir war schlecht. Ich brauchte dringend etwas Flüssiges ohne Alkohol gegen diesen Brand in meiner Kehle.

Leicht schwankend ging ich durch den Hausflur in Richtung Küche und da sah ich ihn. Jack. Mit diesem unfassbar perfekten Mädchen aus meiner Stufe. Wie oft hatte ich mir schon gewünscht, so selbstbewusst und beliebt zu sein wie sie. Sie sah aus wie die leibhaftig gewordene Barbie. Lange schlanke Beine, groß, vollbusig, schmale Taille, die Bestätigung jeglichen Klischees. Er hatte seine Zunge in ihren Hals gesteckt und seine Hände fuhren hektisch auf ihrem Hintern hin und her.

Meine Kinnlade klappte nach unten. Das konnte doch nicht wahr sein, oder? Ich hatte zu viel getrunken und mein Kopf spann sich hier sicher nur etwas zusammen.

Mein entsetzter Blick musste ihn wie Stromschläge getroffen haben. Schlagartig drehte er sich um. Sein dümmliches Grinsen schlug mir ins Gesicht, als er mich sah. »Schätzchen, was guckst du denn so? Du hast doch nicht ernsthaft geglaubt, dass das mit uns für immer ist, oder? Oder?«

Ich starrte ihn nur an. Hatte ich mich verhört? Hatte er das gerade wirklich gefragt?

»Ich bin einfach nicht der Typ für so längere Beziehungen. Ich dachte, dir war das von Anfang an klar?«

Sollte das eine verdammte Entschuldigung sein?

Die Barbie lachte hämisch auf und schaute mir dreist ins Gesicht. Zu meinem Unglück war dies der Moment, in dem sie mich erkannte. »Ach du Scheiße, Jack. Der Weirdo mit nur einem richtigen Fuß. Quasimodo! Echt jetzt? Du warst mit der zusammen?« Ihre Stimme hatte diesen abschätzigen Tonfall.

»Was meinst du damit?« Jack schaute irritiert erst zur Barbie, dann wieder zu mir. Ich sah, wie ihm alle Farbe aus dem Gesicht wich. Trotzdem blieb ich wie angewurzelt stehen. Ich. konnte. mich. nicht. bewegen – obwohl alle Alarmglocken in meinem Kopf Sturm läuteten.

Geh Ella. Geh einfach.

Doch ich bescheuerte Kuh blieb stehen.

»Sag bloß, du wusstest nicht, dass du mit einer Behinderten zusammen bist? Nimmst du deinen Roboterfuß vor dem Schlafengehen eigentlich ab?« Ein hohes, dümmliches Lachen entfuhr ihr.

Magensäure wanderte meinen Hals nach oben und ich löste mich aus der Schockstarre. Meine Augen füllten sich mit Wasser, aber ich würde einen Teufel tun, hier in Tränen auszubrechen. Diesen Triumph würde ich ihnen nicht auch noch gönnen.

Ich drehte auf dem Absatz um, schnappte mir meine Jacke im Flur und stolperte hinaus in die Dunkelheit. Weit hinter mir entfernt hörte ich Amy meinen Namen rufen.

Mein Wecker klingelte und schweißnass fuhr ich hoch. Das Top klebte mir am Körper, meine Haare waren zerzaust.

Was war heute für ein Tag? Draußen war es inzwischen hell und der Blick auf mein Handy sagte mir, dass Sonntag war.

Wie ich diesen Albtraum hasste, der sich seit Jahren immer wieder in meine Träume drängte und mich frustriert zurückließ. Ich schlug die Decke zurück und seufzte tief. Stülpte die Prothese über und torkelte leicht schlaftrunken ins Bad, als es an der Tür klingelte. Die Sprechanlage blieb stumm. Also schlurfte ich in den Flur an den Spion, durch den mich eine grinsende Amy anblickte. Sie wedelte aufgeregt mit einer Bäckertüte herum.

Als ich die Türe öffnete, stolperte sie überschwänglich in meine Wohnung.

»Morgen«, war alles, was aus meinem Mund kam. Ein: »Auch schon wach?«, schlüpfte noch hinterher. »Wie bist du überhaupt ins Haus gekommen?«

Grinsend hob Amy die Schultern. »Frau Dreyer von unten kam zufällig gerade nach Hause. Ich dachte, du hast vielleicht Lust auf ein leckeres Frühstück mit Croissant und Franzbrötchen und deiner liebsten Freundin?«

Schnurstracks marschierte sie mit der Tüte in der Hand in die Küche und fing eifrig an, Geschirr auf den Tisch zu stellen.

»Franzbrötchen, mmmhhh, okay, jetzt hast du mich.« Ich lächelte schwach und ergriff die verführerisch nach Zimt duftende Tüte.

»Moment, Moment. Erst die Fakten, dann die Ware.« Amy kam mir zuvor, schnappte sie sich, streckte mir die Zunge raus und verschränkte ihre Arme schützend vor der Bäckertüte. Mit großen Augen schaute sie mich erwartungsvoll an.

»Fakten? Wird das hier ein Verhör? Ich weiß nicht, da gibt es nicht so viel zu erzählen. Wir hatten einen schönen Abend. Zuerst waren wir spazieren, dann ge-

mütlich essen und das war's auch schon. Er hat mich nach Hause gefahren und jaaa …« Ich heftete meinen Blick in Richtung Boden.

»Und jaaaaa? Mein Gott, Ella, was *jaaaa*? Himmel nochmal. Ich sterbe vor Neugierde.« Fragend zog sie eine Augenbraue nach oben.

»Na ja, beim Verabschieden hat er mir einen leichten Kuss auf die Wange gegeben. Nichts von Bedeutung.«

Amy quiekte aufgeregt und hüpfte auf und ab. »Ella, bitte, was ist ein leichter Kuss?«, fragte sie mit faltiger Stirn.

»Wie soll ich das sagen? So ein Kuss, den er vermutlich jeder Frau gegeben hat, die er schon mal zum Essen eingeladen hat. Nichts von Bedeutung. Ein flüchtiger Kuss auf die Wange. Was weiß ich, wie ich das nennen soll?«

»Pffffff. Okay, okay! Jetzt mal der Reihe nach. Du sagtest, der Abend war schön. Trotzdem meinst du, dass der *leichte* Kuss keine Bedeutung hatte? Wie verdammt nochmal kommst du bitte darauf, dass das so ist? Und wie kommst du darauf, er würde das bei jedem seiner Dates so machen? Das musst du mir bitte erklären.«

»Komm schon, Amy, du hast den Typ doch auch gesehen. Der ist viel zu gutaussehend, als dass der das ernst meinen könnte … Oder?« Das »oder« kam fast flüsternd aus meinem Mund. »Der könnte doch an jedem Abend eine Andere treffen, so wie der aussieht. Ich mach mir da echt nichts vor. Und schon gar keine Hoffnungen.«

»Herrgott, Ella, du bist echt sowas von unverbesserlich und tust gerade so, als wäre es völlig unmöglich, dass jemand dich gut finden könnte. Dabei bist du der liebenswürdigste Mensch der Welt und wunderschön noch dazu. Warum musst du dich so schlecht machen? Hilft dir das weiter?«

Ich biss mir auf die Lippe, denn das Gespräch nahm eine Richtung an, die ich vermeiden wollte. Ich wollte nicht an diesen Schmerz denken, hatte gerade erst diesen furchtbaren Albtraum verdrängt.

»Ach komm, lass es gut sein. Du bist meine Freundin. Du musst das sagen. Aber ...«

»Aber was?«

Ich machte eine Pause und kämpfte gegen den Kloß in meinem Hals an. Die Worte verharrten ein paar Sekunden zu lange auf meiner Zunge, hinterließen dort einen bitteren Geschmack, bis ich sie aussprach. »Ich habe Angst. Angst davor, wieder eine Beziehung einzugehen. Ich weiß nicht, wann ich das Thema Fußprothese am besten ansprechen soll. Ich will es einerseits nicht verschweigen und andererseits merke ich, dass ich noch so ...« Ich stockte. Versuchte in Worte zu fassen, was ich fühlte. »Ich merke, ich bin noch so verletzt, wenn es um meine Prothese geht. All die fiesen Worte, die ich gehört habe, weil ich nicht einer Norm

entsprochen habe, lassen mich nicht los. All die Menschen, die mir das Gefühl gegeben haben, ich wäre nicht in Ordnung. Nicht genug. Da ist noch so viel Angst in mir, abgelehnt zu werden. Es ist ja nicht so, dass das einfach nur an mir abprallt, auch wenn ich nach außen oft so tue, als würde mir das nichts ausmachen. Und sind wir doch mal ehrlich. Das ganze Denken der Gesellschaft ist doch so sehr auf Perfektion, Leistung und Schönheit getrimmt, da ist kein Platz für Menschen mit Behinderung. Oder sagen wir es anders. Es ist im Verhältnis viel zu wenig Platz. Und ich weiß, ich bin widersprüchlich. Einerseits will ich gesehen werden und andererseits will ich mein Geheimnis am liebsten verstecken. Weil ich nicht darauf reduziert werden möchte. Und dann reduziere ich mich selbst darauf, verdammter Mist! Das alles ist so absurd und unlogisch und ich weiß das auch, aber ich bekomme es verflucht nochmal nicht besser hin.«

Ich wollte mich nicht von der Angst der Ablehnung gefangen nehmen lassen. Ich konnte sie aber auch nicht einfach so abschütteln, denn ihr war egal, ob ich das rational gesehen verstanden hatte. In meiner Seele war es definitiv nicht genug verwurzelt. Dort saßen sich noch viele Lügen den Hintern wund. Sie saßen dort schon zu lange und hatten Wurzeln gebildet. Ich sollte so nicht denken und trotzdem tat ich es in manchen Momenten, wenn meine Seele mit Punkten aus der Vergangenheit konfrontiert wurde.

Amy kam auf mich zu, hielt mich an den Schultern fest und sah mir tief in die Augen. Ich versuchte, ihrem Blick standzuhalten, was mir in dieser Situation extrem schwerfiel.

»Ella, jetzt hör mir mal gut zu. Deine Fußprothese definiert nicht deinen Wert. DU bist viel mehr als das. Ich dachte, du hättest das längst verstanden? Ich sage dir das gern noch hunderttausendmal, wenn es nötig ist.«

Kopfschüttelnd versuchte ich gegen die Tränen, die sich in meinen Augen sammelten, anzukämpfen. Amy strich mir liebevoll eine aus dem Gesicht.

»Ich hatte heute Nacht wieder diesen *einen* Albtraum.« Meine Stimme war nur ein Wispern.

»Sag bloß, du träumst immer noch von diesem Vollidioten und von Klischee-Barbie?«, fragte sie kopfschüttelnd. »Himmel nochmal, der Typ war ein unterentwickeltes ... Ich sag jetzt lieber nicht laut, was ich denke. Der hatte die emotionale Reife eines Kaugummiautomaten. Und Klischee-Barbie war jetzt auch nicht die hellste Kerze auf der Torte, in punkto emotionale Intelligenz.«

Klischee-Barbie, so nannten wir sie seit dem Vorfall und Amy hatte mir damals erzählt, dass sie zahlreiche Flüche über sie ergossen hatte. Etwas, was ich mich niemals getraut hatte, wofür ich sie umso mehr liebte.

»Du kannst das immer noch nicht loslassen, oder? Das ist Jahre her.« Mit ärgerlichem Blick schüttelte sie

den Kopf, doch mir war klar, dass der Ärger nicht mir galt, sondern den Menschen, die das in mir angerichtet hatten.

»Ach, Scheiße.« Ein resigniertes Seufzen entfuhr mir. »Wenn du mir verrätst, wie ich das hinbekomme? Nicht jeder strotzt so vor Selbstbewusstsein wie du.« Frustriert atmete ich laut aus, hörte selbst diesen leicht trotzigen Unterton, der in meiner Stimme mitschwang. »Ich will doch nur nicht wieder verletzt werden, kannst du das verstehen? Alles war gut, wie es bisher war. Ich war zufrieden mit meinem Leben, dem Café. Ich habe dich, Omsi und Opa und das reicht mir völlig. Dann treffe ich nach Jahren einen Typen und habe einen schönen Abend, schon träume ich wieder diesen Horror und … alles ist wieder da. Als wäre es gestern gewesen. Die ganze Erinnerung und … ach …« Nervös kaute ich auf meiner Unterlippe. »Ist jetzt aber auch egal, es war nur ein Essen, ein netter Abend und das war's. Abgehakt. Der Typ wird sich eh nie wieder bei mir melden. Ich will jetzt echt nicht weiter darüber reden. Lass uns endlich frühstücken, ich habe einen Bärenhunger.«

Das war nicht die Wahrheit, aber es half für den Moment, um das Thema zu beenden.

Amy schüttelte den Kopf und vermutlich war ihr klar, dass es zwecklos war, weiter zu bohren. Dazu kannte sie mich viel zu gut.

»Wenn du meinst.« Sie zuckte mit den Schultern und blicke mich mitleidig an.

Ich versuchte, meine Traurigkeit zu überspielen und lächelte. Mal wieder. Fast glaubte ich mir mein Lächeln selbst. Um Amys letzte Zweifel zu verscheuchen, sagte ich: »Und wie ich das meine. Und jetzt gib mir endlich was zu futtern, ich sterbe sonst vor Hunger.«

11

Leander

Seltsamerweise fühlte ich mich leichter und voller Tatendrang, als ich an diesem Morgen meine Augen öffnete. Dieses Gefühl, welches vorsichtig in meinem Inneren zupfte, hatte ich schon zu lange nicht mehr empfunden.

Es war ein Sonntagmorgen wie jeder andere, doch in mir hatte sich etwas verändert. Es war noch nicht wirklich greifbar, aber nach dem Treffen mit Ella war ein kleines Stück der Schwere, die ich mit mir herumgetragen hatte, gewichen und ich hatte nach Ewigkeiten eine Ahnung davon, was ich in meinem Leben verändern wollte.

Der erste Schritt bestand darin, mich unabhängig von meinem Vater zu machen. Diese Erkenntnis war plötzlich so logisch wie Mathematik. Minus mal minus gab plus. Eins plus eins gab zwei. Und die Abhängigkeit von meinem Vater ließ sich nur lösen, wenn ich den Absprung schaffte. Jetzt!

Es formte sich so klar in meinen Gedanken wie eine mathematische Gleichung. Mir war bewusst, dass ich dafür vieles aufgeben musste, spürte aber, dass alles andere mich auf Dauer zerstören würde.

Und bevor mein Vater seine Drohung, mir den Geldhahn zuzudrehen, wahr machte, würde ich ihm zuvorkommen und ihm den Boden dafür entziehen. Diese Blöße würde ich mir nicht geben und ihm den Triumph nicht gönnen.

Ich würde aus dieser affig dekadenten Wohnung mit Blick auf den Hafen verschwinden, bevor er mich rausschmeißen würde. Das Penthouse war sein beschissenes Eigentum. So wie zahlreiche andere noble Häuser und Wohnungen in Hamburg. Ich war hier nur geduldet, solange ich nach seinen Regeln spielte, doch ich war nicht mehr bereit, seine dumme Spielfigur zu sein.

Also kramte ich nach dem Hamburger Wochenblatt auf meinem Couchtisch. Aufgeregt tippte ich die Nummer in mein Handy, die ich unter der Anzeige fand, welche ich vor kurzem entdeckt hatte.

Das Freizeichen ertönte.

»Lindbergh.«

»Hallo Herr Lindbergh, hier ist Leander Winterfeldt. Ich rufe wegen Ihrer Anzeige im Wochenblatt an.«

»Oha. Ja. Verstehe.« Die Stimme am anderen Ende klang verwundert.

»Steht das Tiny House noch zum Verkauf? Ich wäre eventuell interessiert. Ist es noch zu haben? Und falls ja, könnte ich es mir denn mal anschauen?«

Eine kurze Pause entstand.

»Natürlich, klar.« Die Stimme am anderen Ende der Leitung klang freundlich und warm.

Erleichtert atmete ich leise aus.

»Ich hatte gar nicht mehr damit gerechnet, dass sich da noch jemand meldet, muss ich gestehen. Ist ja nun schon ein paar Wochen her, seit ich die Anzeige aufgeben habe und auch nicht das erste Mal. Bisher hat es nie gepasst.«

»Gut für mich«, sagte ich lachend und die Anspannung wich aus meinem Körper.

»Hätten sie denn zufällig heute Nachmittag Zeit, sich das Prachtstück von Haus mal anzuschauen, Herr Winterfeldt?«

Ich spürte ein aufgeregtes Ziehen in meiner Magengegend. »Oh, heute schon? Ja, das hätte ich. Das klingt prima. Sie müssten mir dann nur Ihre Adresse nennen, dann würde ich heute sehr gern vorbeikommen, wenn das für Sie passt.«

»Ja, prima, das passt perfekt. Sie müssen raus ins Alte Land fahren, genauer gesagt nach Neuenfeld, Alter Fährweg, am Ende der Straße. Da steht das gute Teil. Wenn sie so um 15 Uhr da sein könnten, wäre das prima.«

»Ist notiert. Altes Land, 15 Uhr klingt perfekt. Bis später, Herr Lindbergh und vielen Dank.«

»Bis später dann.«

Ich legte auf und ließ mich gegen die Lehne der Couch fallen.

Ich hatte es getan, ich hatte angerufen. Mein erster Schritt in Richtung Freiheit, so hoffte ich, und es fühlte sich zu gleichen Teilen gut und seltsam an.

Kurz vor 15 Uhr lenkte ich meinen Wagen in Richtung Altes Land. Die Landschaft zog an mir vorbei, alles stand in saftigem Grün, zahlreiche Obstbäume standen in voller Blüte und immer wieder kam die Elbe am Straßenrand zum Vorschein. Ich wurde nervöser, je näher ich meinem Ziel kam.

Der Wind legte beruhigende Wellen auf grüne Wiesen, trotzdem herrschte in meinem Kopf Durcheinander. Der Anblick der wunderschönen Landschaft ließ mich nicht ruhiger werden. So viel stand auf dem Spiel. Mein Vorhaben war komplett irre, das war mir klar. Gleichzeitig war ich freudig angespannt, doch das Hurra in meinem Kopf traute sich noch nicht, die Oberhand zu gewinnen.

Seit Wochen hatte ich keinen Tropfen Alkohol angerührt und fühlte mich so klar wie lange nicht. Ich wollte nichts mehr verdrängen. Nichts mehr herunterspülen. Der schwere Deckel, der bisher auf meiner Seele lastete, war einen Spalt breit geöffnet worden.

Vielleicht weil ich begann, mein eigenes Leben zu leben, ohne den Druck meines Vaters im Nacken? Vielleicht auch, weil das bisschen Freiheit so nach Leichtigkeit schmeckte? Und weil ich Ella getroffen hatte. Ella, die machte, dass ich morgens mit diesem Lächeln im Gesicht aufwachte. Eine Tatsache, über die ich wiederum grinsen musste, weil das so absurd war, denn diese Seite an mir war eine unbekannte Fremde, die sich heimlich in mein Dasein geschlichen hatte. Bisher war ich froh gewesen, die Frauen in meinem Leben möglichst schnell wieder loszuwerden. Ich konnte ihre Gegenwart und ihr leeres Gerede schlecht ertragen. Diese »Bla Bla Bla«-Wolken, die über ihren Köpfen schwebten und sich aus ihrem Mund ergossen. So viel Gefasel um nichts von Wert und Themen, die mich nicht interessierten. Vielleicht weil ich spürte, dass ihr Interesse in Wirklichkeit meinem Status galt und nicht mir als Person.

Als ich in den Alten Fährweg einbog, ging mein Puls vor gespannter Erwartung ein wenig schneller.

Ich hielt vor einem wunderschönen Fachwerkhaus, neben dem eine Scheune lag. Mein Auto parkte ich in der Auffahrt und stieg aus. Kies knirschte unter meinen Füßen und ich blickte mich nach allen Seiten um.

Bildschöne Hortensien und Rosen säumten den Vorgarten.

Als ich die Tür meines Autos schloss, sah ich, dass die Scheunentür leicht geöffnet stand, und lief in Richtung des Eingangs.

Erwartungsvoll warf ich einen vorsichtigen Blick nach innen. »Hallo? Jemand da?«, rief ich in die Dunkelheit und trat ein paar Schritte hinein. Meine Augen mussten sich erst an die Lichtverhältnisse gewöhnen. Draußen war strahlender Sonnenschein, im Inneren wurde der Raum vom Schein einer Lampe erhellt und vom Licht, das durch ein Fenster fiel, sodass ich erstmal nur Umrisse wahrnahm.

Es roch nach Holz und Leim. Überall lag Werkzeug herum oder hing sorgfältig geordnet an der Wand. Ehrfürchtig fuhr ich über ein gehobeltes Brett und nahm das vertraute Gefühl des glatten Holzes wahr. Ich hielt den Atem an und atmete dann tief ein. Erinnerungen stiegen wie Blubberblasen an die Oberfläche und waren so nah, dass ich sie fast greifen konnte. Es juckte mich in den Fingern, das Holz zu bearbeiten, das dort auf der Werkbank lag.

Ich blickte mich um und mein Herz fühlte sich plötzlich so lebendig. Zahlreiche Bretter, Latten und unbearbeitete Stämme standen an die Wände gelehnt und im Raum. Die Regale waren mit Holz und Werkzeug bestückt, der Boden mit Sägespänen übersät und es roch

nach dem vertrauten Duft meiner Kindheit. Nach Holz und Leim in dieser angenehmen Mischung.

An der Werkbank stehend nahm ich den Hobel in die Hand, der dort vor mir lag und mich zum Arbeiten einlud. Er fühlte sich gut an und ich spürte noch die fließenden Bewegungen, die ich vor Jahren ausgeführt hatte, so als wäre ich plötzlich wieder der Junge von damals.

In mir regte sich die leise Ahnung einer Unbeschwertheit, die ich mal gekannt hatte.

»Herr Winterfeldt?« Erschrocken fuhr ich herum und sog die Luft ein.

»Herr Lindbergh … Ich … Ja. Entschuldigen Sie, dass ich hier einfach so hereingeplatzt bin. Die Tür stand offen und ich dachte, sie wären vielleicht hier drin und … ich …«

Himmel, ich klang, als wäre ich beim Klauen erwischt worden.

»Alles gut. Ich wollte sie nicht erschrecken.« Herr Lindbergh, den ich auf Mitte 50 schätzte, schmunzelte amüsiert. »Ich kenne die Anziehungskraft, die von solch einer Werkstatt ausgeht, nur zu gut«, erklärte er und zwinkerte mir zu.

Sein Lachen war offen und er schien in keiner Weise böse zu sein, dass ich ungefragt sein Reich betreten hatte.

»Arbeiten Sie auch mit Holz?« Erwartungsvoll blickte er mich an.

»Ich? Äh, nein, leider nicht. Ich habe bisher in der Immobilienbranche gearbeitet. Aber früher mal, als kleiner Junge, war es für mich das Größte, in der Werkstatt meines Nachbarn zu stehen. Bis … ach, egal. Er, also der Nachbar, war Schreiner und hat mir so einiges beigebracht.«

»Na, dann kennen Sie sich ja aus.« Er strahlte mich an, vermutlich glücklich darüber, einen Verbündeten gefunden zu haben.

»Ja, vielleicht. Könnte sein. Etwas zumindest. Aber wie gesagt, es ist lange her.« Ich starrte andächtig auf die Holzskulptur in der Ecke. Sie war noch am Entstehen, aber man konnte die Silhouette einer Frau erkennen. Sie sah schon jetzt, in unfertigem Zustand, wunderschön aus und ich unterdrückte den Drang, über das geformte Holz zu streichen.

Hilfe, was war denn los mit mir?

»Wollen wir uns dann mal das Tiny House ansehen? Deswegen sind Sie doch da, oder? Was meinen Sie?«

Herr Lindbergh riss mich aus meinen Gedanken und lächelte zufrieden. Falten tanzten um seine dunklen Augen.

»Ja. Natürlich, gern.«

»Na dann. Kommen Sie mal mit.«

Mir fiel sein offenes Lachen auf, welches tief aus seinem Bauch zu kommen schien, und ich entspannte mich.

Wir gingen aus der Werkstatt, vorbei an diesem Traum von Fachwerkhaus durch einen malerischen Garten mit zahlreichen Obstbäumen und Gemüsebeeten und ich war damit beschäftigt, all die neuen Eindrücke in mich aufzunehmen. Der Duft von Blumen und das Summen von Bienen lag in der Luft und es fühlte sich ein wenig wie Urlaub an.

»Sooooo! Da wären wir.« Stolz schwang in Herr Lindberghs Stimme, als wir ein Gartentor am Ende des Gartens passierten.

»Oh, wow! Es ist größer, als ich angenommen hatte.« Ich blickte auf das kleine Haus, das auf Rädern stand. Es war schätzungsweise sieben Meter lang und hatte ein paar bodentiefe Fenster. Das Holz der Außenfassade hatte diesen leicht gräulichen Ton angenommen, was vermutlich Regen und Sonne im Wechsel vollbracht hatten.

Herr Lindbergh lief die wenigen Stufen zum Eingang nach oben und schloss die Tür auf. Eine winzige Veranda umgab den Eingangsbereich, was das Haus noch einladender erscheinen ließ. »Dann werfen sie erstmal einen Blick ins Innere, Herr Winterfeldt.«

Er ließ mir den Vortritt und bedeutete mir, nach innen zu gehen. Kurz hielt ich die Luft an, bevor ich eintrat. Die leise Furcht, dass mir der Anblick nicht gefallen könnte und mein Traum damit zerplatzen würde, lag mir im Nacken.

Ich glaube, mir blieb kurz der Mund offenstehen, als ich einen ersten Blick ins Innere warf. Die Sonne strahlte zu den großen Fenstern herein, alles war in hellem Holz gehalten. Die Küche aus schwarzem Eisen und geflammtem Holz war aus alten Paletten gebaut und gab dem Ganzen eine unglaublich gemütliche Atmosphäre.

Es war heimelig. So sehr, dass ich am liebsten sofort dort am Tisch Platz genommen hätte. Ich strich über die alte Holzplatte, die auf Eisenfüßen angebracht war und den Essplatz bildete.

Hinten in der Ecke war eine Sofalounge, die ebenfalls aus Paletten gebaut und mit Kissen versehen war. Daneben stand ein Schwedenofen, der bei Kälte bestimmt für eine gemütliche Atmosphäre sorgte. Stufen, die neben der Lounge nach oben führten, endeten in einem erhöhten Bereich, welcher zum Schlafen gedacht war. Das Bad lag auf der gegenüberliegenden Seite. Es wurde durch eine hölzerne Schiebetüre, die auf einer schwarzen Eisenschiene verlief, abgetrennt. Ich war sprachlos. Hier hatte sich jemand verdammt viel Mühe gegeben. Etwas in mir sagte mir, dass ich mich hier wohlfühlen würde, denn alles hier schien »Zuhause« zu rufen.

»Ich bin sprachlos. Das ist wirklich der Wahnsinn«, stammelte ich vor mich hin und Herr Lindbergh lachte. »Woher haben Sie diesen Traum von rollendem Haus, Herr Lindbergh?«

»Nennen Sie mich doch bitte Anders. Sonst komme ich mir neben Ihnen so schrecklich alt vor.« Er streckte mir seine Hand entgegen, die von der vielen Arbeit rau war, und ich schlug ein.

»Leander.«

»Ich habe es komplett selbst gebaut.« In seiner Stimme schwang berechtigter Stolz.

»Wow!« Ich ließ mich auf einen Stuhl am Essplatz sinken. »Da haben Sie wirklich ein Meisterstück vollbracht.«

»Danke. Es freut mich, dass es dir gefällt. Das heißt, wir kommen ins Geschäft?« Anders nahm gegenüber am Tisch Platz und blickte mich fragend an.

»Oh ja! Das heißt, wir kommen so was von ins Geschäft.« Ich lachte. »Das heißt, vorausgesetzt, ich kann Ihren ... Ähm, ich meine deinen finanziellen Vorstellungen entsprechen.«

»Da werden wir uns bestimmt einig.« Anders lachte wieder dieses tiefe Bauch-Lachen. Irgendetwas hatte dieser Mann an sich, dass ich mich nichts anderes als willkommen fühlen konnte. »Was wärst du denn bereit, zu bezahlen?«

»Hmmm, ich würde dir Vierzigtausend Euro bezahlen können. Nur hab ich noch ein anderes, etwas größeres Problem, wenn ich ehrlich bin.«

»Und das wäre?« Anders zog fragend seine Augenbrauen nach oben.

»Ich habe keinen Platz, wo ich das gute Teil abstellen kann.«

»Oha!«

»Ja genau. Oha.« Ich blickte ihn unsicher an und zuckte mit den Schultern.

»Wo hast du denn bisher gewohnt, wenn ich das fragen darf? Oder ist das zu persönlich? Ich will dich ja zu nichts drängen.«

Vielleicht war es die logische Konsequenz davon, dass ich einen Neuanfang so sehr wollte, dass ich all meinen Mut zusammennahm und begann, Anders von mir zu erzählen. Bisher hatte ich die Dinge lieber mit mir allein ausgemacht. So konnte ich nicht enttäuscht werden. Was war mir all die Jahre auch anderes übriggeblieben? Ich weiß nicht, ob es Anders' freundliche Art war, die Vertrauen ausströmte, seine Frage oder meine Verzweiflung, dass ich die Karten offen auf den Tisch legte. Vermutlich war es von allem etwas und so tat ich das, was sich für den Moment richtig anfühlte, und sagte ihm die Wahrheit. Er konnte denken, dass ich ein verzweifelter Spinner war. Aber auch das war mir vollends egal. Und irgendwie stimmte es ja. Ich war verzweifelt genug, die Hosen runterzulassen. Ich hatte nichts mehr zu verlieren.

Also erzählte ich ihm von meinem Job in der Immobilienbranche, den ich gegen meinen Willen erlernt hatte. Von der Dominanz meines Vaters und dem Gefühl, in seinen Augen immer das schwarze Schaf der Familie zu sein und auf ganzer Linie versagt zu haben. Von Ben und seinem Verrat. Von meinem Traum als Teenager, Schreiner zu werden und der Reaktion meines Vaters darauf. Dem Unfall und dass ich dringend aus der Wohnung raus wollte. Von meinem Erbe, das ich nach dem Tod meiner Mom bekommen hatte, mit welchem ich das Tiny House bezahlen würde. Denn dies war endlich mal nur mein Geld und hatte in keiner Weise mit meinem Vater zu tun.

Anders hörte mir aufmerksam zu und nickte immer wieder verständnisvoll, während er meiner Geschichte lauschte.

»Du hast Glück im Unglück.« Er strahlte mich an. »Du hast mich gefunden. Ich glaube tatsächlich, ich kann dir helfen. Der Bereich, auf dem der Wagen steht, ist erschlossen, das heißt, Wasseranschluss, Strom, alles ist vorhanden. Ich hatte ursprünglich den Plan, das Tiny House als Ferienwohnung anzubieten, zusammen mit meiner Frau. Bis …« Er schluckte hart. »Bis meine Frau letztes Jahr durch einen Unfall verstorben ist.« Er atmete tief ein und wieder aus. »Mit ihr habe ich diesen Traum begraben. Ich hatte nicht mehr die Kraft, mich um Feriengäste zu kümmern. Den ganzen Aufwand, den das mit sich bringt. Das alte Fachwerkhaus, in dem ich wohne, war ihr Elternhaus und wir haben auch erst seit fünf Jahren hier zusammen gewohnt. Wir sind aus

Hamburg hier rausgezogen, weil sie Platz zum Atmen brauchte, wie sie sagte. Seit sie nicht mehr da ist, steht das gute Tiny House hier ungenutzt herum, was ein Jammer ist. Und jetzt bist du gekommen. Ich glaube, das ist Fügung, oder was meinst du?«

Ein Lächeln breitete sich auf meinem Gesicht aus.

»Du scheinst meine Hilfe brauchen zu können, und ich armer alter Mann bin dann nicht mehr ganz so einsam hier auf diesem riesigen Grundstück. Was sagst du?«

Ich glaube, meine Gesichtszüge entgleisten komplett, was Anders in ein lautes Lachen ausbrechen ließ.

»Hat es dir jetzt die Sprache verschlagen?« Er klopfte mir freundschaftlich auf den Rücken.

»Sieht ganz so aus.« Verlegen lächelte ich und blickte ihn unsicher an, während ich bemüht war, den dicken Kloß in meinem Hals herunterzuschlucken.

»Ganz nebenbei könnte ich etwas Hilfe in der Werkstatt tatsächlich gut gebrauchen, falls du darauf auch Lust hättest? Wenn ich dich richtig verstanden habe, bist du deinen Job los, oder?« Er grinste mich schief an.

In diesem Moment war das Eis gebrochen. Alles, was ich konnte, war diesen Mann spontan zu umarmen und ein »Danke« hervorzupressen.

Was war nur mit mir los? Ich erkannte mich seit Tagen selbst nicht wieder. Meine Fassade, die bisher aus Selbstbeherrschung und Verdrängen bestanden hatte,

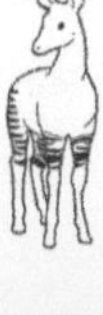

war stark am Bröckeln und unter diesem ganzen Schutt kam eine fremde Seite zum Vorschein, von der ich noch nicht so richtig wusste, wer sie war.

Erschrocken über meinen plötzlichen Gefühlsausbruch spürte ich, wie ich rot anlief.

»Deal?«, fragte Anders und unterbrach die für mich peinliche Situation.

»Deal«, sagte ich brüchig und schluckte heftig, als ich einschlug. Das hier war mehr, als ich je erwartet hattet. Es war wie ein Sechser im Lotto. Nur viel besser. Denn Glück war unbezahlbar. Aber manchmal, ja manchmal da stand es einfach da und streckte einem eine Hand entgegen, und solch einen Moment schien ich gerade erwischt zu haben.

Dankbar schickte ich ein Stoßgebet zum Himmel und in Gedanken schlug ich ein.

Keine zwei Wochen waren vergangen, bis ich meinen überflüssigen dekadenten Krempel über Kleinanzeigen verkauft oder teilweise auch verschenkt hatte. Ich trennte mich von all den Dingen, die ihr Dasein in Schränken gefristet hatten, nie benutzt worden waren, und empfand jedes Mal eine Art Befreiungsschlag. Mit jedem Stück, das ich weggab, wurde mein Kopf freier und meine Seele leichter. Es kam fast einer Sucht gleich, dieses sich trennen von all dem überflüssigen Kram. Als ich damit angefangen hatte, war ich kaum noch zu stoppen, bis ich alles verhökert hatte. Fast alles in diesem Penthouse hatte »Luxus« geschrien. Mit jedem Teil, das aus meinem Leben verschwand, hatte ich das Gefühl, mich ein Stück mehr von meinem Vater und meiner Vergangenheit zu lösen. Es war wie das Durchtrennen einer unsichtbaren Linie, die uns verbunden hatte.

Als ich fertig war, stand ich in meiner leergefegten Wohnung, in der ich sowieso nie wirklich zu Hause gewesen war. Sie fühlte sich kalt und fremd an. Harter grauer Beton, seelenlose Wände.

Jedes Geräusch hallte durch die Leere der Räume doppelt so laut als Echo zurück, was die Kälte, die ich empfand, noch verstärkte.

Die Dinge, die mit ins Tiny House ziehen würden, hatte ich in den Kofferraum meines selbst bezahlten und neu gekauften, aber gebrauchten Autos gepackt. Mein Leben war auf ein paar Kisten und Dinge reduziert worden.

Den lächerlich teuren Sportwagen würde ich ebenso in der Garage stehen lassen wie die dekadente Designercouch im Penthouse bleiben würde, die mein Vater mir damals zum Einzug geschenkt hatte. Ich wollte nichts mehr von ihm besitzen. Deswegen war die Option, beides zu verkaufen, nicht infrage gekommen. Ich

wollte keinen Cent seines Geldes, wollte frei von jeder Verbindung zu ihm sein.

Ein letztes Mal, da war ich mir sicher, betrat ich die Firma meines Vaters, um die Schlüssel des Sportwagens und der Wohnung abzugeben.

Ich stand an der Theke vor Charlottes Empfangstisch und hatte nicht viele Worte. Sie begrüßte mich wie immer herzlich, doch außer einem »Hallo« legte ich ihr nur wortlos den Umschlag mit den Schlüsseln hin. Ich hatte soeben mein altes Leben wie ein zu eng gewordenes Kleidungsstück am Empfang von Winterfeldt-Immobilien abgegeben. Eines, das nicht mehr zu mir passte.

Auf ihren fragenden Blick hin, zuckte ich nur mit den Schultern, verabschiedete mich und ging.

Als ich in mein Auto stieg, welches ich mir dank Moms Erbe hatte leisten können, wuchs ein leises Gefühl von Freiheit, welches sich vorsichtig den Weg durch meinen Brustkorb bahnte. Je näher mein neues Zuhause rückte, umso mehr entspannte ich mich.

Erinnerungsfetzen der letzten Wochen zogen vor meinem inneren Auge vorbei, während ich meine Gedanken entlang der Straße schweifen ließ. Ich sah mich im Streit mit meinem Vater wütend durch die Stadt rasen, den Unfall … und Ella. Immer wieder Ella, die in meinen Gedanken auftauchte und in mir dieses warme Gefühl auslöste.

Die erste Mission, die ich zu erfüllen hatte, sobald ich in meiner neuen Bleibe angekommen war, würde sein, mich bei ihr zu melden. Die letzten beiden Wochen war ich so damit beschäftigt gewesen, mein Leben zu regeln, dass ich weder die Kraft noch die passenden Worte gehabt hätte, ihr zu erklären, was in meinem Leben vor sich ging. Was hätte ich auch sagen sollen? Smalltalk war mir unpassend erschienen und um ihr mehr zu erzählen, war das Handy definitiv der falsche Weg. Dazu kannten wir uns noch nicht gut genug.

Ich wollte ihre Reaktionen sehen, wenn ich ihr mehr Einblick in mein Leben gab. Die letzten beiden Wochen waren entscheidend für mich gewesen und es war mir wichtig, dass sie davon erfuhr. Ich wollte hören, was sie dazu zu sagen hatte, ihren Gesichtsausdruck sehen, wenn ich ihr von den Neuigkeiten erzählte. Und ich wollte sie unbedingt endlich wieder treffen.

Als ich meinen Wagen auf Anders' Hof parkte und aus dem Auto stieg, war er sofort an meinem Kofferraum zugange und half mir, meine wenigen Kisten und ein paar der Dinge, die ich noch besaß, auszuladen.

»Willkommen zu Hause!«

Ohne Hemmungen zog er mich in eine fast väterliche Umarmung und drückte mich mit solch einer Kraft, dass mir beinahe die Luft wegblieb. Dieser Mann hatte kein Problem damit, seine Gefühle offen zu zeigen. Etwas, was ich bei meinem Vater so nie erlebt hatte.

Erik Winterfeldt war der König des Verdrängens und der Emotionslosigkeit. Anders war das komplette Gegenteil.

Ich löste mich aus der festen Umarmung und stand etwas unbeholfen da, als Anders einfach anpackte und mich dabei unterstützte, mein bisschen Hab und Gut bis zum Eingang des »Baby-Hauses« zu tragen, wie er es lächelnd nannte.

Er überreichte mir Brot und Salz zum Einzug und ließ mich dann allein, um in Ruhe anzukommen, wie er sagte.

Da stand ich nun, in meinem Tiny House, und schaute mich etwas verloren um. Mein eigenes kleines Haus. Mein neues Zuhause. Wie krass sich das anfühlte. Es war surreal.

»Willkommen zu Hause, Winterfeldt. Du bist jetzt Hausbesitzer.« Ich sprach mir selbst Mut zu, blies meine Backen auf und ließ mich auf die weichen Polster der Loungeecke fallen, die unter mir nachgab. Mit einem Lächeln auf meinem Gesicht griff ich zum Handy.

12

Ella

Ehrlich gesagt, rechnete ich in hundert kalten Wintern nicht mehr damit, von Leander zu hören. Es war wie erwartet. Er hatte höflich sein wollen, mich abgehakt und das war es gewesen. Da ich mich schon so daran gewöhnt hatte und der festen Überzeugung war, dass ich nicht spannend genug war, ein zweites Mal gedatet zu werden, war es für mich nur logisch, so weiterzumachen wie bisher.

Diese winzige Hoffnung, so sandkornklein, die sich leise in meinem Kopf eingenistet hatte wie ein stiller Gast, den man nicht eingeladen hatte, aber herbeiwünschte. Dieser Gedanke, dass es dieses Mal, nur dieses eine Mal auch hätte anders laufen können. Ich hatte diese Hoffnung so vorsichtig und leise, wie sie gekommen war, in eine Schublade gesteckt und traurig den Schlüssel umgedreht. Was ich niemals öffentlich zugeben würde.

Nicht einmal vor Amy. Ihr hatte ich erklärt, dass das schon in Ordnung sei, aber es war zu spüren, dass sie mir kein Wort meiner einstudierten Ausrede glaubte. Sie kannte mich einfach zu gut. Fast mein ganzes Leben. Ehrlich gesagt, wusste ich nicht, warum ich versuchte, ausgerechnet ihr etwas vorzumachen. Ich wollte nicht, dass sie mich bemitleidete. Vermutlich war das der Grund. Ich spielte wie immer die Tapfere, die mit allem klarkam. Vielleicht war ich aber sogar ein kleines bisschen froh, dass es so gekommen war. Dass ich recht behalten hatte und Leander sich nicht mehr gemeldet hatte. Denn sich aus der Komfortzone heraus zu bewegen, war mit Mut und jeder Menge Angst verbunden. Angst, mich auf etwas Neues einzulassen. Den Mut zu haben, das Risiko einzugehen und wieder zu vertrauen. Darum war es doch der einfachere Weg, wenn alles so blieb wie bisher. Mit dieser Argumentation ging es mir besser und sie tröstete mich über die leise Enttäuschung hinweg.

Es war inzwischen Anfang Juni und der Sommer lag in der Luft. Er wurde hin und wieder noch verdrängt von dem typischen Hamburger »Schietwetter«, aber er ließ sich nicht mehr ständig den Rang ablaufen. So strahlte an manchen Tagen die Sonne angenehm warm vom Himmel. Die Gäste im Café genossen jeden Tag, an dem sie die Plätze draußen in Beschlag nehmen konnten.

Ich balancierte ein vollbeladenes Tablett mit schmutzigem Geschirr in Richtung Küche, als mein Handy in meiner Kellnerschürze vibrierte. Als ich die Hände wieder frei hatte, blickte ich auf das Display.

Ein Adrenalinstoß durchfuhr mich und mein verräterisches Herz polterte augenblicklich drei Nuancen zu laut.

Leander: Hey Ella. Es tut mir so leid, dass du die letzten beiden Wochen nichts von mir gehört hast. Du musst denken, dass ich dich vergessen habe. Habe ich NICHT! Ich musste mein verkorkstes Leben auf die Reihe bekommen und hatte deshalb unfassbar viel zu tun. Ich weiß, dass sich das wie eine dumme Ausrede anhört. Es ist tatsächlich keine und ich würde dir so gern alles von vorne erzählen. Das wollte ich nicht per Handy machen, sondern bei einem Treffen. Deswegen mein Schweigen bisher. Hättest du Lust auf ein gemeinsames Essen?

Tief sog ich die Luft ein, als Amy in die Küche kam und mich wie hypnotisiert auf mein Display starren sah.

»Hast du einen Geist gesehen oder was ist passiert?« Sprach's und riss mir das Handy aus der Hand. »Tatsächlich. Der Herr Winterfeldt ist von den Toten auferstanden. Haha. Selbst ich habe damit nicht mehr gerechnet. Soll einer die Typen verstehen.« Sie kaute auf ihrem Kaugummi, schüttelte lachend den Kopf und blies mir eine Kaugummiblase ins Gesicht.

»Ey! Du weißt, dass ich das hasse.« Schon allein der Geruch ließ mich in Gedanken würgen. Jack hatte ständig Kaugummi gekaut. »Und jetzt, was mach ich jetzt? Ich hab echt keinen Plan.«

Ich schaute ihr hilfesuchend ins Gesicht, als würde die Antwort dort geschrieben stehen. Amy hatte schließlich immer einen Plan.

»Da fragst du noch? Du triffst ihn und hörst dir an, was er dir erzählen will. Alles andere wäre ja wohl schön blöd. Ich finde schon, dass er das verdient hat, oder? Es klingt außerdem so, als gäbe es eine Begründung für sein Schweigen die letzten Tage.«

Ich zog die Stirn in Falten.

»Du willst jetzt nicht wieder kneifen, oder?«

Ich zuckte mit den Schultern und fing an, geschäftig den Geschirrspüler auszuräumen, nur um Amy nicht in die Augen schauen zu müssen.

»Gib's zu. Du warst insgeheim sogar froh, dass er sich erstmal nicht gemeldet hat. Das hat dich in deiner Theorie noch bestätigt, dass dich kein Kerl gut finden kann, stimmt's?«

»Welche Theorie meinst du?« Ich stellte mich absichtlich blöd.

Diese Frau kannte mich viel zu gut. Verdammt.

»Du dachtest, ich check es nicht, nur weil du nichts gesagt hast, oder?« Sie seufzte. »Sag mal, wem versuchst du hier etwas vorzumachen? Doch nicht mir.

Hallo? Ich bin Amy. Deine beste Freundin. Erinnerst du dich? Ich weiß, wie der Hase läuft. Mir ist schon klar, dass du fast froh warst, dass er sich nicht gemeldet hat.«

Amy kam auf mich zu, schaute mich durchdringend an und ich spürte, wie mir die Röte in die Wangen schoss.

»Okay, okay. Du hast mich durchschaut ... und gewonnen.«

Ich nahm mein Handy und schrieb.

»Hab gerade unfassbar viel zu tun. Melde mich später.« Während ich tippte, sprach ich die Worte laut vor mich hin.

Noch ehe ich überlegte, hatte ich auf Senden geklickt. Jetzt würde ich ihn erstmal warten lassen. Wenn auch nur ein paar Stunden lang. Aber so einfach wollte ich es ihm dann nicht machen.

»Frau Sommer, Frau Sommer.« Amy schürzte die Lippen. »Sie schaffen es nach all den Jahren immer noch, mich zu überraschen.« Sie kicherte. »Ich kann nicht glauben, welch ein Zyniker manchmal in dir steckt.«

»An die Arbeit, Frau Klausen. Die macht sich hier schließlich nicht von allein.« Ich grinste, klatschte in die Hände und scheuchte Amy aus der Küche in Richtung Tresen.

Als Oma zur Tür reinkam, erwischte sie uns, wie wir kichernd die Köpfe zusammensteckten.

»Na wenigstens ihr beiden habt Spaß, während ich arme Frau mir hier die alten Plattfüße wund laufe.« Gespielt verärgert schüttelte sie den Kopf und zwinkerte uns dann verschwörerisch zu.

Der restliche Tag im Café verlief relativ entspannt. Es war der ganz normale Wahnsinn. Man spürte, dass der Sommer in den Startlöchern stand und die Gäste oft nur auf einen kurzen Kaffee draußen Platz nahmen. Was gut für die Kasse war. Aber auch viel Rennerei.

Ich liebte diese Zeit. Alles wirkte so leicht. Alle Möglichkeiten lagen noch vor einem wie ein unbeschriebenes Blatt. Der Sommer war meine liebste Jahreszeit und die Hamburger Sommer waren so angenehm. Oft wehte eine leichte Brise und die richtig heißen und drückenden Tage waren eher selten.

Wärme erfüllte die Luft, als ich mich nach Feierabend aufs Fahrrad schwang und nach Hause radelte. Ebenso Amselgesang und Sommerduft.

Zu Hause angekommen, setzte ich mich in den gemütlichen Strandkorb auf meinem Balkon und checkte meine Nachrichten.

Ich war Leander noch eine Antwort schuldig.

Ich: Hey. Ich würde sehr gern deine Geschichte hören. Sag mir einfach wo und wann.

Leander: Uff. Ich hatte schon befürchtet, du bist sauer. Hättest du Lust, ins Alte Land rauszukommen? Neuenfeld, Alter Fährweg. Morgen? Wann kannst du Feierabend machen?

Ich: Ich denke, gegen 19 Uhr könnte ich da sein. Klingt das gut?

Leander: Und wie. Ich freu mich. Bis dann.

Ich: Bis morgen.

Ich freu mich auch, dachte ich, behielt es aber für mich und grinste dämlich vor mich hin. Innerlich klopfte ich mir selbst auf die Schulter für meinen Mut und beschloss, kurzfristig an diesem Abend noch bei Oma und Opa vorbeizuschauen. Morgen würde ich wegen des Treffens mit Leander nicht dazu kommen und es wurde mal wieder Zeit für ein köstliches Oma-Essen. Das Praktische war, dass bei ihr immer etwas Leckeres auf dem Herd stand, egal ob man angemeldet kam oder nicht. Weil Oma zu gern kochte und Opa zu gern aß. Selbst Amy schaute hin und wieder allein bei ihnen vorbei.

Kurzerhand schrieb ich ihr eine Nachricht.

Ich: Lust auf ein Essen bei O&O? Wird mal wieder Zeit, oder?

Amy: Logo. Wie könnte ich da nein sagen?

Keine halbe Stunde später stand Amy schon wartend vor der Haustür des Backsteinhäuschens, als ich mit meinem Fahrrad vorfuhr.

»Endlich Mann, ich bin kurz vorm Verhungern. Wollte mir zu Hause gerade schon ein Brot reinschieben, als deine Nachricht kam.«

»Na dann, nix wie rein mit uns.« Ich lehnte mein Fahrrad an die Hauswand und schloss die Tür auf. Allerdings nicht, ohne vorher geklingelt zu haben. Zweimal kurz, einmal lang, einmal kurz, unser Zeichen, seit ich denken konnte.

Drinnen duftete es köstlich nach Birnen, Bohnen und Speck. Oma stand am Herd in einer Wolke aus Röstaromen und Fett und Opa saß am Küchentisch und löste Kreuzworträtsel. Leise brummte er zur Musik, die aus dem Radio dudelte.

Seine Miene erhellte sich, als er uns erblickte.

»Setzt euch, meine Süßen, Essen ist gleich fertig.« Oma bedeutete uns durch ein Kopfnicken Richtung Tisch, schonmal Platz zu nehmen.

Es herrschte kauende Stille, als wir eine Weile später zusammen am Tisch saßen.

»Was gibt es Neues?« Opa blickte in die Runde, seine Brille war nach unten auf die Nasenspitze gerutscht.

»Ella hat endlich mal wieder ein Date«, platzte Amy heraus.

War ja klar. Sie konnte nie ihre Klappe halten und

auch wenn ich vor meinen Großeltern keine Geheimnisse hatte, hätte ich es ihnen im Moment nicht brühwarm auf die Nase gebunden. Noch nicht. Es war zu frisch. Und ich hasste es, im Mittelpunkt zu stehen. Aber nun waren alle drei Augenpaare auf mich gerichtet, sodass ich mich am liebsten unsichtbar gemacht hätte. Stattdessen pustete ich verlegen eine Haarsträhne aus meinem Gesicht.

»Endlich? Danke auch, Amy. Klingt, als wäre ich ein Sonderposten in der Resterampe.«

»So hab ich das nicht gemeint. Ich meinte mit endlich, dass du dich endlich wieder traust.« Sie zuckte entschuldigend mit den Schultern und schob sich eine Gabel voll Bohnen in den Mund. Ich gab ihr einen leichten Seitenhieb und hielt mich dann an meinem Glas fest.

»Oha!«, war alles, was Opa mit hochgezogener Augenbraue erwiderte und Oma grinste wissend.

»Also erstens ist das kein Date, sondern ein Treffen, und zweitens: Was heißt hier bitte oha?«, lamentierte ich.

Warum verteidige ich mich hier überhaupt, dachte ich, als mir bewusst wurde, dass meine komischen Erklärungsversuche das Ganze noch peinlicher wirken ließen.

»Oha heißt prima. Treffen, Date, Verabredung oder wie auch immer du das nennen willst. Wir nannten das ja früher Rooondevuuuuuus, oder Klara?«

Er grinste mich mit einem wissenden Funkeln in den Augen an.

Oma lachte laut. »Du meinst Rendezvous, Lorens, stimmt's?«

»Sag ich doch«, erklärte Opa schulterzuckend.

Amy prustete los und ich wäre am liebsten im Erdboden versunken.

Warum um alles in der Welt fühlte ich mich wie das peinlich berührte Teenagermädchen von damals, dem es unangenehm war, einen Jungen zu treffen? Himmel nochmal, ich war inzwischen erwachsen, zumindest auf dem Papier. Dass mein Verhalten momentan nicht wie das einer Erwachsenen wirkte, war mir klar. Fehlte nur noch, dass ich rot wurde. Trotzdem konnte ich nicht aus meiner Haut. Mal wieder. Ich war von mir selbst genervt.

»Können wir dieses Thema für heute bitte beenden? Danke!«, sagte ich mit all der Überzeugungskraft, die ich aufbringen konnte, bevor Oma auch noch anfing, peinliche Fragen zu stellen.

Ab diesem Moment verlief der Abend für mich entspannt. Wir quatschten über alte Geschichten, die wir zum Leben erweckten, amüsierten uns über Omas und Opas Anekdoten und als ich später zu Hause todmüde in mein Bett fiel, war ich dankbar für die beiden besonderen Frauen in meinem Leben und für Opa. Die Menschen, die immer für mich da waren. Auch wenn sie mir in manchen Momenten mächtig auf den Keks gehen konnten.

13

Leander

Ich hatte die erste Nacht in meiner neuen Bleibe verbracht. Leider wusste ich nicht mehr genau, was ich geträumt hatte.

Im Tiny House aufzuwachen war ein völlig neues Lebensgefühl, ein Gefühl von Freiheit und Zuhause zugleich und ich hätte die ganze Welt umarmen können.

Entspannt hatte ich alle meine Sachen verstaut und war einkaufen gewesen. Mein Plan war, Ella heute Abend mit dem einzigen Gericht, das ich im Schlaf beherrschte, zu bekochen. Spaghetti Bolo. Als der Zeiger in Richtung 19 Uhr wanderte, stieg zeitgleich meine Nervosität und Freude darüber, sie endlich wiederzusehen. Die Soße köchelte auf dem Herd und der Duft von italienischen Aromen durchzog den Raum. Ich war ein bisschen stolz, dass ich dieses Rezept nach all den Jahren nicht vergessen hatte.

Ich sah Mom und mich in meiner Erinnerung am Herd stehen. Wie sie mir jeden Schritt erklärte, um die weltbeste Soße zuzubereiten, wie sie sagte. Ich hatte sie gefühlt hundert Jahre nicht mehr gekocht. Wozu gab es Restaurants und den Lieferservice? In meinem stressigen Leben bisher war keine Zeit für scheinbar unwichtige Dinge wie kochen gewesen. Was Dad sowieso als Frauensache abgetan hatte. Was auch sonst.

Ich drängte die Gedanken an meinen Vater weit weg und kostete von der Soße.

Ich bin stolz auf dich, hörte ich Mom in Gedanken sagen.

Es war kurz vor sieben und ich hatte Ella versprochen, sie vor Anders' Haus abzuholen. Gerade als ich auf dem Hof ankam, bog sie mit ihrem Wagen in die Einfahrt. Als sie ausstieg fiel mir wiederholt auf, wie schön sie war. Ihre langen gewellten Haare fielen ihr über die Schulter. Sie trug eine enge Jeans, ein lässiges Shirt und weiße Sneakers und sah wunderschön aus.

Ich lief ihr entgegen und konnte nicht anders, als übers ganze Gesicht zu strahlen. »Hey. Da bist du also.«

Wow, sehr geistreiche Begrüßung, Leander.

»Schön, dass du gekommen bist«, warf ich schnell noch hinterher.

»Ja, sieht so aus.« Sie lächelte und blickte sich um. »Hier fühlt es sich ein bisschen an wie Urlaub. Die Gegend ist wunderschön.«

»Ja, oder? Als ich das erste Mal hierher kam, hab ich das Gleiche gedacht. Ich würde dir so gern etwas zeigen, wenn du Lust hast. Den Grund, warum ich mich erst jetzt wieder bei dir gemeldet habe.« Nervös schürfte ich mit meinem Schuh im Kies.

»Klar. Ich bin gespannt.« Ihr offenes Lächeln ließ mich Mut fassen und ich war über mich selbst verwundert, wie aufgeregt ich war und wie viel es mir bedeutete, dass sie da war.

»Dann komm mal mit.«

Kurz überlegte ich, nach ihrer Hand zu greifen, zögerte aber zu lange und verpasste den Moment. Nervosität wanderte durch meinem Körper und ließ mein Herz schneller schlagen und ich hoffte, dass Ella die Begeisterung für mein neues Zuhause teilte. Wir liefen zwischen den Obstbäumen hindurch, bis ans Ende des Gartens.

»Hier sind wir. Das ist mein neues Zuhause«, verkündete ich auf das Tiny House zeigend. Ich schaute ihr ins Gesicht, um jede ihrer Reaktionen zu lesen.

»Ein Tiny House? Echt jetzt? Ich fass es nicht, wie wunderschön das ist. Woher? Wie kommst du dazu? Wann …?«, stammelte sie und ich konnte mir ein erleichtertes Grinsen nicht verkneifen.

Ella strahlte und war auf einmal aufgeregt wie ein kleines Kind. Lief um das Haus und betrachtete es von allen Richtungen. Strich über das wettergegerbte Holz und blickte durch die Fenster und ich schmunzelte über diese Seite an ihr, die sie mir bisher noch nicht gezeigt hatte. Die Unsicherheit war wie weggeblasen.

»Darf ich reingehen?« Sie tippelte von einem Bein auf das andere auf den Stufen vor der Türe herum.

»Ich bitte darum.« Ich öffnete ihr die Tür mit einer gespielten Verbeugung. »Willkommen in meinem kleinen, aber immerhin meinem Reich.«

Ich hatte noch immer ein merkwürdiges Gefühl, das auszusprechen. Es fühlte sich so unwirklich an.

»Wow! Es ist wunderschön«, sagte sie leise, fast ehrfürchtig und drehte sich nach allen Seiten um. »Ich will alles wissen. Wie du zu diesem Traum gekommen bist und warum. Einfach alles.«

»Das lässt sich einrichten«, sagte ich schmunzelnd.

»Es riecht so lecker, hast du gekocht?« Tief sog sie die Luft durch die Nase ein.

»Ein bisschen. Meine Kochkünste bestehen lediglich aus einem Rezept. Spaghetti Bolognese. Ich hoffe, du magst das?« Hoffnungsvoll hob ich die Augenbrauen.

»Volltreffer.«

»Puh, Glück gehabt. Dann lass uns was essen, es ist alles fertig.« Ich bedeutete ihr, am Tisch Platz zu nehmen.

»Und jetzt musst du mir unbedingt erzählen, wie du zu diesem Haus gekommen bist.«

Wir saßen gemütlich beim Essen, ich war absolut entspannt und erzählte Ella, wie das Tiny House mich gefunden hatte. Vom Streit mit meinem Vater angefangen, darüber, dass er mich ständig bevormundet hatte und meiner jahrelangen Unzufriedenheit und Abhängigkeit von ihm. Von Anders und seiner Anzeige. Und dass er mir angeboten hatte, auf seinem Grundstück zu wohnen.

»Was denkst du, warum dein Vater so wenig Empathie für euch hatte? Ihr seid doch seine Familie?« Ellas Stimme klang vorsichtig. Vermutlich wollte sie mich mit dieser Frage nicht überrumpeln.

»Hmmm, wenn ich das wüsste. Gefühlt war es auch nicht schon immer so. Ich erinnere mich auch an gute Zeiten. Es fing schleichend an. Er wirkte immer öfter gereizt und wurde schneller laut. Kam immer später nach Hause und hatte keine Geduld mehr für uns Jungs und für meine Mom gleich gar nicht. So kam es mir zumindest vor. Keine Ahnung, was genau der Grund dafür war. Darüber wurde nie geredet. Kennst du das, wenn es gewisse Tabuthemen in der Familie gibt, über die niemand reden mag? Sie brodeln unter der Oberfläche, aber keiner spricht sie an.«

»Aus Angst, vermute ich«, murmelte Ella.

»Vermutlich. Aus Angst, dass die Wahrheit ans Licht

kommt. Dabei weiß jeder insgeheim sowieso, dass etwas nicht stimmt. Weil es ungesagt trotzdem im Raum steht. Wie ein ungebetener Gast. Dabei wäre es befreiender, die Wahrheit würde ausgesprochen werden. Das wäre zwar auch schmerzhaft, aber dann könnte sich was ändern. So war die Atmosphäre zu Hause die ganze Zeit wie vergiftet.«

Frustriert seufzte ich und sah sie an. In ihrem Blick lag so viel Verständnis, welches es mir leicht machte, mich in ihrer Gegenwart zu öffnen. Bisher hatte ich keiner Frau zuvor, mit der ich mich getroffen hatte, nur annähernd persönliche Dinge über mich erzählt. Immer hatte ich den coolen Aufreißer markiert und keine Schwäche gezeigt. Nie. Bei Ella war das anders. Wie machte sie das nur?

Ein Blick von ihr reichte aus, um mich zum Reden zu bringen, ohne dass sie es einforderte. Es passierte einfach.

Mein Blick fiel in ihren und ich war verloren. Wie können Augen so ehrlich sein? Wie ein Versprechen. Eines das sagte, dass alles gut werden könnte. Sie strahlten diese Wärme aus. Diese gemütliche Lagerfeuer-Wärme. Man wollte einfach nur Platz nehmen. Weil es in ihrer Gegenwart so angenehm war. Und entspannt. Weil Ella dafür sorgte, dass ich nicht mehr nachdenken wollte. Über diese Stimme in meinem Kopf, die brüllte: »Männer reden nicht über ihre Gefühle.« Mit

dem kalten und schneidenden Klang meines Vaters. Ella schien die Fähigkeit zu haben, sie auszuschalten. Sie schnitt ihr mit nichts als ihrer Anwesenheit den Ton ab und baute mit ihrem Verständnis eine Brücke. Eine, die es mir möglich machte, mich auf dieses fremde Terrain zu begeben. Um Gefühle überhaupt zu spüren. Sie zuzulassen und sie auszusprechen.

Ellas Gegenwart versprach diese Ahnung von Nachhausekommen. Und so öffnete ich leise die Tür des dunklen, gefühllosen Raumes, in dem ich gesessen hatte, einen Spalt breit. Nun fiel ein Lichtstrahl in mein bisheriges Gefühlsdunkel. Es fühlte sich an wie Ankommen und Loslassen zur selben Zeit. Ihr Lächeln hatte diese Lagerfeuer-Wärme. Leuchtend legte es seine Umgebung in Brand. Und ich war komplett verloren mittendrin.

Ich schien auf einmal in bunten Farben zu denken. Zum Glück konnte niemand mein Kopfkino mitansehen, er hätte an meinem Verstand gezweifelt. Unwillkürlich musste ich lächeln und entspannte mich immer mehr.

»Was ich dich letztes Mal schon fragen wollte.« Ihre warme Stimme riss mich aus meinen Gedanken. »Du warst vor kurzem auf dem Friedhof in Ohlsdorf, oder? Das warst doch du? Vor ein paar Wochen? Kurz bevor du im Café aufgetaucht bist.«

Ich nickte.

»Du sahst so verloren aus. Warum?«

Sie sah mich offen an. Und plötzlich war da nicht mehr nur dieser schmale Spalt in meinem Gefühlsdunkel, in das Licht gefallen war. Sie hatte die Tür noch weiter geöffnet, sodass alles offen lag. Sichtbar. Und schmerzend wie eine pochende Wunde.

Kurz war ich versucht, die Tür wieder zuzuschlagen. Aus Angst vor dem Schmerz, der auf mich lauerte. Der mir weismachen wollte, dass er sich für immer Verdrängen ließ. Um dann im falschen Moment aus einer Ecke meiner Seele hervorzukriechen.

»Du musst mir nicht antworten, wenn …« Ella musste mein Zögern gespürt haben.

»Doch … doch. Ich … ach … Es ist schwer«, stammelte ich wirr vor mich hin, versuchte, mich zu sammeln, und atmete tief durch. »Ich hab dir bisher immer nur von meinem Vater erzählt. Weil er so dermaßen präsent war, auf lästige Weise.« Ich seufzte. »Aber meine Mom. Sie ist gestorben, als ich siebzehn war. Das große ›K‹. Keine Chemo dieser Welt konnte mehr helfen. Es war zu spät. Als der Krebs entdeckt wurde, war der ganze Körper schon voller Metastasen. Sie war viel zu spät zum Arzt gegangen. Hatte alle Warnsignale gekonnt ausgeblendet. Vielleicht aus Angst vor der hässlichen Wahrheit? Es war ein unfairer Wettlauf gegen die Zeit. Sie konnte nicht mehr gewinnen. Meine Mom.« Ich blies die Backen auf und atmete deutlich hörbar aus.

»Sie war wundervoll. Auf gute Weise präsent, sie war besonders und voller Liebe und sie hatte das nicht verdient. Nichts davon. Keiner hat das, ich weiß schon. Aber sie am allerwenigsten. Und mein Vater, der Arsch? Er hat sie komplett im Stich gelassen. Er hat sie verdammt nochmal allein sterben lassen. Und Ben und mich uns selbst überlassen. Er hatte immer nur sich selbst im Kopf. Sich und sein fettes Ego.«

Es war raus. Wie ein Schwall. Alle Worte aus mir herausgefallen wie schwere Steine. Ich hatte es hörbar ausgesprochen. Die Last löste sich ein Stück von meiner Seele. Zumindest im Nanogramm-Bereich. Ein kleines bisschen. Es war eher so ein Abbröckeln. Wie wenn man sich einen Berg voller Lasten vorstellt und sich ein Bruchteil davon löst. Und dann den Berg hinunterrollt. Es war nicht viel, im Verhältnis. Aber es war ein Anfang. Einer, der guttat. Und es war das erste Mal, dass ich mit einer Frau darüber geredet hatte. Überhaupt hatte ich kaum darüber geredet. Höchstens mit Ben, aber auch da hatte ich als großer Bruder eher immer den Starken gemimt.

Nervös fuhr ich mir durchs Haar. Der Schmerz war plötzlich so präsent. Und trotzdem tat es gut, die Worte ausgesprochen zu haben.

»Ich wusste nicht … Das tut mir so leid. Ich weiß nicht, was ich sagen soll, was nicht wie eine Floskel klingt. Aber ich meine es wirklich ehrlich.«

Und so klang es auch. Voller Mitgefühl. Dieses Mädchen war der aufrichtigste Mensch, der mir je begegnet war. Alles an ihr strahlte diese Ehrlichkeit aus.

Wir saßen uns am Tisch gegenüber. Ihr Blick traf meinen für einen flüchtigen Augenblick, bis sie auf den Tisch blickte. Dann wieder und dieses Mal wich sie mir nicht aus. Ihre Augen, so grün wie tiefe Seen. In ihrem Blick lag nichts Vorgetäuschtes, keine gekünstelte Anteilnahme.

Sanft berührte ich Ellas Hand und schaute sie unverwandt an. Ich konnte nichts anderes tun, als zu lächeln.

Meine Fingerspitzen waren wie elektrisiert und das Kribbeln wanderte in pulsierenden Wellen durch meinen ganzen Körper. Ich spürte, wie ich mich von meinem Stuhl erhob und über den Tisch beugte. Wie meine Hände sanft ihr weiches Gesicht umschlossen. Wie sich unsere Gesichter immer näher kamen. Ich ihren Duft nach Vanille einatmete. Und meine Lippen ihre berührten. Für einen kurzen Augenblick, so sanft wie ein Wimpernschlag. Ich spürte, wie Wärme meinen kompletten Körper flutete. Wie ich in diesem ungefilterten Moment nur ich selbst war und keine Rolle mehr spielte. Und es nur noch eines gab für diesen Sekundenbruchteil. Loslassen. In diesem Augenblick, in dem Welt kurz aufhörte, sich zu drehen. In dem es nur uns gab, Ella und mich. Leander und Ella.

Leander Winterfeldt. Der Typ der zahlreichen Affären.

Der Draufgänger. Der Kerl mit den zig One-Night-Stands und den oberflächlichen Beziehungen. Und schnellem, unverbindlichen Sex. Der Typ der unterdrückten Gefühle.

Dieser Typ hatte gerade seine Koffer gepackt. Vielleicht auch schon ein paar Tage länger. Vielleicht schon vor Wochen. Eventuell genau seit dem Moment, in dem sie ihm das erste Mal in die Augen gesehen hatte. Und danach. Immer, wenn er sie sah. Jedes Mal war ein Teil in diesen Koffer gewandert. Stück für Stück. Ein Abschied und ein Ankommen zu gleichen Teilen.

Und da saß ich nun auf meinem gepackten Koffer und war dabei, mich zu verlieben. Leander Winterfeldt, der Typ, der das Wort verlieben bisher nur buchstabieren konnte. Auf dem Papier. Nicht im Herzen. Ich war dabei, die Sache mit dem Herzen zu lernen.

14

Ella

Ich lag schon einige Zeit wach, als draußen die erste Amsel anfing zu singen. Der erste Klang am Morgen.

Erste Male waren fast immer besonders. Sie blieben in Erinnerung. Der erste Schnee im Winter, der erste Amselgesang danach. Die erste Blume im Frühling. Der erste Kuss nach … nachdem mein Herz vor Jahren unaufhaltsam in Stücke zersprungen war. Ich es mühsam wieder gekittet und mir geschworen hatte, mich nicht mehr zu verlieben.

War das so? War das mein Plan gewesen? Ich war mir da nicht mehr so sicher.

Er hatte sich so gut angefühlt. Dieser Kuss. Seine Lippen auf meinen. Dieses warme Gefühl, das sich in mir ausbreitete, wenn ich nur daran dachte.

Wie das Kribbeln einer kompletten Ameisenarmee durch meinen ganzen Körper wanderte. Was war denn gestern Abend mit mir passiert? Ich war über mich selbst verwundert. Normalerweise öffnete ich mich Menschen gegenüber nicht so schnell. Doch Leanders Offenheit hatte dafür gesorgt, dass ich mich in seiner Gegenwart entspannte und nicht mehr ständig darüber nachdachte, ob ich das Richtige sagte, ob er wirklich an mir interessiert war. Er war so aufrichtig und ehrlich gewesen und die Zweifel in meinem Herzen, die sonst immer so laut schrien, waren mit jeder Minute in seiner Gegenwart mehr verstummt. Unwillkürlich musste ich lächeln.

Nun lag ich hier in der Dämmerung, die mich einhüllte wie eine warme Decke. Auf der Couch in Leanders Tiny House und traute mich kaum, mich zu bewegen, aus Angst, aus diesem Traum aufzuwachen.

Wir hatten bis in die Nacht geredet. Geredet und geredet. Und es war so schön gewesen. Bis mir irgendwann die Augen zugefallen sein mussten.

Im Halbschlaf hatte ich gespürt, wie jemand mich hochhob. Mir auf der Couch die Schuhe ausgezogen hatte. Mich zugedeckt hatte.

Verflucht!

Panisch fuhr ich hoch und hielt den Atem an.

Schuhe ausgezogen? *Hilfe!*

Mein Herz setzte für einen Moment aus. Adrenalin strömte durch meinen Körper und plötzlich klopfte mein Herz fast hörbar laut. Nervös fuhr ich mir durch die Haare.

Mist Ella. Verfluchter Mist.

Schuhe, Fußprothese … Er hatte sie gesehen. Bestimmt hatte er das. Die Prothese. Mein Geheimnis. Dass ich nicht vollständig war. Den Teil von mir, den ich verbarg. Zumindest, wenn ich jemanden noch nicht gut kannte. Dann versuchte ich, mich zu schützen. Denn ich wollte nicht auf meine Behinderung reduziert werden. Nein. Ich wollte erstmal als Ella wahrgenommen werden.

Warum verdammt nochmal war ich hier eingeschlafen? Ich war so dumm. Es war zu früh. Es war nicht so, dass ich es ihm nicht irgendwann gesagt hätte. Irgendwann, ja. Aber doch nicht so. Nicht jetzt. Nicht heute. Nicht nach diesem ersten Kuss. Ich hatte es vermasselt und verdammt nochmal das Gefühl, den Absprung verpasst zu haben. Vermutlich hätte ich von Anfang an mit offenen Karten spielen müssen, ja. Doch dafür war es jetzt zu spät. Ich hatte ihn und mich in diese doofe Lage gebracht.

Verdammt nochmal, Ella, du hättest besser aufpassen müssen.

Ich ohrfeigte mich tausendmal in Gedanken. Ich hatte bestimmt nicht vorgehabt, es ihm zu verschweigen.

Wie bei … Ich wollte seinen Namen nicht mal in Gedanken aussprechen. Jack. Wenn man etwas nicht denken wollte, war es garantiert, dass man es trotzdem tat.

Denk nach, Ella. Denk nach.

Also beschloss ich, einfach zu verschwinden. Es erschien mir als die einzig logische Konsequenz meiner Dummheit.

So leise ich konnte, schlüpfte ich in meine Schuhe und schlich mich davon. Ich konnte ihm nicht in die Augen schauen. Diese Demütigung wollte ich mir ersparen. Und ihm die Peinlichkeit, mir erklären zu müssen, dass es ein Fehler war, was passiert war.

Die bemühten Erklärungen, dass ihm alles zu schnell gehen würde, weil er mich so gesehen hatte. Mit diesem künstlichen Fuß, meinem Makel. Weil ich in seinen Augen jetzt die war, mit der man Mitleid haben musste. Da war ich mir so sicher. Denn genau so war es meistens, wenn Leute davon erfuhren. Sie stellten unsensible Fragen. Oder machten verletzende Bemerkungen. Mitleid war das Letzte, was ich wollte. Dieses »*Die arme Behinderte*«-Mitleid. Das ich zu gut kannte und zu gleichen Teilen hasste. Ich konnte darauf verzichten. Für immer.

Ich war mir fast sicher, er würde es längst bereuen. Alles. Den Abend. Den Kuss. Es war die einzig logische Schlussfolgerung für mich, als ich mich leise im Morgengrauen davonschlich. Als ich hoffte, die Dämmerung würde mich und meine wirren Gedanken verschlucken. Und mich tausendmal über meine eigene Dummheit ärgerte, diesen falschen Fehler gemacht zu haben. Fehler waren immer falsch. Das machte keinen Sinn. Aber dieser hier war der falscheste von allen Fehlern, die je gemacht wurden. Der, dass ich ein bisschen anfing, mich zu verlieben. Ohne ihm zuvor von meinem Fuß erzählt zu haben. Und der, einzuschlafen. In seinem Haus. Ohne es zu merken. Ich wusste nicht, welchen ich schlimmer fand, aber in Summe waren sie zu groß. Es waren zu viele Fehler. Zu viel falsch.

Falsch! Das Wort hämmerte rhythmisch durch meinen Kopf, während ich über den Kies stampfte. Ich weiß nicht, was ich mir bei meiner Fluchtaktion dachte, außer dass ich im Takt von »Falsch« im Kopf, zu meinem Auto lief.

Zu Hause angekommen, fiel ich völlig erschöpft ins Bett. Zog meine Prothese aus und schlief unruhig nochmal ein.

Im Halbschlaf war alles, was ich vor mir sah, sein Gesicht. Diese dunklen Augen, die mich so ungefiltert und warm angeschaut hatten.

Dann fiel ich in einen wirren Schlaf.

Vom Klingeln an der Haustür wurde ich eine Weile später aus dem Schlaf gerissen.

»Verdammt!«, meckerte ich vor mich hin, als ich hochfuhr und mir das Schienbein an der Bettkante anschlug, während ich meine Fußprothese vor dem Bett suchte. Wo steckte das Ding, wenn man es mal brauchte.

Ich zog sie unterm Bett hervor, als es wieder klingelte. Das zweite Mal. Schnell stülpte ich die Prothese über, hechtete zur Sprechanlage und meldete mich. Als niemand antwortete, schaute ich durch den Spion und seufzte schwer.

Er. Mit verwuscheltem Haar und fragendem Blick. Ich hätte es mir ja denken können. Er, mit zwei Kaffeebechern in der Hand. Sein schönes Gesicht. Diese dunklen Augen.

Mir wurde abwechselnd heiß und kalt. Und wieder heiß. Ich kniff die Augen zusammen, aber als ich sie öffnete, die Augen, nicht die Tür, stand er immer noch da. Ich hätte mich hundertmal kneifen können. Er wäre dadurch nicht verschwunden. Und als es das dritte Mal klingelte, diesmal länger, wurde mir klar, dass ich nicht ewig so stehen bleiben konnte wie ein Trottel. Theoretisch schon, aber mein schlechtes Gewissen plagte mich. Schließlich war ich ohne ein Wort abgehauen. Wie eine Idiotin. Eine feige noch dazu.

Meine Haare standen in alle Richtungen. Ich trug die zerknitterten Klamotten von gestern und sah vermutlich aus wie ein Zombie. Ein kurzer Blick in meinen Spiegel im Flur bestätigte mir dies. Ich öffnete trotzdem einen Spalt breit und lehnte meinen müden Kopf an den Türrahmen, starrte schuldbewusst und gleichzeitig verlegen zu Boden.

»Ella?« Seine Stimme klang weder vorwurfsvoll noch schockiert. Nur fragend. Verwundert. Aber so unglaublich warm.

Ich öffnete die Tür ein Stück mehr und er trat einen Schritt in meine Wohnung. Er stand einfach so da. Mit den zwei Kaffeebechern in der Hand, die einen wundervollen Duft verströmten, und sah wunderschön aus. Seine dunklen Augen blickten mich durchdringend an. Ich konnte seine Blicke spüren, obwohl ich zu Boden starrte. Verdammt.

Der Kloß in meinen Hals wurde riesig. Ich war mir sicher, dass man ihn von außen sehen konnte. Aber er rührte sich nicht. Weder der Kloß noch er. Er stand wortlos vor mir in meinem Flur und wirkte verunsichert.

Da standen wir also. Mehrere Sekunden, die sich wie eine Ewigkeit anfühlten, und keiner sagte etwas. Bis ich mich aus meiner Schockstarre löste, mit den Schultern zuckte, tief durchatmete und ihn fragte, ob er nicht reinkommen wollte. Er nickte und folgte mir ins Wohnzimmer, wo wir uns auf die Couch setzten. Wie zwei unsichere Teenager saßen wir da und starrten auf die Wand. Er saß verdammt nah neben mir. Ich atmete seinen Duft ein und Himmel, er roch so gut. Nach einer Mischung aus Meer, Sonne und sauberer Wäsche.

Wortlos reichte er mir den Kaffeebecher. Sein Blick sagte mir, dass er nichts mehr verstand und eine Erklärung brauchte. Eine Erklärung dafür, warum ich mich ohne ein Wort aus dem Staub gemacht hatte. Unzählige Fragen erfüllten den Raum und klebten wie Tapeten an den Wänden. Und ich wurde nervös. Er machte das mit mir. Alles an ihm. Seine Wärme. Seine Augen. Sein Duft.

Ich wandte mich ihm zu und blickte ihn an. »Wie bist du überhaupt ins Haus gekommen?«

Warum fragte ich ihn das jetzt? Tat das etwas zur Sache? Ich war so verdammt nervös.

»Jemand hat das Treppenhaus gewischt und zum Trocknen stand die Tür offen«, erklärte er und ich schaute ihn weiter an. Sah diesen Bartschatten. Wie er den Kiefer anspannte. Herrgott, ob er wusste, wie schön er war? Natürlich wusste er das. Was wollte er denn noch hier? Hatte er meinen Nachnamen auf dem Türschild nicht gelesen, als er auf die Klingel gedrückt hatte?

Ella Sommer.

Ella Sommer-Weirdo-Roboterfuß.

Ella Sommer-niemals-genug.

Ella Sommer-die-ewig-zweite-Wahl.

Diese vielen Stempel, die auf meiner Stirn klebten und nicht gehen wollten. Die ich nicht ablegen konnte.

Seine Beine berührten meine. Hitze stieg in mir auf. Ich musste aufhören, ihn anzusehen. Er musste aufhören, mich so anzusehen. Ich wollte nichts davon fühlen. Nichts.

»Vielleicht sagst du mir mal, warum du wie Cinderella mitten in der Nacht einfach aus dem Schloss verschwindest, Ella?«, durchbrach er die Stille zwischen uns. Plötzlich wurde ihm der Wortwitz bewusst und er musste unfreiwillig grinsen und steckte mich damit an. »Mir ist schon klar, dass ich kein Schloss besitze, aber das allein kann ja nicht der Grund sein, oder?«

Fragend zog er eine Augenbraue hoch. Er hatte da plötzlich diese tiefe Falte zwischen den Brauen. Sie stand für das Fragezeichen in seinem Blick.

»Hab ich irgendwas falsch gemacht? Wenn ja, dann …«

»Nein!«

Meine Antwort kam wie aus der Pistole geschossen und ich war selbst verwundert angesichts der Entschlossenheit, die ich in dieses kleine Wort gelegt hatte.

»Nein«, wiederholte ich nochmal etwas leiser.

Sein Blick fiel in meinen und sorgte dafür, dass meine Stimme brüchig wurde.

»Dich trifft echt keine Schuld. Ich … Es hat nichts mit dir zu tun. Ist allein meine Sache.«

»Aha! Und was genau ist diese Sache?«

Was musste er auch so hartnäckig sein?

»Nichts. Wirklich, es ist mein Problem«, antwortete ich knapp.

»Du verschwindest mitten in der Nacht, nachdem

ich dich das erste Mal geküsst habe. Nachdem wir uns geküsst haben, meine ich, also egal jetzt, wer zuerst und wie und wann. Der Kuss ist natürlich nicht egal, wie könnte er auch. Alles andere als das. Und du willst mir dann weismachen, dass es nichts mit mir zu tun hat? Sorry. Ich kann dir nicht folgen. Ich verstehe absolut gar nichts mehr. Also hilf mir bitte.«

Angespannt rutschte er auf der Couch herum.

»Ich …«, stammelte ich und sagte dann doch nichts.

»Mensch Ella, ich bin nicht so gut in sowas. Echt nicht. Über Gefühle reden und so. Mach es mir bitte nicht so schwer. Ich bin noch nicht so in Übung auf dem Gebiet.« Den letzten Teil des Satzes murmelte er fast nur noch.

Er atmete tief durch und tat mir sofort leid, denn ich merkte, dass es ihm wirklich ernst war.

»D-Du hast mir gestern Abend die Schuhe ausgezogen. Oder?«, stammelte ich hilflos und kam mir so dumm dabei vor.

»Ja. Stimmt. Ich dachte, es schläft sich besser ohne. War das falsch?«

»Hast du nichts gesehen? Also ich meine, ist dir nichts aufgefallen?«

»Ich habe keine Ahnung, Ella. Was meinst du? Du hattest keinen Fußgeruch, falls du das wissen willst.« Er grinste frech und unwillkürlich musste ich lächeln, obwohl ich das theoretisch gar nicht wollte.

»Okay, Leander.« Ich machte eine kurze Pause und atmete tief durch. »Du hast es so gewollt. Du willst die Wahrheit, oder?«

»Ich denke schon, ja«, sagte er entschieden und nickte.

Also nahm ich allen Mut zusammen, den ich irgendwo in meinem Inneren zusammenkratzte.

»Ich ... ich habe einen fehlenden Fuß. Einen mir manchmal verflucht fehlenden Fuß. Ich trage eine Fußprothese. Ich hatte einen Unfall als kleines Mädchen. Ferien auf dem Bauernhof. Ein Traktor. Ein riesiges Ding. Mit Monsterreifen. Er fuhr mir über den Fuß. Hatte mich nicht gesehen und ich ihn auch nicht rechtzeitig. Es war nichts mehr zu reparieren. Alles war zerquetscht und wir meilenweit von jeglichem Krankenhaus und Zivilisation entfernt. Es war ein Bauernhof, mitten in der Pampa.« Ich seufzte tief. Die fiesen Bilder des Unfalls vor Augen. »Wir hatten zu viel Zeit verloren. Es half nur noch eine Amputation. Der vordere Teil des Fußes musste entfernt werden. Ich saß Wochen im Rollstuhl. Danach konnte ich nur an Krücken laufen und musste dann das Gehen erst wieder lernen.« Ich seufzte tief. »Ich bin ein Weirdo mit nur einem Fuß! Verstehst du?? Ein verdammter Weirdo mit einem Roboterfuß!«, wiederholte ich nochmal laut und sprang hektisch auf, um mich gleich wieder hinzusetzen. »Und sag jetzt nicht, ich darf das so nicht sagen. Und wie ich das darf! Ich habe jedes Recht dazu. Ich

darf diese Worte benutzen! Inflationär, wenn ich will. Ich allein! Ich musste es mir oft genug anhören.« Tränen der Wut liefen mir über die Wangen. »Und falls du jetzt sagst, das ist nichts für dich, du willst nicht mit einer Behinderten zusammen sein, dann ist das okay. Ich kann damit leben. Dann sag es bitte gleich und ohne dieses Mitgefühl und dieser dummen Ausrede: ›Es tut mir leid, das mit uns ging viel zu schnell.‹ Ich will die Wahrheit und kein Mitleid. Ja, mein Fuß ist kaputt. Und ja, ich wünschte, es wäre anders. Weil ich so sehr darunter gelitten habe, schon als Kind. Ich war einfach nie genug. Verstehst du? Sie haben meine Unsicherheit gespürt. Dass ich manchmal nicht so konnte wie die anderen. Oft wurde ich ausgegrenzt und war nicht akzeptiert. Aber ich komme damit klar, wenn dich das überfordert. Wenn du lieber mit jemandem zusammen sein willst, der der Norm entspricht. Ich komme schon all die Jahre allein klar. Sehr gut sogar. Deswegen musst du nicht bei mir bleiben. Viel schlimmer ist es, wenn Leute mich deshalb behandeln, als wäre ich nicht ernstzunehmen. Oder bemitleidenswert. Kannst du dir vorstellen, was ich mir alles anhören musste? Wenn sie dachten, ich höre sie nicht. Manche waren auch so direkt und hatten keine Hemmungen, es mir ins Gesicht zu sagen. Sportunterricht war der blanke Horror. Ab dem Teeniealter trug ich nur noch lange Hosen. Auch im Sommer. Einfach immer. Ich wollte nicht auffallen.

Unsichtbar sein. Wurde innerlich immer kleiner. Und genau das haben sie gespürt und das Mobbing wurde immer schlimmer. Sie haben meine Schwäche gespürt und schamlos ausgenutzt. Hätte ich Amy nicht gehabt, wäre ich völlig allein gewesen. Ich bekomme die Sätze einfach nicht mehr aus dem Kopf. Vermutlich ist mein Herz fast so kaputt wie mein Fuß.«

Ich merkte, wie ich mich in Rage redete. Wie ich gar nicht mehr aufhören konnte, ihn davon überzeugen zu wollen, dass das mit uns nicht sein konnte. Dass er mich bemitleidenswert finden musste. In mir tobten tausend Widersprüche. Und ich war so wütend. Auf mich. Auf Jack. Und Klischee-Barbie. Auf alle, die über mich hergezogen hatten. Hinter meinem Rücken oder offensichtlich. Und ich hasste es, dass ich dem immer noch Macht über mich gab. In diesem Moment brachen all die jahrelang unterdrückten Gefühle über mir zusammen.

»Ella.« Er durchbrach meinen Redeschwall aus tausend Gründen, warum es unmöglich war, mich gut zu finden.

Was war los mit mir und warum reduzierte ich mich in selbst auf meine Prothese? Ich tat genau das, was ich an anderen so hasste. Aber irgendwie fand ich in diesem Moment, dass ich das Recht dazu hatte. Vielleicht half es mir auch, Abstand zwischen mich und Leander zu bringen. Um der Hoffnung in mir nicht zu viel Raum zu geben.

»Ella!«

Als er meinen Namen wiederholte, dieses Mal etwas lauter, hörte ich endlich auf, Begründungen zu liefern, warum er lieber das Weite suchen sollte.

»Es ist mir egal, verstehst du? Es ist mir absolut egal. Es interessiert mich nicht. Es ist egal. Glaub mir bitte!«

Er zog mich in eine Umarmung und ich ließ meinen Tränen freien Lauf.

Es war egal. Alles. Egal, dass ich sein Shirt voll heulte. Ich, Ella, saß einfach nur da und ließ mich halten. Wirre Haare, zerknittert und aufgewühlt. Tränen, die ich jahrelang zurückgehalten hatte. Ich weinte in seinem Arm. Er hielt mich fest und strich mir übers Haar. Als wäre es das Einzige, was er tun wollte. Und ich die Einzige, die er je so gehalten hatte. Und für immer so halten wollte.

»Es ist mir egal«, sagte er wieder und wieder und mein wundes Herz heilte bei seinen Worten ein klitzekleines bisschen.

15

Leander

Ein wenig fühlte es sich so an, als wäre die Zeit stehen geblieben. Ich weiß nicht, wie lange wir so gesessen hatten. Ich Ella im Arm gehalten hatte. Wir unseren inzwischen kalt gewordenen Kaffee getrunken hatten, als Ella erschrocken beim Blick auf die Uhr zusammenzuckte und aufsprang, als wäre sie aus einem Paralleluniversum erwacht.

»Mist! Verdammt!«

Irritiert schaute ich von der Couch zu ihr auf.

»Das Café. Ich bin viel zu spät dran. Amy wartet bestimmt schon!« Sie stürmte ins Bad, polterte dort vor sich hin, um wenige Minuten später angezogen wieder herauszukommen. »Ich muss schnell los.«

»Ich komme mit … falls du magst. Also nur wenn du willst?« Vorsichtig stellte ich die Frage in den Raum. »Ich könnte euch vielleicht helfen, oder? Also nur, wenn das für dich okay ist?«

»Äh, ja, klar, wenn du das möchtest?« Sie blickte mir direkt in die Augen, als würde sie die Ernsthaftigkeit meiner Aussage überprüfen. »Gut, dann lass uns schnell los. Ich fahre.«

Während der Fahrt war die Stille von unseren Gedanken ausgefüllt. Worte, unausgesprochen, fast greifbar schwebten über unseren Köpfen im Auto.

Ich starrte aus dem Fenster und ließ Hamburg an mir vorbeiziehen. Ella lotste uns gekonnt durch den Verkehr, mein Blick schweifte über die Alster Richtung Innenstadt. Heute fiel mir die Schönheit dieser Stadt besonders ins Auge. Ich schob es auf Ellas Anwesenheit. Alles wurde bunter durch sie.

Keine dreißig Minuten später parkte sie ihren Lieferwagen hinter dem Café und stürmte aus dem Auto. Mich im Schlepptau. Sie schloss den Mitarbeitereingang auf und wir standen direkt in der Küche. Die Rothaarige, deren Namen ich vergessen hatte, blickte uns mit großen Augen prüfend an. Augenblicklich verzogen sich ihre Mundwinkel zu einem fetten Grinsen.

»Guten Mittag auch. Wo kommt ihr beiden denn jetzt her?« Frech grinsend blickte die Rothaarige erst in Richtung Ella, dann zu mir.

»Grins nicht so dämlich und bevor du dumme Vermutungen anstellst, ich hab verpennt, irgendwie zumindest, und Leander kam mit Kaffee bei mir vorbei und …«

»Ella, hör auf zu reden. *Irgendwie zumindest.* Ist klar. Du machst es nur schlimmer.« Sie kicherte. »Hey Leander. Schön dich zu treffen. Ich bin Amy.« Sie streckte mir die Hand hin.

»Hey Amy!«, erwiderte ich und nahm ihre Hand. »Ich habe Ella angeboten, euch heute zu helfen.« Leichte Unsicherheit schwang in meiner Stimme mit und ich räusperte mich schnell, um davon abzulenken.

»Oh! Das klingt gut. Wir können jede Hilfe gebrauchen. Es wäre super, wenn du das Ganze hier hinten in der Küche koordinieren könntest. Wenn wir die ganze Zeit am Rennen sind, haben wir wenig Zeit, das dreckige Geschirr in die Maschine einzuräumen und in den Schränken zu verstauen.« Amy führte hier das Kommando. Gut.

Ich krempelte meine Ärmel hoch. »Okay. Klar, ich denke, das bekomme ich hin. So lange ich nicht servieren muss, ist alles gut. Ich glaube, das würde euer Geschirr nicht lange überleben.« Ich schmunzelte und Amy lächelte wissend zurück.

Ella band sich ihre Kellnerschürze um, die Haare zu einem Messy-Bun und nickte mir aufmunternd zu. Dann verschwand sie im Getümmel des Cafés und ich sah sie den ganzen Mittag nur zwischen Tür und Angel. Wenn sie Geschirr brachte oder Speisen zubereitete. Ich hatte einen Heidenrespekt vor dem, was Amy und sie hier leisteten.

Das Café war gut gefüllt, die beiden die ganze Zeit am Laufen und Bedienen. Der Zeiger ging auf 17 Uhr zu, als es endlich ruhiger wurde und Ella mit roten Wangen hinten bei mir an der Arbeitsplatte lehnte und mich anstrahlte. Amy räumte Geschirr ein.

»Danke!« Sie pustete Luft aus, als würde sie sich dadurch entspannen.

»Wirklich gern«, erwiderte ich lächelnd. »Falls ich jetzt einen Wunsch frei habe, hätte ich gern eine Führung als Dankeschön, von der Chefin persönlich. Wäre das okay? Oder ist es noch zu früh?«

Ella streckte kurz den Kopf aus der Küche in Richtung Café und nickte. »Ist möglich, sind kaum noch Gäste da. Was genau willst du sehen?«

»Alles!«

»Alles? Etwa auch die Toiletten?«

Ihre Frage und ihr herausforderndes Grinsen ließen mich in Lachen ausbrechen.

»Die kenne ich schon.« Verschwörerisch zwinkerte ich ihr zu und dachte an meine dämliche Frage von damals. »Okay, dann vielleicht doch lieber fast alles«, verbesserte ich mich.

»Gut, die Küche kennst du ja bereits. Amy, ist es okay, wenn du allein weiter machst?«

»Ausnahmsweise.« Amy streckte Ella die Zunge raus.

»Lieb dich auch sehr.« Sie warf ihr einen Kuss zu.

Die meiste Zeit blieben wir in der Ecke mit den Büchern hängen. Ich merkte, wie sehr Ella diesen Teil liebte. Überall hingen Zitate an der Wand und es war wie eine eigene Welt im Café. Ich ließ mich auf ein grünes Samtsofa fallen und klopfte mit der Hand auf den freien Platz neben mir, damit sie sich setzte.

»Du liest gern, oder?«, bemerkte ich, während ich mich umschaute. »Oder wer hat diese ganzen Zitate ausgesucht?«

»Ja, das war ich.« Ella lehnte sich zurück und lächelte vielsagend.

»Sind das alles Zitate aus Büchern, die du auch gelesen hast? Wann hast du dazu überhaupt noch die Zeit?«

»Gute Frage.« Sie schaute in Richtung der geletterten Tafelwand. »Ich hab die tatsächlich alle gelesen. Ich liebe Bücher und auch Gedichte. Früher hab ich ständig gelesen. Oft war es wie eine Flucht. In eine Welt, in der alles besser war, wenn ich in der Realität alles doof fand. Verstehst du? Eventuell hab ich schon ein paar Gedichte selber geschrieben.«

»Okay. Die würde ich gerne mal lesen«, flüsterte ich.

Sie blickte mich mit ihren Smaragdaugen an und ich stammelte plötzlich wirr etwas von: »Wusstest du schon, wie besonders deine Augen sind? Nur zwei Prozent der Menschheit hat grüne Augen, war dir das klar?«

Himmel, Leander. Was redest du da?

Sie zog interessiert eine Augenbraue hoch. »Nein, ehrlich gesagt wusste ich das nicht«, murmelte sie und

Verlegenheit schwang in ihrer Stimme. »Weißt du noch mehr über meine Augenfarbe?«

Inzwischen flüsterte auch sie und mir wurde abwechselnd heiß und kalt.

»Hmmm ... vielleicht so einiges. Eventuell, dass grünäugige Menschen besonders sind. Also nicht nur wegen ihrer seltenen Augenfarbe. Sie sind auch besonders kreativ und vertrauenswürdig ... Es soll auch Männer geben, die grüne Augen sehr sexy finden, habe ich gelesen.« Ich blickte sie herausfordernd an.

Sie teilte ihre Lippen, als würde sie etwas sagen wollen und sagte dann doch nichts.

Ich starrte auf ihren Mund und konnte an nichts anderes denken, als dass ich sie küssen wollte. Immer und immer und immer wieder. Aber nicht hier, nicht jetzt, vor den restlichen Gästen. Wobei sich hier ehrlich gesagt kein Mensch für uns interessierte.

»Du starrst!« Ella rutschte nervös auf dem Sofa herum und blickte mich dabei nicht an.

»Schon möglich«, flüsterte ich. Dieses Mal war ich es, der leicht verlegen war.

»Hast du dein Wissen über Grünäugige gegoogelt? Oder wie kommt man auf so etwas?« Als sie wieder aufschaute, war ihr Blick herausfordernd und durchdringend.

»Vielleicht. Vielleicht auch nicht«, wisperte ich und lächelte schief.

»Weißt du denn auch, was man über Männer mit Tattoos sagt?«, konterte Ella, während sie eine Haarsträhne aus dem Gesicht strich und sich zurücklehnte. Ihre Hand fand meinen Oberarm, unter dem sich mein Tattoo befand. Ich spürte ihre Wärme auf meiner Haut, ein Kribbeln, das sich durch den Stoff meines Shirts einen Weg bahnte.

»Jetzt bin ich aber gespannt.« Ich drehte mich seitlich auf der Couch, um mich ihr zuzuwenden.

»Es soll Frauen geben, die darauf stehen. Weil Männer mit Tattoo ein gewisses Bad Boy-Image ausstrahlen, wird behauptet. Es darf aber nicht zu viel Bad Boy sein …«, beendete sie ihre Ausführungen mit einem Augenzwinkern.

»Liest man das in deinen Büchern oder woher hast du das?«

»Schon möglich.«

»Aha! Und wie findest *du* Männer mit Tattoos?«

»Zumindest mag ich keine Bad Boys. Ich mag das Klischee nicht, dass Frauen auf so eine Art Typ stehen. Sorry, welche Frau will freiwillig schlecht behandelt werden? Ich jedenfalls nicht. Ich hab genug davon.« Sie sagte das mit einer Entschiedenheit, dass ich überlegte, was dahinter steckte.

Abwartend blickte ich ihr ins Gesicht und blieb wieder an diesen wunderschönen Lippen hängen. Als sie nicht weitersprach, redete ich. »Und Typen mit Tattoos generell? Ist ja nicht jeder gleich ein Bad Boy, nur weil er ein Tattoo hat.«

»Hm …«

»Hm was?«

»Na, ich würde sagen, es kommt auf den Typen an und auf das Tattoo, denke ich. Man kann das kaum verallgemeinern, oder? Ich glaube, wenn ich den Typen mag, der das Tattoo trägt, ist es eh egal. Und ich schätze, ich mag Tattoos mit Bedeutung. Was ist mit deinem? Und warum hat so ein Anzugträger, der du warst, ein Tattoo? Das ist untypisch, oder?« Fragend zog sie die Schultern hoch und ich brach in Lachen aus.

»Anzugträger! Super. Eigentlich wollte ich *so* nie bezeichnet werden.«

»Na, wie sollte man das sonst bezeichnen? Immobilienfuzzi klingt nicht besser, oder?« Jetzt lachte sie richtig und ich grinste angesichts dessen, dass sie auftaute.

»Ehrlich gesagt, habe ich mir das Tattoo in meiner rebellischen Phase stechen lassen.«

War die überhaupt schon vorbei?

Da war ich mir gerade nicht so sicher.

»Ich wusste, dass es meinen Vater zur Weißglut bringen würde. Schon allein das war es mir wert. Sein verbissenes Gesicht damals hättest du sehen sollen. Aber das war nicht der eigentliche Grund. Ich habe es nach dem Tod meiner Mom stechen lassen. Dieser Buchstabe ist ihr Anfangsbuchstabe.« Ich schob den

Ärmel meines Shirts ganz hoch, sodass mein Oberarm sichtbar wurde. »Das ›S‹ steht für Sophia und die Zahl ist ihr Geburtsjahr. Ich wollte mir beweisen, dass ich stark genug bin, den Schmerz beim Stechen auszuhalten. Gleichzeitig wollte ich mich spüren, weil ich das Gefühl hatte, nichts mehr zu spüren, verstehst du?«

Sie nickte verständnisvoll.

»Und ich wollte etwas haben, damit sie wenigstens auf diese Art für immer bei mir ist. Klingt kitschig, ich weiß, aber genau so war es.« Meine Stimme war leise und Ella nahm meine Hand. Fuhr dann mit ihrer anderen die Linien des Tattoos nach. Ihr warmer Blick fiel in meinen.

»Ich finde das nicht kitschig. Ich finde es besonders.«

Ellas Blick war hoffnungsgrün. Irgendetwas zwischen: »Ich fühle mit dir« und »Ich verstehe dich«-Grün.

Da waren wieder diese Seen mit ganz viel Tiefe. Ich versank darin und badete in diesen Augen. Und in dieser Hoffnung. Ich konnte sie einfach nur anschauen. Schaute in ihr Gesicht. Auf die herzförmigen Lippen. Spürte, wie mein Herz in meiner Brust immer schneller schlug. Wie sich Wärme wie eine Welle des Glücks in meiner Seele aufbaute, um dann am Scheitelpunkt zu brechen und durch meinen Körper zu fluten.

Alles, was ich wollte, war, sie zu küssen. Sofort.

Heiser stammelte ich: »Ich küsse dich jetzt, Ella. Vor den Gästen, zwischen diesen ganzen Büchern. Ist mir egal.«

Sie lächelte. »Okay«, hörte ich sie sagen, bevor meine Lippen auf ihre trafen.

Dann waren da nur noch diese weichen Lippen. Meine auf ihren, warm und weich und wunderschön.

Ella seufzte. Unsere Zungen berührten sich sanft und alles schmeckte nach Ella und roch nach Ella.

Ich vergrub meine Hände in ihren Haaren. Dieser Kuss bedeutete alles und mehr als das. Vertrauen und Liebe, Verständnis und Lust und noch mehr, für das ich keine Worte hatte. Er war alles, was ich wollte, und ich nicht klar bei Verstand. Durch meinen Kopf tobten tausend Farben und ich wusste nur, dass ich nie wieder damit aufhören wollte, sie zu küssen. Weil Ellas Küsse so ehrlich schmeckten. Weil nichts vorher so ehrlich geschmeckt hatte.

Ich legte meine Hände in ihren Nacken und fuhr ihr durch die seidigen Haare. Die Welt um uns verschwamm in tausend Farben und irgendwie vergaß ich alles. Ich wusste nur noch, dass ich wollte, dass das hier nie enden würde. Und es sich nie so gut angefühlt hatte, ein Mädchen zu küssen.

»Ääääää-hem.«

Amys Räuspern schreckte uns auf und wir fuhren auseinander wie zwei liebeskranke Teenager, die auf einer Party von ihren Eltern beim unerlaubten Knutschen erwischt worden waren.

»Ich störe wirklich ungern, aber wenn ihr dann mit

eurer *Führung* fertig seid, könnten wir Feierabend machen.« Sie wackelte mit den Augenbrauen und ihr freches Grinsen sprach Bände.

»Oh, ähm, ja …« Ella kicherte verlegen und sie war es auch, die zuerst aufstand. Ich tat es ihr gleich.

Ich versuchte, Shirt und Hose zurecht zu ziehen, denn nichts befand sich mehr da, wo es hingehörte.

Amy blickte erst zu Ella und dann zu mir. »Leander, ich fange an, dich zu mögen. Du tust Ella gut.«

Verschwörerisch zwinkerte sie mir zu, drehte sich auf dem Absatz um und verschwand kurzerhand in Richtung Küche.

Ella strahlte mich mit diesem Sonnenstrahl-Lächeln und ihren rotgeküssten Lippen an, zuckte mit den Schultern und ich lächelte verspult zurück.

16

Leander

Ich saß in Ellas-Welt und wartete, bis Ella zu mir an den Tisch kam. Meinen Cappuccino hatte ich bei Amy bestellt, mit der Bitte und einem Augenzwinkern, dass er mir von der Chefin höchstpersönlich serviert werden solle.

Ich beobachtete schon eine Weile, wie Ella ein übervolles Tablett zwischen verschiedenen Tischen balancierte, an denen Gäste saßen. Für jeden hatte sie ein Lächeln und ein paar Worte übrig. Sie sah dabei so selbstsicher und wunderschön aus und ich bekam das so gar nicht zusammen mit der Ella, die gestern den Zusammenbruch in meinem Arm gehabt hatte.

Ich versank in meinen Gedanken, während ich die Szene nochmal Revue passieren ließ. Dieser ganze Schmerz, der da an die Oberfläche gekommen war, hatte mich betroffen gemacht. Ich hoffte so sehr, dass sie mir glaubte, dass es für mich keinen Unterschied machte, ob sie eine Prothese hatte oder nicht. Warum auch? Ich hatte eine Scheißwut auf die Menschen, die ihr das angetan hatten. Sollte mir einer davon je begegnen, würde ich ihm sowas von die Meinung sagen.

Eine Tasse Cappuccino schob sich in mein Sichtfeld, als ich aus meinen Gedanken auftauchte und das schönste Lächeln der Welt mein Herz aus dem Takt brachte.

»Hey!« In ihrer Stimme lag Wärme und ein Hauch Unsicherheit.

»Sie hatten Cappuccino von der Chefin persönlich bestellt? Hier ist er«, erklärte sie mit einem Augenzwinkern und nahm gegenüber am Tisch Platz. Vor sich selbst stellte sie ebenfalls eine Tasse und schob das leere Tablett zur Seite. Zwischen uns leuchteten Teelichter in grünen kleinen Gläsern mit Ornamenten und leise Musik dudelte aus den Lautsprechern.

Ella legte eine Hand um ihre Tasse, die andere lag locker auf dem Tisch. Ich nahm sie in meine, küsste die Innenseite und lächelte sie an.

»Schön, dich zu sehen. Hast du ein bisschen Zeit?«

»Ja, hab ich.« Sie nippte an ihrem Cappuccino und wirkte ein wenig verlegen. »Ist ja gerade nicht so viel los und alle Gäste sind versorgt.« Sie ließ ihren Blick durchs Café schweifen, bis er wieder auf meinen traf. »Danke«, murmelte sie in Richtung ihrer Tasse.

Ich drückte ihre Hand etwas fester.

»Wofür?« Fragend schaute ich sie an und sie hob den Kopf, um mir direkt in die Augen zu sehen.

»Dass du gestern für mich da warst.« Da war es wieder, dieses für sie typische Schulterzucken, immer wenn sie unsicher war. »Dafür, dass du mich offensichtlich immer noch nicht ganz doof findest, sonst wärst du vermutlich nicht hier … Hoffe ich.«

Ich schüttelte lächelnd den Kopf. »Ich bin da, ja. Und so schnell wirst du mich auch nicht mehr los. Es sei denn, du willst es?«

Sie schüttelte den Kopf und eine Träne lief über ihre Wange, die sie schnell wegwischte. Mein Daumen fuhr vorsichtig die Linie ihrer Träne nach und ich seufzte tief.

»Weißt du, es tut mir von Herzen leid, was sie dir angetan haben. Wenn ich könnte, würde ich alles wiedergutmachen. Vielleicht kannst du mir aber glauben, dass es für mich keinen Unterschied macht, ob du einen ›Roboterfuß‹ hast, wie du ihn nennst. Ich hab damit null Probleme. Echt nicht.«

»Okay«, murmelte sie und lächelte vorsichtig.

17

Leander

Ella und ich hatten uns die letzten Wochen immer wieder getroffen. Jede freie Minute, die wir fanden, war unsere gemeinsame Zeit. Wir hatten zahlreiche Spaziergänge an der Elbe unternommen, waren Stunden am Ufer gesessen, hatten die vielen vorbeifahrenden Schiffe beobachtet und davon geträumt, wohin sie uns mitnehmen könnten.

»Eines Tages«, philosophierte Ella, als wir wieder an der Elbe spazierten. Ihr Blick lag verträumt auf dem Wasser. »Da will ich ganz hoch in den Norden. Ich will die Polarlichter sehen. Aurora borealis. Klingt doch schon wie Magie, oder? Seit ich ein kleines Kind war, träume ich davon.«

»Klingt nach einem guten Plan. Gibt es einen bestimmten Grund dafür?«, fragte ich und blickte sie an, gespannt auf ihre Antwort.

»Den gibt es«, sagte sie ganz leise, fast geheimnisvoll und schlug ihre Augen nieder. »Es ist ein Luftkuss. Die Lichter. Die Sonne sendet einen Luftkuss an die Erde. Dieser wird in Form von bunten Lichtern am Himmel sichtbar. Wenn das nicht das Romantischste ist, was es gibt in diesem Universum, dann weiß ich auch nicht.«

Sie lächelte so wunderschön und wirkte völlig mit sich und der Welt im Gleichklang. Ich zog sie an mich, küsste sie ins Haar und wir saßen einfach nur da, blickten in die Ferne und unsere Herzen schlugen für eine Weile im gleichen Rhythmus mit dem fließenden Wasser. Ich war der glücklichste Typ auf Erden, dessen war ich mir sicher.

Der blaue Himmel war von weißen Wattewolken gesprenkelt. Möwen kreischten über unseren Köpfen.

Nach einer Weile standen wir auf und ließen glatte Steine übers Wasser hüpfen und versuchten, uns dabei zu überbieten. Es roch nach Weite und Fernweh.

Ella warf einen Stein. Er flippte viermal.

»Rekord!« Ihre Hände zur Siegerpose in die Luft gestreckt, stand sie da. Dann blickte sie mich strahlend an. »Jetzt du«, forderte sie mich auf.

Ich nahm einen flachen Stein, warf, er hüpfte. Einmal, zweimal ... Dann versank er in der Elbe.

»Du bist eindeutig die Bessere«, erklärte ich grinsend und sie seufzte plötzlich resigniert.

Irritiert blickte ich sie an. »Was ist los?«

»Ach nichts.«

Ein Blick in ihr Gesicht reichte, um zu sehen, dass sie nicht die Wahrheit sagte.

»Ella, echt jetzt?«

Sie legte die Arme eng und schützend um ihren Oberkörper und senkte ihren Blick. »Es ist nichts, außer … Ich hab nur Angst.«

»Wovor?«, fragte ich leise.

»Ach … Ich weiß nicht, wie ich es erklären soll. Ob du mich verstehst.«

»Wenn du es nicht versuchst, werden wir es nie erfahren, oder?« Ich ging einen Schritt auf sie zu und legte sachte meine Hand auf ihren Rücken.

Ihr tiefes Seufzen ließ mich abwarten.

»Wenn du nicht darüber reden kannst, ist es für mich auch in Ordnung. Ich will dich nicht drängen. Ich will nur, dass du weißt, dass du reden kannst, wenn du bereit dafür bist, ja?«

Sie warf weitere Steine ins Wasser und ich hatte den Eindruck, es fiel ihr schwer, mir ins Gesicht zu sehen. Was der Grund dafür war, warum ich sie in eine Umarmung zog. Ich nahm ihre Hände in meine, die vom Wasser ganz kalt waren, blies meinen warmen Atem hinein und küsste ihre Handinnenflächen.

»Es ist wegen meinem Ex-Freund. Jack«, murmelte sie an meinem Hals. »Ich hab solche Angst. Wieder verletzt zu werden. Ich weiß, es gibt keine Garantie für nichts. Aber … es fällt mir so schwer, das loszulassen. Zu vertrauen. Es ist wie ein schwerer Rucksack, den ich mit mir herumtrage. Gefüllt mit diesen doofen, schmerzenden Erinnerungen. Ich will dich auch nicht mit ihm vergleichen. Mein Kopf weiß, dass das falsch ist. Trotzdem drängen sich die Bilder immer wieder an die Oberfläche. Ich habe Angst, verflucht. Dir etwas zu versprechen, was ich dann vielleicht nicht halten kann. Vielleicht nicht die zu sein, die du denkst, dass ich bin.«

Die du brauchst.

Sie machte eine Pause und ich hielt sie einfach nur fest. Dann redete sie weiter.

»Und ich hab Angst, nicht genug zu sein. Ich war gefühlt so oft zu wenig. Zu wenig laut, zu wenig lustig, zu wenig spontan und zu wenig, weil ich nur einen kompletten Fuß habe. Zu wenig und doch zu viel. Zu viel behindert. Ich war eben nie die erste, sondern immer nur die zweite Wahl, verstehst du? Ich habe manchmal Angst, deine Erwartungen nicht zu erfüllen.«

»Ach, Ella.« Ich seufzte und die Lügen, die sie über sich selbst glaubte, taten mir weh. »Du musst keine Erwartungen erfüllen. Die hast du eh längst übertroffen. Wenn du nur sehen könntest, was ich in dir sehe. Du bist viel mehr als diese Lügen in deinem Kopf. Und sie sind ganz sicher nicht die Wahrheit, auch wenn sie noch so laut schreien. Du bist mehr als genug.«

Ich nahm sanft ihr Gesicht in meine Hände und küsste ihre weichen Lippen, ihre Wangen, ihren Hals. Sie stöhnte leise und ich spürte, wie ihre Anspannung wich und sie sich in meinen Armen fallen ließ.

Wir setzten uns wieder ans Ufer, ich zog sie an mich und hatte die leise Hoffnung, ihr ein Stück näher gekommen zu sein. Etwas mehr hinter ihre Mauern aus falschen Überzeugungen geschaut zu haben, für diesen Moment.

»Welche Farbe hat Hoffnung für dich?«, fragte sie plötzlich in die gefüllte Stille zwischen Möwenkreischen und das konstante Rauschen der Elbe. Ihre Haare wirr durch den Wind, die Strähnen tanzten um ihre Augen.

»Grün«, sagte ich, ohne zu überlegen.

»Grün?«, wiederholte sie ungläubig. »Das ist langweilig.«

»Wie kann Grün langweilig sein? Wie kann die Farbe deiner Augen langweilig sein? Wie könnte Hoffnung etwas anderes als Grün sein? Seit du da bist, ist dieses Grün und dieses Hoffnungsding mein ständiger Begleiter. Grün. Grün. Grün. Für mich ist plötzlich so vieles Grün. Hoffnung ist definitiv grün«, philosophierte ich, überzeugt davon, dass ich recht hatte, und musste unwillkürlich grinsen, als ich ihren unzufriedenen Blick sah.

»Hmmmm, okay. Aber das ist trotzdem langweilig. Ich meine, Grün ist die Hoffnung, weiß doch jeder, dass dieser Spruch so funktioniert. Warum nicht eine andere Farbe?«

»Weil es so ist, wie es ist, Ella. Punkt. Du, deine Augen, Hoffnung, Grün. Für mich die hoffnungsvollste Farbe für immer«, verteidigte ich meine Überzeugung. »Seit ich dich getroffen habe, fühle, denke und träume ich in vielen Farben. Aber vor allem in grün.«

»Grün«, wiederholte sie wie zur Bestätigung und ich lachte.

Inzwischen war es Ende Juli. Der Sommer lockte die Gäste nach draußen auf die Plätze vor dem Café, was für Ella und Amy noch mehr Rennerei bedeutete. An vielen Tagen, wenn ich bei Anders Feierabend gemacht hatte, war ich für eine Weile ins Café gekommen, um den beiden bei der Arbeit zu helfen. Ich genoss jede Minute in ihrer Nähe und sie war froh um jede Hilfe, die sie bekam. Auch wenn sie diese oft mit schlechtem Gewissen annahm.

Immer, wenn sie in die Küche kam, stahl ich ihr einen Kuss. Oft verließ sie diese dann mit geröteten Wangen, wodurch ich mir von Amy einen neuen Namen einhandelte: »Die heiße Küchenhilfe.«

Ellas Oma hatte, wenn sie im Café war, ständig das Bedürfnis, mich mit Essen zu versorgen, warum auch immer. Vielleicht war das ihre Art, mir zu zeigen, dass sie mich mochte? Sie stellte mir Brötchen und einen Teller Suppe in die Küche. Und Süßes. Als würde ich sonst verhungern.

»Wer viel arbeitet, muss auch viel essen«, erklärte sie mir immer mit einem zufriedenen Lächeln, wenn sie mich mal wieder mit Leckereien versorgte. Es fiel mir nicht schwer, ihrer Bitte nachzukommen, denn mit leckerem Essen konnte man mich fast immer glücklich machen.

Heute war typisches Hamburger Schmuddelwetter und ich war unterwegs zu Anders in die Werkstatt. Es war perfekt, um gemütlich drinnen zu arbeiten, während es draußen stürmte und schüttete.

Anders war in die Arbeit an der halbfertigen Skulptur vertieft. Er wirkte wie in einer anderen Welt, als ich leise die Werkstatt betrat. Neben sich eine dampfende Tasse mit schwarzem Kaffee. Ich wollte ihn nicht stören.

Als er mich bemerkte, schaute er auf und mich mit hochgezogenen Augenbrauen an. »Na, wie sieht's aus? Willst du dich auch an etwas versuchen?«

Ich zuckte mit den Schultern. »Ja, vielleicht. Ich würde mal probieren, ob ich das Schnitzen noch drauf habe.«

»Na dann mal los, oder? Was meinst du?«

»Okay.« Ich nickte zur Bestätigung und atmete den vertrauten Holzduft ein, der mich so sehr an unbeschwerte Tage erinnerte.

Anders kramte in einer Kiste, kam auf mich zu und drückte mir dann ein kleineres Stück Holz in die Hand. »Das hier ist Lindenholz. Für den Anfang zum Schnitzen gut geeignet, da es nicht zu hart ist. Da drüben findest du verschiedene Schneiden und Stichformen. Hast du schonmal geschnitzt?«

»Ja. Lange her, aber ja.«

»Gut. Dann weißt du ja, was zu tun ist. Tob dich ruhig mal ein bisschen aus, damit du wieder ein Gefühl dafür bekommst. Du wirst schnell wieder reinkommen. Wirst sehen.«

Er wandte sich seiner Skulptur zu, es war deutlich zu sehen, dass bei ihm jede Hand genau wusste, was sie tat. Seine Bewegungen wirkten fließend und harmonisch. Leise Musik dudelte aus dem alten Radio auf der Werkbank.

Eine Weile betrachtete ich das Holz in meinen Händen. Strich mit dem Daumen darüber. Fühlte das Material, das unter meinen Berührungen zum Leben erwachte und ein Bild vor meinen Augen entstand. Meine Hände fingen an zu arbeiten. Ohne zu überlegen. Es schien, als wären die Handgriffe die ich früher erlernt hatte, irgendwo in meinem Inneren abgespeichert. Als hätten sie nur darauf gewartet, wieder zum Leben erweckt zu werden, um das Holz zu bearbeiten. Ich dachte dabei an Ella. Unser Gespräch. An ihren zerstörten Fuß und ihr gekittetes Herz.

Zuerst arbeitete ich die grobe Form aus, während ich mit den verschiedenen Stichformen das nicht benötigte Holz abtrug. Als die Form immer mehr einem Herz ähnelte, bearbeite ich sie mit einem groben, dann feinkörnigen Schleifpapier. Ich wollte auf jeden Fall vermeiden, dass dieses Herz zu perfekt wurde. Es sollte nicht symmetrisch sein. Nicht vollkommen glatt.

Anders blickte mir immer wieder interessiert über die Schulter. »Das wird schön. Ein Herz?«

»Jap.« Ich lächelte ihn an. »Ein besonders Herz. Eines mit Gebrauchsspuren.«

Anders zog vielsagend eine Augenbraue nach oben.

Ich wollte ein nicht perfektes Herz erschaffen. Eines mit Narben und leichten Unebenheiten. Ellas gekittetes Herz.

Als ich mit einer Schneide verschiedene Risse in das Holz eingearbeitet hatte, entfernte ich mit einem Pinsel alle Reste von Holzstaub, bevor ich mein Werk mit Holzöl bearbeitete.

Zufrieden betrachtete ich es von allen Seiten. Das Holz erzählte eine Geschichte von Verletzungen und Narben. Von Hinfallen, wieder Aufstehen und weitermachen. Für mich erzählte es Ellas Geschichte und ich hoffte, sie würde es verstehen.

Ich atmete laut aus, Anders hob den Kopf in meine Richtung.

»Alles klar bei dir?« Er kam an die Werkbank, an der ich stand.

»Ich glaub schon. Für den Anfang bin ich ganz zufrieden.«

»Schön geworden. Hast du an jemand Bestimmtes gedacht beim Schnitzen?« Fragend blickte er mich an.

»Ich denke, ja«, erklärte ich, ohne viel preiszugeben.

Ein kleines Lächeln umspielte Anders' Lippen und er murmelte: »Na, da bin ich mal gespannt, wann du sie mir vorstellst.«

Kurz zwinkerte er mir zu, ehe er sich wieder seiner Skulptur zuwandte. So langsam bekam sie ein Gesicht. Ein vertrautes Gesicht irgendwie. Ich starrte sie einige Sekunden an, bis Anders mich aus meinen Gedanken riss.

»Bevor ich es vergesse. Ich könnte morgen schon zeitig hier in der Werkstatt deine Hilfe brauchen. Wir haben einige Aufträge zu erledigen und ich würde dringend Unterstützung gebrauchen. Kann ich auf dich zählen? Natürlich weiterhin gegen Bezahlung.«

Da meine Geldvorräte nicht sonderlich groß waren, war ich froh, dass Anders mir anbot, ihm zu helfen. Das kleine Wort »wir« in seiner Aussage war für mich so gewaltig, denn es bedeutete, dass er zufrieden mit meiner Arbeit bisher war. Es löste Freude und ein glückliches Kribbeln in mir aus. Ich hatte ihm die letzten Wochen schon fleißig über die Schulter geschaut. Geholfen, wo ich konnte. Das hier klang danach, dass ich größere Arbeiten erledigen durfte.

»Klar. Gerne. Ich bin da. Ich hoffe, dass ich dir überhaupt eine Hilfe bin?« Immer noch schlummerte die Sorge in mir, ihm zur Last zu fallen.

»Das lass mal mein Problem sein, Junge. Ich habe die letzten Wochen gesehen, was du kannst.« Seine Worte fielen warm in meine Seele und lösten Wellen des Glücks in mir aus. Ich fühlte mich gesehen und willkommen.

Mit dem Holzherz in der Hand machte ich mich zufrieden auf den Weg Richtung Tiny House.

Winterfeldt, Winterfeldt. Was ist passiert? Du wohnst in einer Hütte, schnitzt Herzen und bist glücklich dabei? Langsam wird's unheimlich.

Grinsend schüttelte ich den Kopf über mich selbst und zog den Kragen meiner Jacke höher, als ich nach draußen ging, um mich gegen den Regen zu schützen.

Mein Lächeln gefror schlagartig, als ich Bens Umrisse vor dem Tiny House erkannte.

Augenblicklich wurde alles in mir zu Eis. Kalt und schneidend und die Rollläden meiner Seele machten dicht. Ich wappnete mich innerlich, bis ich näher kam und bemerkte, dass Ben alles andere als auf einen Angriff lauerte. Im Gegenteil. Er saß zusammengekauert auf meinen Eingangsstufen und schniefte und das Wasser tropfte ihm aus allen Poren.

Sofort begannen Wut und Mitleid in meinem Inneren ein Tauziehen und als er nur meinen Namen sagte, war klar, wer gewonnen hatte, und die Wut verkrümelte sich schmollend in die hinterste Ecke meiner Seele.

»Ben?«

Ertappt wischte er sich die Tränen von den Wangen.

»Was machst du hier?« Gespannt blickte ich ihm ins Gesicht, über welchem sich zahlreiche rote Flecken verteilt hatten. »Wie lange sitzt du schon hier?«

Mein Vorsatz, ihm niemals zu verzeihen, schien seine Koffer gepackt zu haben. Für diesen Moment war er lediglich mein kleiner Bruder, der so aussah, als würde er meine Hilfe brauchen. Er hatte den Großer-Bruder-beschützt-kleinen-Bruder-Knopf gedrückt und ich konnte nicht dagegen an.

Manche Dinge scheinen sich nie zu ändern.

»Komm erstmal rein«, forderte ich ihn auf und Ben erhob sich zögernd von den Stufen meines Eingangs.

Drinnen tropfte er weiter vor sich hin und ich holte ein Handtuch aus dem Bad und ein paar Wechselklamotten und streckte sie ihm hin.

Er nahm sie entgegen. Ebenfalls wortlos. Er rubbelte sich die Haare trocken, zog sich das nasse Shirt und die Hose aus und meine Sachen an. Dann setzte er sich an den Esstisch, den Kopf auf die Hände gestützt, und schwieg.

Ich nahm ein paar der Holzscheite aus dem Korb, den Anders mir hingestellt hatte, und versuchte, ein Feuer im Schwedenofen zu entzünden. Dann drückte ich auf den Knopf der Kaffeemaschine und stellte Ben die dampfende Tasse vor die Nase. Mit viel Milch. Wie Dad. Ich mochte meinen lieber schwarz.

Ben starrte ins Leere. Irgendwann löste er sich aus seiner Starre, griff zu, nahm einen Schluck Kaffee und seufzte tief.

»Vielleicht sagst du mir jetzt mal, was los ist?« Erwartungsvoll blickte ich ihn an.

»Ich hab's vermasselt. Komplett«, war alles, was er von sich gab.

»Ok, dann mal schön der Reihe nach. Was hast du vermasselt? Und was ist *alles*?«

»Das mit Dad. In der Firma. Ich hab's vermasselt. Ich kann das nicht. Es macht mich fertig. Ich kann nichts richtig machen. Nichts ... Nichts ... Einfach absolut rein gar nichts! Verstehst du?« Er stützte wieder seinen Kopf auf seine Hände, als wäre die Last darin zu schwer geworden und nur noch durch ein Abstützen zu tragen.

Und wie ich verstand. Jedes Wort davon.

Willkommen im Club, dachte ich. Und das ging ja schnell, dachte ich auch. Und warum habe ich so lange dafür gebraucht, das zu erkennen? Warum er so schnell? Und warum ist Dad ein solches Arschloch?

Ich schüttelte den Kopf.

Wie hatte er mich überhaupt gefunden?

»Ich hab vor kurzem mal dein Handy geortet.«

Hatte ich die Frage gerade laut gestellt?

»Außerdem hast du deinen Standort auf Insta angezeigt. Dad hat es eventuell auch schon gesehen. Mann, ich wollte dich finden und mich entschuldigen ... Du bist doch mein Bruder.«

Jetzt auf einmal? Ich zog genervt die Augenbrauen hoch.

»Ja, ich weiß, ich weiß, ich bin schräg und hab mich scheiße verhalten, aber wie hätte ich dich finden sollen? Dann bin ich einfach mal auf gut Glück hier rausgefahren. Als ich dein Auto auf dem Hof sah, hab ich mich ein bisschen umgesehen. Du hattest ein Foto von der Karre auf Insta hochgeladen.«

Ich schaute irritiert angesichts der Tatsache, wie gut mein kleiner Bruder mich kannte. »Du hättest Privatdetektiv werden sollen, echt«, sagte ich kopfschüttelnd. »Was genau ist Dads Problem?«

Warum fragte ich das? Ich hatte die Antwort doch jahrelang miterlebt.

»Müssen wir darüber reden?« Ben blickte resigniert aus dem Fenster.

»Weißt du, es ist mir egal. Ich war scheiße wütend auf dich. Ich hatte mir geschworen, kein Wort mehr mit dir zu reden. Ernsthaft. Du warst ein Arsch. Ein richtig hinterhältiger Arsch, wenn du es genau wissen willst.«

Ben seufzte getroffen.

»Doch kaum sitzt du hier wie ein Häufchen Elend, hab ich das Gefühl, dich verteidigen zu müssen. Für immer mein kleiner Bruder, würde ich sagen. Also vielleicht erklärst du mir jetzt mal, was mit dir los ist? Du kannst froh sein, dass ich dir nicht eine reingehauen habe, als ich dich hier sitzen sah, so wie ursprünglich geplant, echt jetzt.« Ich grinste schwach und auch an seinem rechten Mundwinkel zog ein Lächeln.

»Er hat es zurückgezogen.« Wiederholt schmiss er mir nur einen Brocken vor die Füße.

»Verdammt nochmal, geht's vielleicht ein bisschen genauer? Was meinst du?«

»Ich werde kein Geschäftsführer. Er hat es zurückgezogen. Er meinte, die Firma hätte wegen dir genug Verluste gemacht und dass er erstmal die Verantwortung behalten will. Im Grunde vertraut er mir nicht. So wie er niemandem je vertraut hat. Verdammt. Und ich war so ein dämlicher Idiot. Er hatte mir alles mögliche versprochen und ich war so dumm. Und noch dazu ein Arsch dir gegenüber. Ich hab es vermasselt. Vor allem wegen dir. Es tut mir echt leid, Mann. Ich hätte mit dir reden sollen. Davor. Ich wollte einmal besser sein als du. Nur ein einzig verdammtes Mal. Zeigen, dass ich es auch draufhabe. Kannst du das verstehen? Vermutlich nicht, oder? Aber du? Du warst mir einen Schritt voraus. Immer schon. Du warst der Bessere. Von Anfang an. Dad hat schon immer mehr von dir gehalten.«

Mein lautes Lachen ließ Ben innehalten.

»Das meinst du jetzt nicht ernst, oder?«

»Klar mein ich das ernst. Wenn du ehrlich bist, weißt du das auch. Er hat dich immer schon bevorzugt. Keine Ahnung. Du warst halt der Ältere. Der mit dem besseren Abschluss. Der Klügere.«

Der, der nie Kontra gegeben hat. Der, der brav alles geschluckt hat, bis zum Anschlag. Der, der mit dem Strom mitgeschwommen war. Ben war schon immer der gewesen, der sich nicht alles gefallen ließ. Das war natürlich anstrengender für einen Menschen wie Dad.

»Und jetzt? Was mach ich jetzt?« Wütend kickte er mit dem Fuß gegen das Tischbein.

»Erstmal gar nichts. Heute Abend nicht mehr. Aber ganz ehrlich Ben, das was du abgezogen hast, war schon echt ne Scheißnummer. Du besuchst mich in der Reha, ich quatsch dich voll von wegen, ich weiß nicht, wie ich in der Firma weitermachen soll, und du hast nichts Besseres zu tun, als dir den Geschäftsführerposten zu ergattern? Du hättest doch einen Ton sagen und mit mir vorher darüber reden können.«

Jetzt war es ausgesprochen, was mich die letzten Wochen echt zerrissen hatte. Denn Ben war in all den Jahren immer der gewesen, der mich am meisten kannte.

Ben seufzte getroffen. »Du hast recht. In allem. Wie gesagt, ich habe dich immer als Konkurrent gesehen und das war meine Chance, endlich zu beweisen, dass ich auch was auf dem Kasten habe. Haha. Und jetzt schau mich an, wohin es mich gebracht hat.« Er zuckte mit den Schultern. »Es tut mir wirklich leid, Mann, und ich verstehe auch, wenn du mir das nicht verzeihen kannst. Aber vielleicht irgendwann?« Beim letzten Wort war seine Stimme lediglich ein Flüstern.

»Du kannst heute Nacht hier pennen, wenn du das willst. Und Entschuldigung angenommen. Wenn du möchtest, rede ich irgendwann mit Dad. Vielleicht.«

Verdammt, hatte ich das gerade gesagt? Ich musste komplett irre sein.

»Danke.« Ein zögerliches Lächeln huschte über sein Gesicht. »Ich weiß nicht, er ist gerade nicht gut auf dich zu sprechen. Meinst du, das bringt überhaupt was?« Nervös fuhr er durch die blonden Haare.

»Keine Ahnung. Ich weiß es gerade nicht. Ich hab Hunger. Und wenn ich Hunger hab, bin ich nicht gut im Denken. Lass uns was bestellen. Pizza?«

»Klingt nach einem guten Plan«, erwiderte Ben und grinste zufrieden.

So hingen wir eine halbe Stunde später Pizza mampfend faul auf der Couch und schauten nebenher fern.

Der Abend verlief entspannt und fast fühlte es sich an wie früher, als wir einfach nur Brüder gewesen waren. Keine angeblichen Konkurrenten. Was mich wieder darin bestätigte, dass es richtig gewesen war, der Firma den Rücken zugekehrt zu haben.

»Hast du eigentlich mal mit Romy gesprochen?«, fragte Ben kauend.

»Romy? Worüber?«

»Keine Ahnung, sag du es mir? Die war neulich ziemlich angepisst in der Firma. Hat irgendwas erzählt davon, dass du per iMessage mit ihr Schluss gemacht hättest und was für ein Feigling du wärst. Sie würde das so nicht gelten lassen oder so einen Schwachsinn. Sorry, aber die läuft doch auch nicht ganz rund, oder?«

»O Mann.« Ich stöhnte. »Die Frau ist so anstrengend und wehe, es geht nicht nach ihrem Kopf. Und ja, ich hab Schluss gemacht per iMessage. Wie konnte ich nur? Weil das mit uns eh nichts Echtes war und sie ist … na ja … kompliziert. Verdammt kompliziert. Ich glaube, es hat mein Ego gepusht, dass sie mit mir zusammen war. Rein äußerlich. Aber ich war nicht verliebt in sie. Ich war schon echt bescheuert, Ben.« Energisch biss ich von meiner Pizza ab. »Ich wusste, dass sie das *hier* nie akzeptieren würde.« Mein Blick schweifte durch den Raum. »Ich meine, ein Tiny House. Nichts mehr mit Luxus. Ich fahr einen gebrauchten Golf. Du hast ihn ja gesehen. Nix mehr mit fetten PS unter der Haube.«

Ich musste selber lachen.

Jetzt lachte Ben ebenfalls.

»Hätte mir das jemand vor einem halben Jahr erzählt, hätte ich ihn für verrückt erklärt. Ich meine, ich habe meinen Job gekündigt, wohne hier draußen, außerhalb von Hamburg und arbeite bei Anders in der Werkstatt. Na ja, zumindest versuche ich es. Momentan bin ich ihm vermutlich eher noch ein Klotz am Bein. Aber er lässt es sich nicht anmerken, der Mann ist unter Umständen ein guter Schauspieler.« Ich musste lachen. »Aber hey, ich bin sehr lernfähig.«

»Wer bitte ist Anders und von welcher Werkstatt redest du?«

»Oh, klar.« Ich klatschte mir gegen die Stirn. »Das hab ich dir ja noch gar nicht erzählt. Anders ist der, dem das Grundstück hier gehört. Ihm habe ich das Tiny House abgekauft. Er hat das Teil selbst gebaut, krass oder? Er ist Schreiner und hat mir angeboten, für ihn zu arbeiten.«

»Krass. Und verrückt.« Ben schüttelte den Kopf.

»Was genau meinst du?«

»Na alles. Du, deine Hütte, der Job. Das war doch schon immer dein Traum. Das, was du immer machen wolltest. Mit Holz arbeiten, oder?«

»Ja, stimmt.« Ich blickte aus dem Fenster. »Ach und Ben. Noch was anderes.«

»Hmmmm?«

»Ich glaube, ich hab da jemanden kennengelernt.«

Ben wackelte mit den Augenbrauen. »Alter, du lässt auch nichts anbrennen, oder?«

»Nein, nicht so wie du denkst. Es ist anders … irgendwie. Ich kenn mich selbst nicht so richtig aus gerade.«

»Wie jetzt?«

»Keine Ahnung, Mann. Es ist besonders. Ich bin anders in ihrer Gegenwart. Es ist alles so entspannt mit ihr. Sie ist das komplette Gegenteil meines bisheriges Beuteschemas. Sie ist ehrlich und warmherzig und wirkt so geerdet und manchmal ein wenig schüchtern. Verstehst du, sie ist all das, was ich nie war und nie gesucht habe, und genau das ist es, was mich an ihr so fasziniert. Ich wusste nicht, was mir fehlt, bis ich sie getroffen habe. Ich muss ständig an sie denken, verstehst du? «

»Oh, klar. Ich verstehe sehr gut. Mein großer Bruder ist verknallt.«

Er sah das Holzherz, das ich vorher auf die Arbeitsplatte gelegt hatte, nahm es in die Hand und schwenkte damit vor meinem Gesicht herum.

»Gib das her, Mann. Das geht dich nichts an.«

»Es ist amtlich, mein Bruder ist lost auf einem neuen Level. Ich fass es nicht. Langsam wird's unheimlich, Winterfeldt. Echt, du machst mir Angst. Was ist mit deinem Kopf passiert? Es muss der Unfall gewesen sein.« Er fasste mir an die Stirn und tat so, als hätte ich den Verstand verloren.

»Okay, Ben.« Ich gab ihm einen Hieb in die Seite. »Es reicht. Halt einfach die Klappe, ja? Ich geh jetzt pennen. Was du machst, ist mir egal. Dein Gelaber hör ich mir nicht mehr länger an«, meuterte ich und grinste dabei.

»Du kannst auf dem Sofa pennen, wenn du willst, aber wehe du schnarchst, dann fliegst du raus. Ich hab hier keine Türen und liege nur ein paar Meter weiter oben.«

Ich stieg die schmale Raumspartreppe nach oben. Direkt unter dem Giebel lag meine Matratze auf einer Palette. Man konnte hier gerade so sitzen, die Raumhöhe war zum Stehen zu niedrig. Dafür war es umso gemütlicher, vor allem, wenn wie heute der Regen auf das große Dachfenster prasselte. War die Sicht klar, hatte man vom Bett aus den Blick auf den schönsten Sternenhimmel. In der Stadt konnte man die Sterne durch die vielen Lichter oft nicht sehen. Hier draußen war das anders und ich liebte diesen Schlafplatz sehr.

»Logo, klar. Und als ob ich je geschnarcht hätte«, widersprach er.

Inzwischen war ich fast weggedöst, als Ben wieder zu quatschen anfing.

»Winterfeldt?«

»Mann Ben, ich schlaf schon fast. Was willst du noch?«

»Wie heißt sie?«

»Ella. Sie heißt Ella. Und jetzt halt endlich die Klappe, ja?« Mit einem fetten Grinsen im Gesicht schlief ich zufrieden ein.

Am nächsten Morgen wurde ich von einem vehementen Hämmern gegen die Tür geweckt. Was zum Henker?

Schlagartig saß ich im Bett und schlug vor lauter Schreck meinen Kopf an der Dachschräge an.

Scheiße verdammt.

Welcher Irre machte so einen Lärm um diese Zeit? Ein Blick auf mein Handy sagte mir, dass es gerade mal 6:30 Uhr war.

Stöhnend stieg ich aus dem Bett, entsprechend genervt über die Störung. Schlaftrunken trottete ich die Stufen hinunter und rieb mir den schmerzenden Schädel. Sah, wie auch Ben ebenso zerknautscht Richtung Tür unterwegs war und öffnete.

Ich weiß nicht, wessen Gesichtszüge mehr entgleisten, als wir den Störenfried vor der Tür erkannten.

»Dad«, hörte ich mich mit monotoner Stimme sagen.

Ben war still. Sein entsetzter Gesichtsausdruck sprach dafür umso lauter.

Dad wartete erst gar nicht ab, dass wir ihn hereinbaten. Polterte die Stufen hinauf, sein Mantel wehte hinter ihm her. Fast war ich mir sicher, die Wut, die er mit einem maskierten Lächeln überspielte, körperlich spüren zu können. Sein markanter Herrenduft, den ich nicht riechen mochte, waberte durchs Zimmer.

»Ach, komm ruhig rein, Dad«, witzelte ich humorlos.

»Deine Scherze kannst du dir sparen, Leander.« Plötzlich fing er an, sich umzublicken, so als wäre ihm schlagartig bewusst geworden, wo er sich überhaupt befand. »Hier haust du also, in dieser … Baracke? Wohnen kann man das ja wohl nicht nennen.«

Er klopfte gegen das Holz einer Wand, als müsste er dringend die Beschaffenheit überprüfen.

Ich verdrehte die Augen und hielt mich an der Lehne eines Stuhles fest, bis meine Knöchel weiß hervortraten. »Kann man nicht? Gut, dass du immer weißt, was man kann und was nicht. Was würden Ben und ich nur ohne dich tun?«, frotzelte ich. »Und stell dir vor, hier hause ich, wie du es nennst. Und ja, das geht tatsächlich, auch wenn dein Kopf scheinbar nicht genügend Vorstellungskraft besitzt. Du bist sicher nicht hier, um mir Brot und Salz zu bringen, also was willst du?«

»Leander, lass mich überlegen.« Gekünstelt legte er den Zeigefinger an den Mund. »Vielleicht bin ich hier, um deine Zurechnungsfähigkeit zu überprüfen? Ich war mir sicher, du würdest es nicht lange hier aushalten. Scheinbar hält deine Verwirrung nun doch schon länger an, als ich zuerst annahm. Du kannst doch nicht ernsthaft in Erwägung ziehen, hier weiter vor dich hinzuvegetieren? Ich meine, wenn das publik wird. Du, als Erstgeborener des Winterfeldt-Immobilienimperiums, haust in einer Holzbaracke … Das wäre absolut kontraproduktiv.«

Echt jetzt? Hatte er das gerade wirklich gesagt? Konnte mich mal jemand kneifen.

Ich war drauf und dran, ihn aus meinem Tiny House

zu werfen, schubsen, drängen, was auch immer. Hauptsache er verschwand. Stattdessen stand er wild gestikulierend mitten in meinem bisher gemütlichen Wohnzimmer. Der kleine Raum war überfüllt von seiner Präsenz. Jegliche Gemütlichkeit schien sich durch die Ritzen verflüchtigt zu haben, weil neben Dad nichts bestehen konnte. So wie niemand neben ihm bestehen, geschweige denn atmen konnte.

Ich widerstand dem Drang, alle Fenster aufzureißen, und klammerte mich stattdessen fester an die Stuhllehne.

»Schlimm genug, dass *du* scheinbar den Verstand verloren hast«, lamentierte er weiter. »Das bin ich ja nun schon seit Wochen gewohnt. Dass du nun aber auch noch Ben in dein verkorkstes Leben mit hineinziehst, lasse ich nicht zu.«

»Dad!« Bens Stimme unterbrach seinen Redeschwall, der sich über uns ergoss wie zähe, klebrige Masse.

»Ganz zu schweigen davon, dass du, Ben, einfach nicht in der Firma erscheinst.«

»Dad!« Ben schrie inzwischen fast und seine Adern traten am Hals hervor. Seine geballten Hände ließ er in den Taschen des Hoodies verschwinden.

Mein Vater blickte irritiert erst zu mir und dann zu Ben. »Was fällt dir ein, in diesem Ton mit mir zu reden?«

»ES REICHT! Du kannst jetzt gehen.« Waren das Worte, die gerade aus meinem Mund gekommen waren?

»Wie redest du mit deinem Vater, Leander?«

»Und wenn du der Papst persönlich wärst. Hast du dir mal zugehört, wie du mit *uns* redest? Wir sind erwachsen, verdammt, nur du hast das offensichtlich noch nicht mitbekommen und benimmst dich selbst wie ein bockiges Kleinkind. Warum wunderst du dich, wenn wir in *diesem Ton* mit dir reden, wie du es nennst. Man erntet, was man sät. Hast du davon schon gehört? Gewöhn dich besser daran, dass ich nicht mehr nur mit dem Kopf nicke, wenn du etwas sagst.«

Vater schnaubte. Drehte sich hektisch auf dem Absatz um. Kurz blickte er noch einmal zurück. Sein Blick scharfkantiges, verletzendes Eis.

»Ich erwarte, dich nachher in der Firma zu sehen, Ben. Und dass du ernsthaft geglaubt hast, ich setze dich mit solch geringer Berufserfahrung als Geschäftsführer ein … Du bist naiver, als ich dachte. Ein Wunder, dass ich das bei Leander getan habe.«

Eine Sache würde sich niemals ändern. Er musste immer das letzte Wort haben, auch wenn seine Worte das Allerletzte waren.

Das Gewitter namens Dad war vorübergezogen, nur die grauen Wolken, die er hinterlassen hatte, hingen in der Atmosphäre, die sich wie vergiftet anfühlte.

Ich schüttelte den Frust aus den Schultern. Aus meiner Seele war er nicht so leicht zu entfernen.

Ben ließ sich erschöpft auf die Couch fallen. Ich

machte uns Kaffee, setzte mich neben ihn und reichte ihm wortlos eine Tasse.

»Wie kann ein Mensch so sein? Er ist ein verdammter Eisklotz. Ich verstehe es einfach nicht. Wie kann er unser Vater sein?«

Ben zuckte nur resigniert mit den Schultern.

»Das kann doch einfach alles nicht wahr sein, oder? Hat der Mann überhaupt Gefühle?« Ich schüttelte meinen Kopf. »Was wirst du jetzt tun?«

»Pffff ... Vermutlich erstmal so weitermachen wie bisher. Im Moment habe ich nicht wirklich eine andere Option.« Er stöhnte. »Oder hast du einen anderen Job für mich?«

»Leider nicht«, erklärte ich resigniert.

»Schon gut, ich werde schon fertig mit Dad. Mach dir um mich keine Sorgen. Sobald ich etwas anderes finde, bin ich weg aus der Firma. Da kannst du dir sicher sein. Und bis dahin ärgere ich ihn noch ein wenig, indem ich ihm Kontra gebe. Ich hab echt nichts mehr zu verlieren. Also was soll's?«

Mein kleiner Bruder. Er hatte viel eher als ich begriffen, was es hieß, aus seiner Rolle auszubrechen. Auf eine Art hatte er es auch leichter gehabt, da er der Jüngere war, auf den man Rücksicht nahm. Von mir hatte man schon immer mehr erwartet. Zum Beispiel, dass ich Verantwortung übernahm. Auch für Ben.

Wenn wir als Jungs Mist gebaut hatten, war immer

ich derjenige gewesen, der zur Rede gestellt wurde. Der, der den Ärger abbekommen hatte. Nicht Ben. Einfach nur, weil ich der Ältere war und deshalb die Rolle des Vernünftigen zu spielen hatte. Ich war zu klein, um zu kapieren, was damals passierte. Und ich hatte Angst gehabt – vor Dad und seiner mächtigen Erscheinung. Hatte innerlich getobt und mir äußerlich nichts anmerken lassen.

Lange Zeit hatte ich das akzeptiert, bis jetzt. Allmählich war ich fähig, mir eine eigene Meinung zu bilden. Zu widersprechen, wenn es sich richtig anfühlte. Weil ich nicht mehr abhängig von ihm war.

Und das tat ich.

Ich atmete tief durch und war zum ersten Mal im Leben ein wenig stolz auf mich, meinem Vater wiederholt die Stirn geboten zu haben. Und das ohne schlechtes Gewissen.

18

Ella

Die letzten paar Tage hatte ich Leander nicht gesehen. In meinem Leben zählte ich in neuen Zeitabschnitten. Die Zeit vor Leander. Die vor unserem ersten Date. Die Zeit nach unserem ersten Date, unserem zweiten Date. Die vor unserem ersten Kuss. Wir befanden uns im Zeitabschnitt nach vielen Küssen. Die ich nicht vergessen konnte. Weil sie Zum-Niederknien-Küsse waren. Wenn ich nur daran dachte, jagten mir heiße Schauer den Rücken hinunter und mein Herz schlug ein paar Takte schneller.

Seine Augen. Die dunklen Haare. Sein Lächeln.

Wir befanden uns im Zeitabschnitt nach vielen Treffen, in denen er für mich da war und mich unterstützte. Mich immer mehr aus meinem Schneckenhaus lockte, in welchem ich mich lange versteckt hatte. Manchmal hatte ich zaghaft herausgeschaut. Meine Fühler herausgestreckt. Doch genauso schnell war ich wieder verschwunden in diesem Haus mit dem Namen: Komfortzone.

Die vergangenen Tage hatten wir uns geschrieben, aber nicht getroffen, was in Ordnung war. Jeder ging im Moment seinen Aufgaben nach, im Café gab es viel zu tun und Leander hatte mir erzählt, dass sein Bruder spontan bei ihm aufgetaucht war und sein Vater Stress gemacht hatte. Außerdem hatte er angefangen, Anders in der Werkstatt bei einem größeren Auftrag zu unterstützen, was für ihn Neuland war, obwohl er sich schon ein wenig auskannte.

Auch wenn ich es mir nicht eingestehen wollte, aber ich vermisste ihn sehr, was mir etwas Angst einjagte. Denn wenn man jemanden vermisst, liebt man ihn ein wenig. Und wenn man jemanden ein wenig liebt, kann man verletzt werden.

Ich unterdrückte ein Seufzen und stapelte das Geschirr in die Schränke. Es war kurz vor Feierabend, als Leanders Nachricht auf meinem Handydisplay erschien.

Hast du Lust auf ein spontanes Date? So in einer Stunde? Ich würde dich abholen. Zu Hause bei dir? In Ordnung?

Amy nahm meinen verstrahlten Blick wahr, den sie mit einem Grinsen quittierte. »Nachricht von Mr heiße Küchenhilfe?«

»Grins nicht so dämlich, Amy. Ja, er will mich sehen. In einer Stunde.«

Ich tippte schnell ein Okay in mein Handy und drückte auf Senden, als Amy: »Na dann, schönen Feierabend, würde ich sagen«, rief und kicherte, während sie das restliche Geschirr in die Küche bugsierte. »Wer hätte das gedacht, Ella Sommer, dass es dich mal so heftig erwischt. Hat Leander eigentlich auch einen Bruder?«

Ich lief hinter ihr her und küsste sie auf die Backe. »Hat er, ja. Ich kenne ihn aber noch nicht. Ist es echt in Ordnung, wenn ich dich hier allein fertig machen lasse?« Schuldbewusst blickte ich sie an.

»Logo, kein Problem. Ist doch fast nichts mehr los. Das schaff ich schon.«

»Danke! Du bist ein Schatz. Ich hab dich lieb.«

»Ich dich auch. Hab Spaß!« Ich schnappte meine Tasche und dann war ich zur Tür raus, stieg in meinen kleinen Lieferwagen und fuhr nach Hause.

Frisch gestylt saß ich auf der Couch, meinen Instagramfeed zum hundertsten Mal durchscrollend, obwohl mich nichts daran ernsthaft interessierte, und wartete auf das erlösende Klingeln an der Tür. Mein Herz klopfte so nervös wie eine Horde galoppierender Wildpferde, so sehr freute ich mich, ihn gleich wiederzusehen. Als es endlich klingelte, sprang ich auf, warf im Flur nochmal kurz einen Blick in den Spiegel und öffnete.

Da stand er. Im Schlepptau dieses freche Jungs-Lächeln, welches ich so sehr liebte und dafür sorgte, dass meine Beine die Konsistenz von Pudding annahmen.

»Hi«, sagte ich.

Er strahlte immer noch und sein: »Hi« sorgte dafür, dass mein Herz glücklich hüpfte.

Kurz standen wir etwas unbeholfen da, bevor er einen Schritt auf mich zuging und mich in eine Umarmung zog. Mein Puls schoss noch mehr in die Höhe. Ich sog seinen Duft ein und versuchte, mein Nervositätslevel etwas herunterzufahren, was mir nicht wirklich gelang.

»Was machst du da?«, flüsterte er in mein Ohr, schickte dadurch Wellen voll Wärme los, die von meinem Ohr über meinen Rücken liefen, um sich dann in tausend kleinen Ausläufern überall in meinem Körper einen Weg zu bahnen.

»Ich mag, wie du riechst.« Verlegen grinste ich in seine Halsbeuge.

»Wie rieche ich denn?«

»Nach frischer Wäsche, Meer und Sehnsucht.«

»Okaaaay.« Lächelnd hob er eine seiner Augenbrauen. »Wollen wir dann los?«

Wir verharrten immer noch in der Umarmung und eigentlich wollte ich ihn nicht loslassen.

»Hmmm.«

»Na dann los, oder?«

»Hmmmm«, brummte ich wieder und widerwillig lösten wir uns voneinander. »Verrätst du mir, wo wir hingehen?«

»Sehe ich so aus, als würde ich es dir verraten wollen?« Wieder dieses freche Jungs-Grinsen, wieder diese Puddingkonsistenz der Beine.

»Wenn du mich so fragst, vernute ich mal eher nicht?«

»Siehst du?« Er lächelte. »Und deswegen musst du dich einfach überraschen lassen. Kriegst du das hin?«

»Wird schwer, aber ich versuche es.«

Inzwischen waren wir in Leanders Auto gestiegen und er lotste den Wagen in Richtung Stadtrand, aus Hamburg heraus. Einige rote Ampeln und Staus später fuhren wir an der Elbe entlang. Ich genoss den Blick auf das blaue Wasser, das in der tieferstehenden Sonne glitzerte wie tausend sprühende Funken einer Wunderkerze.

An einem Parkplatz angekommen, stellte Leander den Wagen ab und bat mich, auszusteigen. Bugsierte einen Rucksack aus dem Kofferraum und schulterte diesen auf seinem Rücken.

»Bist du aufgeregt?«

»Vielleicht ein bisschen«, gab ich zu.

»Na dann komm mal mit.« Er lächelte. Dieses warme, weiche Lächeln, das in meiner Seele zarte Kreise zog.

Er nahm meine Hand und einige Zeit gingen wir stumm am Ufer der Elbe entlang. Ich spürte die Wärme der Sonne auf meiner Haut und fing an, mich zu entspannen. Genoss Leanders Gegenwart. Das Gefühl von Sicherheit, das mir sein Dasein vermittelte. Die Elbe spülte kleine Wellen ans Sandufer und zahlreiche Gräser säumten den Strand.

»Schließ deine Augen«, bat mich Leander plötzlich sanft.

»Ich soll was?« Verwirrt blickte ich mich um.

»Du sollst deine Augen schließen, Ella. Vertrau mir.«

Ich hielt mir die Augen zu und er führte mich ein paar Schritte weiter. Ich hörte Gräser rascheln, spürte Wind, der meine Haut streichelte, vernahm Schiffe, die vorbeifuhren und unter ihrem Gewicht ächzten.

»Jetzt darfst du die Augen wieder aufmachen«, murmelte er eine Weile später an meinem Ohr und ein Kribbeln ergoss sich wie Wellen über meinen Rücken.

Meine Augen mussten sich erst an die Helligkeit gewöhnen und ich blinzelte. Als ich mich umblickte, stockte mir der Atem. Ich schlug die Hände vor den Mund. Jemand hatte eine große Decke ausgebreitet. Überall waren Fackeln in den Sand gesteckt, die im leichten Wind flackerten. Auf einer Palette, die auf der übergroßen Picknickdecke lag, fanden sich Schalen mit Obst und Teller, die mit Käse, Brot und anderem lecke-

ren Zeug beladen waren. Teller und Gläser standen bereit und ich sah Flaschen mit Alsterwasser, welches in einem Behälter mit Eis gekühlt wurde. Auf der Decke lagen zahlreiche, flauschige Kissen verteilt, die absolute Gemütlichkeit ausstrahlten. Hier hatte sich jemand richtig Mühe gegeben.

Einen langen Augenblick war ich sprachlos und kämpfte mit meiner Fassung.

»W-wann hast du das alles vorbereitet?«, stammelte ich vor mich hin. Ich konnte nicht fassen, dass er sich für mich so ins Zeug gelegt hatte. »Und wer hat überhaupt die Fackeln angezündet?«

Leander trat hinter mich, schlang seine Arme um mich und küsste mich sanft in die Halsbeuge. Ein Kribbeln breitete sich in meinem ganzen Körper aus. Es fühlte sich an wie bunte Seifenblasen, die in meinem Inneren in die Luft stiegen und dann zerplatzten.

»Ich hatte heute Nachmittag genug Zeit und Ben hat mich unterstützt. Als Entschädigung darf er bei mir zu Hause pennen.«

»Das ist wunderschön, Leander, wirklich.« Ich drehte mich um, wollte in sein Gesicht schauen. »Danke! Danke, danke, danke. Ich weiß gar nicht, was ich sagen soll. Du bist der Wahnsinn.«

Er hielt meine Hände. »Noch hast du nichts probiert. Warte erstmal, ob's dir schmeckt, bevor du dich bedankst«, meinte er lachend.

Dieses Strahlen. Ich wollte es ganz tief in meiner Seele konservieren und ließ mich auf die Decke zwischen all die weichen Kissen fallen. Leander tat es mir gleich, nahm zwei der Alsterwasser aus dem Eiseimer, um sie geschickt zu öffnen, und reichte mir eines davon. Er ließ seine Flasche gegen meine klirren.

»Auf dich, Ella. Dass ich dich gefunden habe, oder du mich. Und auf diesen Abend. Auf uns.«

Eine Weile saßen wir ruhig da. Es war eine friedliche und entspannte Stille. Wir blickten auf die Elbe, die vorbeifahrenden Schiffe und gruben unsere Füße in den noch warmen Sand. Die Sonne war kurz davor, mit dem Horizont zu verschmelzen. Der Himmel ein Kunstwerk aus hellen Rosa- und Blautönen, vermischt mit einem Hauch von Orange, welches sich in der Elbe spiegelte. Möwenflügelschläge über unseren Köpfen, so leicht wie unser Zusammensein. Eine Feder schwebte herab und Leander fing sie auf. Pustete sie in meine Richtung und sagte: »Wünsch dir was.«

Ich blickte ihn an, wollte mich selber kneifen, weil ich nicht fassen konnte, dass dieser Augenblick echt war. Ich mit diesem wunderschönen Kerl mit den dunklen Wuschelhaaren. Ich hier am Ufer der Elbe und hatte ein Date.

Leander ließ sich mit dem Rücken nach hinten auf die Decke fallen und riss mich mit seinem Arm mit. Rosa Wattewolken am Himmel und in meinen Gedanken.

Beide bestaunten wir die Farben, als seine Stimme die Stille durchbrach.

»Ella?«, flüsterte er meinen Namen, so als wäre er etwas ganz Kostbares, Zerbrechliches.

Ich drehte mich in seine Richtung und versank in den Tiefen seiner Augen.

»Fühlt sich so glücklich sein an?« In seiner Stimme schwang plötzlich so etwas wie der leise Klang von Unsicherheit.

»Es könnte sein.« Ich küsste sanft seine Stirn. »Was fühlst du, Leander?«

Ein Lächeln stahl sich auf seine Lippen und das Strahlen, das es verbreitete, sprach eine ganz deutliche Sprache.

»Ich fühle mich … leicht. Und das fühlt sich so gut an, dass es mir fast ein wenig Angst macht. Dass ich ein bisschen süchtig danach werde. Ich hab das so lange nicht mehr gespürt, dass ich dachte, ich hätte es verlernt. Verdammt nochmal, ich habe einfach viel zu lange nur … funktioniert.«

»Dann hört es sich ganz so an, dass du glücklich bist. Und nichts daran ist falsch, ein bisschen süchtig danach zu sein. Das ist einfach nur menschlich. Und das bist du. Ein Mensch, Leander. Kein Roboter, der nur funktionieren muss.«

Er zog mich ganz nah an sich, fast so, als wäre er dankbar für meine Worte und so, als hätte ich ihm ein bedeutsames Geheimnis verraten. Sein Mund verteilte Küsse auf meiner Stirn bis zu meinen Hals entlang, ganz sanft, und ich spürte, wie er dabei lächelte, was sich auf mich übertrug. Inzwischen war die Sonne hinterm Horizont verschwunden und ich fröstelte ein wenig.

»Ich werd uns ein Feuer machen, dir ist kalt, oder?«

Als ich nickte, wickelte er eine Decke fest um mich.

Mit den Worten: »Bin gleich wieder da«, stand er auf und verschwand hinter den hohen Gräsern, um mit einigen Scheiten Holz bepackt zurückzukommen. Natürlich hatte er auch daran gedacht. Er hatte an alles gedacht.

Schmetterlingsflügelschläge kitzelten in meinem Bauch und breiteten sich in meinem ganzen Körper aus.

Nach einer Weile saßen wir am wärmenden Feuer und aßen all die leckeren Sachen, die er vorbereitet hatte. Ein surrealer Moment, der sich für immer einen Platz in meinem Herzen suchte. Wir beide am Feuer, ein nachtschwarzes Wolkenzelt schützend über unseren Köpfen. Die gleichmäßige Strömung der Elbe und Sandkörner zwischen den Zehen. Feuerfunken flogen durch die Luft und das Knistern des Holzes sorgte für eine gemütliche Atmosphäre. Wir redeten und lachten und ich hatte einen angenehmen Schwips. Alkohol und ich in Kombination waren ein interessantes Duo.

An diesem Abend stimmte alles. Ohne Anfang und Ende. Ich ließ meinen Kopf in Leanders Schoß fallen, der mich verwegen anlächelte.

»Was?«

»Was meinst du?« Er blickte mir mit diesem verschmitzten Grinsen in die Augen. Um seine hatten sich kleine Lachfältchen gebildet.

»Du führst doch was im Schilde?«

»Hmmmmm ... Lass mich mal überlegen? Hast du schon mal am Strand übernachtet?«, summte er in mein Ohr.

»Nein, noch nie. Aber darf man das überhaupt?« Ich blickte ihn fragend an.

»Unter Umständen nicht, aber unter Umständen ist mir das vielleicht auch völlig egal. Ganz eventuell habe ich sogar ein Zelt dabei und Schlafsäcke und so was. Also wenn du Lust hast?«

»Okaaaay. Lass mich mal überlegen.«

Ich wägte im Kopf alle Risiken ab, um festzustellen, dass es keine gab. Nicht wirklich. Außer dem Risiko, beim Zelten erwischt zu werden. Und das, mich Hals über Kopf in diesen Kerl zu verlieben. Was ohnehin schon lange passiert war. Die Stimme, die in mir wetterte, dass ich kein Risiko eingehen sollte, versuchte ich zu überhören. Heute Abend wollte ich ihr keine Aufmerksamkeit schenken. Dieser Moment war es wert.

»Okay«, sagte ich leise und er lächelte. Da spürte ich sie wieder. Diese Sonnenstrahlen, die bis auf den Grund meiner Seele fielen.

Wir saßen ineinander verschlungen vor dem Feuer

und als die Flammen langsam kleiner wurden, begann ich wieder ein wenig zu zittern.

»Du frierst, oder? Wollen wir uns in unsere Suite verkriechen?«

»Suite?« Ich drehte meinen Kopf in alle Richtungen. »Ich sehe keine Suite.« Ich zuckte mit den Schultern und blickte ihn herausfordernd an.

»Glaub mir, in fünf Minuten ist die aufgebaut.«

Sprach's, verschwand hinter dem hohen Gras und kam mit einem Zelt und Schlafsäcken zurück.

Er hatte nicht übertrieben. Fünf Minuten später öffnete er den Reißverschluss zum Eingang des Zeltes und schmiss die Schlafsäcke hinein.

»Ein Hoch auf Wurfzelte«, sagte er schmunzelnd und streckte mir beide Hände entgegen. Sein liebevoller Blick streifte mein Gesicht und mir wurde abwechselnd heiß und kalt. Ich konnte die Sehnsucht darin sehen, spürte, wie ich leicht verlegen rot wurde, was in der Dunkelheit zum Glück nicht sichtbar war. Zumindest hoffte ich das.

»Gib mir einen kurzen Vorsprung, ja? Ich muss mich noch frisch machen. Wenn du reinkommen kannst, rufe ich dich«, erklärte ich und er nickte.

Als ich im Zelt verschwunden war, zog ich wie jeden Abend meine Prothese vom Fuß. Plötzlich erklang ein *Raaatsch* und mit dem Öffnen des Reißverschlusses flogen zuerst einige Kissen ins Zelt, denen ein Leander auf allen vieren folgte. Und plötzlich saß er auch schon neben mir.

Mein Herz verlor für einen Moment seinen Takt und ich meine Fassung.

Nun saß zwischen einem Berg an Kissen, unter dem ich aus Reflex meinen Fuß verstecken wollte, auch noch jede Menge Überforderung, die ich mit einem flapsigen: »Ich hab dich doch noch gar nicht gerufen«, versuchte zu überspielen. Mein schiefes Lächeln, das ich hinterherschickte, wirkte genauso unbeholfen, wie ich mich fühlte.

»Oh! Stimmt! Mist! Das hatte ich für einen Moment vergessen.« Er tippte sich mit der Hand an die Stirn. »Ich hatte das Feuer gelöscht und … hier bin ich.«

Himmel, er lächelte schon wieder dieses verdammt schöne Strahlelächeln und scheinbar schien es ihm vollkommen egal zu sein, dass ich hier ohne meine Prothese saß. Er verlor nicht ein Wort darüber.

»Du sagst gar nichts.«

»Ähmmmm, hab ich was verpasst? Was muss ich sagen? Darf ich reinkommen? Klopf, klopf.« Er klopfte in die Luft, wie an eine imaginäre Haustür und blickte mich so ehrlich und unverwandt an, dass mein Herz begann Karussell zu fahren.

»Ich dachte, du sagst vielleicht etwas zu meinem Fuß … oder eher zu meinem nicht ganz vorhandenen Fuß.«

»Es ist ein Fuß, oder? Hallo, linker Fuß von Ella. Ich

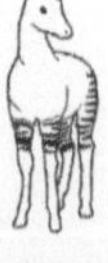

mag dich. Aber dich, rechter Fuß, dich mag ich auch. Nicht, dass du dich noch benachteiligt fühlst. Vielleicht kommst du aus mal aus deinem Versteck heraus?«

Er begann meinen linken Fuß zu massieren und ganz langsam zog ich meinen rechten, unter den Kissen hervor. Mein Herz klopfte dabei so laut in meiner Brust, dass ich mir fast sicher war, er könnte es hören.

Leander hielt in der Bewegung inne. »Darf ich?« Sein fragender Blick war gleichzeitig so voller Wärme, dass ich nickte.

Dann legte er sanft seine Hand auf meinen rechten Fuß, von dem nicht mehr alles vorhanden war. Ab dem Mittelfuß war er nach dem Unfall entfernt worden. Leander strich darüber und sein liebevoller Blick ließ es ganz hell in mir werden.

Ich legte meine Arme in seinen Nacken und zog ihn zu mir heran. »Du machst mich ein bisschen fertig, auf die beste Art und Weise, weißt du das?«

»Ich bin mir keiner Schuld bewusst. Aber hey, was sollte ich auch sagen? Ich finde dich wunderschön. Punkt.«

»Okaaaay. Das fühlt sich … schön an. Und willst du vielleicht etwas dazu wissen?«

»Wenn du bereit dazu bist, ja.«

Ich nickte und er nahm meine Prothese in die Hand und betrachtete sie von allen Seiten. »Falls ich eine dumme Frage stelle, sag es mir sofort, ja?«

Ich nickte. »Okay, das mach ich.«

»Verrätst du mir, wie sie hält, also an deinem Fuß?«

»Wenn ich sie an das bisschen Fuß, das noch vorhanden ist, anziehe, entsteht ein Vakuum. Ich schlüpfe quasi wie in einen maßgefertigten, perfekt sitzenden Schuh. Das ist auch schon das ganze Geheimnis.«

»Verstehe.« Er betrachtete die Prothese erneut von allen Seiten. »Danke, du gutes Teil, dass du Ella das Leben so erleichterst.« Er beugte sich zu mir und küsste mich auf den Mund. »Und ich hoffe sehr, dass du verstehst, dass ich dich nicht durch diese Brille betrachte, durch die du dich ansiehst. Ella, du bist der Wahnsinn. Das ist die Brille, mit der ich dich sehe und die du auch öfter tragen solltest. Sie würde dir auch gut stehen, glaub mir.«

Sein Zwinkern beschleunigte wieder das Karussell, in dem mein Herz saß, und ein tiefes, erleichtertes Seufzen bahnte sich den Weg in die Freiheit.

Seine Hand strich sanft eine Haarsträhne aus meinem Gesicht und in dieser Geste lag so viel Liebe, dass ich von meinen Gefühlen überwältigt wurde.

»Leander?«

»Ja?«

»Ich ... ich weiß, es klingt vielleicht komisch für dich, aber ich hab *es* noch nie getan.«

»Okay?« Ein Lächeln umspielte seine Lippen und fragend blickte er mir in die Augen. Wartete ab.

Ich nickte und versuchte, die richtigen Worte zu finden und als er nichts sagte, sprach ich leise weiter.

»Ich war bisher nur mit diesem einen Kerl zusammen. Jack. Ich habe mich immer furchtbar geschämt vor ihm. Wegen meiner Prothese. Ich hatte kein Vertrauen. Nicht genug. Und dann hat er mich betrogen. Mit einer, die perfekt war. Und nicht so langweilig. So lauteten seine Worte. Deswegen. Mehr als rumgemacht haben wir nicht.«

»Ach Ella. Du musst dich nicht rechtfertigen.« Sein mitfühlendes Seufzen ließ mich erschaudern. »Der Typ war offensichtlich ein Idiot, wenn er dich scheiße behandelt hat.« Er blickte mich an und fuhr sanft mit den Fingern über meine Wange. »Du bist alles andere als langweilig. Du bist besonders.«

Ich seufzte tief. Seine Worte brachten die eisigen Lügen in meinen Gedanken zum Schmelzen.

»Ich hab es einfach zu spät gemerkt, dass er ein Idiot war. Wobei, wenn ich ehrlich bin, ich glaube, ich wollte es nur nicht wahrhaben. Und ich wollte die Anerkennung und endlich mal dazugehören. Ich dachte, es liegt an mir und ich wäre selbst schuld. Wenn ich nicht so langweilig gewesen wäre, dann … hätte er mich nicht betrogen oder so.«

»Ella.« Sanft fuhr er mit seinen Fingerspitzen über meine Lippen. »Es war ganz bestimmt nicht deine Schuld. Würde ich diesen Kerl treffen, würde ich ihm

heute noch die Meinung sagen. Das Arschloch war er. Er allein. Du hast keine Schuld daran, dass er dich so behandelt hat. Glaub mir, ich kenne mich aus mit Arschlöchern. Ich war lange genug selber eines.«

»Und jetzt? Was hat sich verändert?«

»Ich kann es dir gar nicht genau sagen.« Er zuckte mit den Schultern. »Ich glaube, ich hab jahrelang versucht, jemand anders zu sein. Diese Leere in mir zu füllen. Ich wollte mir selber beweisen, dass ich es drauf habe. Dieses toxische Männer-Ding. Keine Gefühle zeigen. Funktionieren. Tun, was von mir erwartet wird. Erfolgreich sein. Was auch immer. All der Bullshit. Ich dachte ernsthaft, dadurch Anerkennung zu bekommen.«

»Und es hat nicht funktioniert, denke ich.«

»Nicht wirklich.« Er schüttelte den Kopf und rieb sich mit der Hand die Stirn.

»Leander? Ich hab ein bisschen Angst … vielleicht.«

»Wovor?«

»Vielleicht vor mir selber. Mir einzugestehen, dass ich das will.« Ich stockte verlegen. »Dich will. Davor, dass ich das Glück herausfordere. Angst, enttäuscht zu werden.«

»Hmmm … verstehe. Da sind wir schon zu zweit.« Ein leises Lachen entfuhr ihm. »Ich fürchte nur, wir können das Glück nicht festhalten. Nicht erzwingen. Nur inhalieren, glaube ich. So Momente wie diese. Einfach nur genießen. Und ich bin nicht Jack. Ich bin

Leander und ich … ich hab komplett mein Herz an dich verloren. Ich kenn das so nicht von mir. Vor dir war … jede Beziehung … Sex … mein ganzes Leben. Alles nur oberflächlich. Hektisch und schnell. Kaum angefangen – vorbei. Nichts machte Sinn. Mit dir ist alles ganz anders. Ich habe endlich das Gefühl, durchatmen zu können. Mich nicht ständig beweisen zu müssen. Verstehst du? Du bist so … so gut und so ehrlich. Mit dir will ich zum ersten Mal, dass die Welt aufhört, sich zu drehen. Mit dir an meiner Seite hab ich das Gefühl, dass alles möglich ist und ich ich selbst sein kann.«

Ich badete in der Wärme seiner Worte.

Er schaute mich an, mit diesem Blick voller Sehnsucht und Verständnis und dann brachen alle Dämme in mir. Ich ließ los. Ließ alles los.

Leander küsste mich zuerst sanft und vorsichtig. Er teilte meine Lippen mit seiner Zunge. In mir schrumpfte jegliche Angst auf die Größe eines Sandkorns, einfach weil, ja weil es sich so unfassbar gut anfühlte. Dann mit einer Intensität, dass mir fast die Luft zum Atmen wegblieb, und dann es gab nur noch diesen Moment in unserem Universum. Nur ihn und mich und nichts anderes mehr.

Es war, als würde die Welt plötzlich zum Stehen kommen und sich gleichzeitig schwindelerregend schnell drehen. Alles unendlich und ich erfüllt mit dieser unbändigen Sehnsucht.

Die Angst verschwand und es gab nur noch ihn und mich. Küsse und seine Hände überall. Lust und Erregung und Haut an Haut, während er mit seinen Lippen und Händen meinen Körper erkundete.

Ich wollte ihn ganz nah bei mir spüren. Nah, näher, am nächsten. Alles war gut und weich und warm, voller Kribbeln und Erregung und wir verschmolzen auf einer Welle der Lust zu einem Körper. Einer Welle, die uns den Atem nahm. Einer Welle, die uns in einen Ozean mitriss, der unendlich war. Gefühle, die uns komplett überwältigten. Uns an einen Ort spülten, an welchem wir uns beide zuvor noch nie auf diese Art befunden hatten.

Dieser Augenblick, als wir nacheinander den Gipfel der Welle erreichten, war wie ein Feuerwerk, das den ganzen Körper explodieren ließ, und trug uns fort. Ich wollte, dass es niemals endete. Ich wollte ihn immer so spüren. Unser Atem im Gleichklang. Unsere Herzen im selben Rhythmus. Dieser Moment, pure Magie. Wir waren uferlos.

Mein Kopf lag auf seinem Oberkörper und ich atmete schwer. Noch erfüllt von diesem Rausch, der uns fortgetragen hatte.

»Ich kann nicht fassen, wie gut das war«, flüsterte er heiser in mein Ohr.

Mein Kopf auf seiner Brust, ich hörte und fühlte seinen Herzschlag. Meine Beine verflochten mit seinen. Mein Atem vermischt mit seinem.

»Ich auch nicht«, war alles, was ich erwidern konnte.

Er küsste mich sanft auf meine Stirn und zog mich an sich. Seine Nasenspitze berührte meine, als er leise meinen Namen sagte. »Ella?«

»Hmmm?«

»Ich glaube, ich liebe dich. Alles an dir.«

Seine Worte fielen watteweich in mein Herz, wärmten meine Seele wie Sonnenstrahlen.

»Ich glaube, ich liebe dich auch«, flüsterte ich.

»Und ich kann nicht glauben, wie gut das war«, murmelte ich grinsend an seinem Hals. »Das war einfach nur ... puh, ich hab keine Worte dafür.«

Er lachte leise auf und ich ahnte, dass er dasselbe empfand.

»Du hattest Kondome dabei«, sagte ich und versuchte, möglichst beiläufig zu klingen, blickte ihn dabei lächelnd an.

»Das klingt eher wie eine Frage, nicht wie eine Aussage.«

»Du hast gewusst, dass *es* passiert?«

»Sagen wir es so, ich habe es gehofft.« Sein Lächeln war so schön, als er mich ansah.

Noch nie zuvor hatte ich so empfunden. Noch nie jemanden so sehr gewollt. Noch nie hatte ich so sehr losgelassen und auch nie jemanden so nah an mich herangelassen.

19

Leander

Ich wurde früh am nächsten Morgen wach, als Ella noch tief und fest schlief. Unsere erste Nacht war unglaublich gewesen und stellte alles in den Schatten, was ich dachte, bisher über Sex gewusst zu haben. Dass es eine Sache war, mit jemandem Sex zu haben. Aber eine andere, sein Herz dabei zu öffnen. Sodass nicht nur unsere Körper, sondern auch unsere Seelen verschmolzen.

Das mit Ella war unübertroffen. Ich hatte keine Worte dafür. Es war bedeutsamer als alles zuvor.

Es war offiziell, ich hatte mein Herz verloren und würde nie wieder derselbe sein.

Ich schälte mich aus meinem Schlafsack, während Ella leise stöhnte und sich zur Seite drehte. Einige Zeit schaute ich sie gedankenverloren an. Wie schön sie war. Die langen dunklen Wimpern, die leicht geschwungene, schmale Nase und ihr dunkelbraunes gewelltes Haar, das auf ihrem Kissen aufgefächert dalag.

Ben hatte ich das Versprechen abgenommen, uns morgens mit Kaffee und frischen Brötchen zu beliefern. Leise öffnete ich den Zelteingang, die Sonne blendete. Ich kniff die Augen zusammen und blickte mich um. Ben hatte mich nicht im Stich gelassen. Zwischen den hohen Gräsern stand eine große Tasche gefüllt mit Croissants, Franzbrötchen und Kaffee.

Als ich alles ausgebreitet hatte, kroch ich zu Ella ins Zelt und küsste vorsichtig ihre Wange.

Verschlafen räkelte sie sich unter ihrer Decke, schlug ihre Augen auf und blickte mich leicht verwundert an.

»Noch müde?«, flüsterte ich lächelnd.

»Ein bisschen.« Sie setzte sich langsam auf, streckte sich nochmal und versuchte, ihre wirren Haare zu ordnen, was ihr nicht ganz gelang. »Wie kann es sein, dass du schon so wach aussiehst und ich bin hier noch total zerknittert?«

»Ich musste schließlich unser Frühstück vorbereiten.«

»O Gott, echt jetzt? Frühstück? Langsam wirst du mir unheimlich. Bist du vielleicht gar nicht echt? An was hast du bitte nicht gedacht?«

»Keine Ahnung. Mir fällt nichts ein …«, schmunzelte ich. »Darf ich dich also bitten, mit mir rauszukommen? Die ersten Spaziergänger sind zwar auch schon unterwegs, aber es hat sich bisher keiner beschwert. Eher wurde ich schon gefragt, ob es hier Frühstück to-go gibt.«

Sie lächelte.

Wir saßen auf der Decke, die Sonne gab ihr Bestes und die Kulisse hätte nicht schöner sein können. Immer wieder passierten Jogger und Spaziergänger und grinsten uns wissend an.

Ella kaute genüsslich an einem Franzbrötchen, eine dampfende Tasse Kaffee zwischen ihre Beine gestellt.

»Sag mir nur eins«, sagte sie kauend. »Woher wusstest du, dass ich für Franzbrötchen sterbe?«

»Jeder stirbt für Franzbrötchen, oder? Glaube ich zumindest.«

Sie blickte in meine Richtung, nickte, beugte sich zu mir und küsste mich.

»Franzbrötchen sind für mich ein Stück Kindheit. Deswegen liebe ich sie so«, erklärte sie. »Schon allein der Duft von Zimt fühlt sich nach Zuhause an, finde ich.«

Während wir gemütlich kauend auf der Decke saßen, näherte sich die Silhouette eines großen Mannes, dessen Gang mir sehr bekannt vorkam. Als er näher kam, erkannte ich meinen Bruder.

»Ben? Was machst du denn hier?«

»Auch schön, dich zu sehen, Bruder.« Er zog eine Augenbraue hoch. »Ich dachte, ich komme mal vorbei, um beim Aufräumen zu helfen und außerdem wollte ich mal sehen, mit wem mein Bruder sich so die Nacht um die Ohren schlägt.«

Er wackelte mit den Brauen und grinste breit.

Ich sah zu Ella, deren Gesichtsfarbe ein leichtes Rot annahm.

»Hey! Ich bin Ben. Leanders Bruder.« Er streckte ihr die Faust entgegen und Ella stieß mit ihrer dagegen.

»Hey, ich bin Ella. Schön, dich kennenzulernen, Ben.«

Ben grinste uns abwechselnd an. »Weswegen ich auch hier bin, Leute. Ich wollte euch einladen. Ich geb 'ne Party. Man wird ja nicht ständig dreiundzwanzig, oder? Du bist natürlich auch herzlich eingeladen, Ella. Ich würde mich freuen. Den Ort geb ich Leander noch durch.«

»Okay. Danke für die Einladung«, erwiderte Ella und nickte.

»Ich lade dann mal ein paar Sachen in mein Auto und dann seid ihr wieder ungestört. War schön, dich kennenzulernen, Ella.«

Ben strahlte uns an, schnappte sich ein paar Sachen, die er unter seine Arme klemmte, und marschierte davon.

»Wir sehen uns auf der Party«, rief er über seine Schulter.

»Das war Ben.« Ich schüttelte lachend den Kopf.

»Sieht ganz danach aus«, erwiderte sie und grinste.

20

Ella

Ein paar Tage später waren wir unterwegs zu Bens Geburtstagsparty, die in einem angesagten Club in Hamburg stattfinden sollte.

Mein Tag heute war bisher beschissen gelaufen. Es gab Tage im Café, an denen nichts lief, wie es sollte. Die man am liebsten aus dem Kalender streichen wollte. Anstrengende Gäste, denen es nicht schnell genug gehen konnte. Ein erneut verstopfter Abfluss und eine defekte Spülmaschine. Eine falsche Kaffeelieferung mit zahlreichen Packungen entkoffeinierter Bohnen, die ich nicht bestellt hatte. Und zur Krönung eine Kundin, die sich beschwerte, dass ihr Stammplatz besetzt wäre.

Alles in allem war meine Frustrationstoleranz an diesem Tag ziemlich ausgereizt und ich alles andere als in Partylaune. Generell war ich überhaupt wenig in Stimmung für eine Party. Partys waren nicht meine Welt. Dieses wilde Herumgezapple auf der Tanzfläche, die vielen lauten, alkoholisierten Menschen. Diese Enge und Lautstärke waren etwas, was mich schnell überforderte.

Vielleicht hatte ich auch diese *eine* Party vor Jahren nie verarbeitet. Oder es war eine Mischung aus mehreren Faktoren. Amy hatte angekündigt, später nachkommen zu wollen. Es erleichterte mir die Vorstellung, einen Abend in der Welt der Partygänger besser zu überstehen. Als beste Freundin der Freundin des Bruders hätte sie das Recht dazu, zu Bens Geburtstag zu erscheinen, so ihre Erklärung. Typisch Amy eben. Sie brauchte keine Einladung. Sie war eine Rampensau und nahm sich, was sie wollte. Dazu gehörten auch Einladungen, wenn es sein musste. Und es musste sein. Das hatte sie mir lang und breit erklärt.

Sie würde vor Ben mit ihren großen Augen klimpern. Einmal unauffällig lässig durch ihre rote Lockenmähne fahren und Zack, würde er anbeißen. Sie würde sich auf die Tanzfläche stürzen und tanzen, als gäbe es kein Morgen. Ich kannte Amy lange genug.

Und dann gab es mich. Den Partymuffel schlechthin. Die, die man zur Tanzfläche tragen musste. Es war nicht so, dass ich nicht gerne tanzte. Oder es nicht konnte. Aber nicht unter Beobachtung. Lieber war ich dabei allein in meiner Wohnung. Unbeachtet. Mit Musik, die ich mochte. Doch heute gab es keine Ausreden. Ich hatte es Leander versprochen. Und Ben. Und weiß

Gott, ich war zu gut erzogen, um mir eine Ausrede einfallen zu lassen, die nicht der Wahrheit entsprach. Augen zu und durch.

Ich würde etwas trinken. Nach spätestens zwei Drinks würde ich lockerer werden und dann würde es schon gehen.

Wow, Ella, du bist die Partyqueen schlechthin.

Dämlich nervös grinste ich in mich hinein.

»Was ist so lustig?« Leander saß am Steuer und schaute mich fragend an.

»Nichts Bestimmtes. Ich bin ein bisschen aufgeregt. Sehr aufgeregt.« Ich lächelte schief. »Und nicht gerade dafür bekannt, ein Partykracher zu sein«, erklärte ich weiter. »Mein Tag war mies und … ich wäre gerade lieber mit dir allein, wenn ich ehrlich bin.«

»Verstehe. Vielleicht hilft es dir, wenn ich dir sage, dass du ziemlich heiß aussiehst?« Verwegen zog er seine Augenbrauen nach oben und schenkte mir ein strahlendes Lächeln, welches mein Herz in Schwebezustand versetzte.

Ich hatte mich wirklich ins Zeug gelegt heute. War lange vor dem Spiegel gesessen, um mein Make-up aufzutragen. Hatte mich tausendmal umgezogen und dann doch mein kleines Schwarzes aus dem Schrank gekramt. Aber wie immer meine flachen Schuhe angezogen, weil ich mich darin sicherer fühlte. Denn wenn ich mich schon in unsicheres Terrain begab, wollte ich wenigstens in meinen Schuhen Halt spüren.

»Okay. Ich bin Ella.« Ich atmete tief durch. »Ich bin zwar ein Partymuffel, aber hey, ich sehe heiß aus. Ungefähr so?«

»Genau so!« Er lachte verschmitzt und strahlte mich an.

»Ich hoffe, es hilft«, murmelte ich und unterdrückte ein Seufzen.

Flüchtig warf ich einen Blick in den Spiegel der Sonnenblende und zupfte am Saum meines Kleides herum.

»Wir sind da.« Leander nahm meine Hand und drückte sie leicht. Dann parkte er den Wagen und wir blickten auf ein größeres Gebäude, an dem in leuchtenden Buchstaben der Name des Clubs weit erkennbar strahlte. Wummernde Bässe drangen nach außen. »Bist du bereit?«

In seiner Stimme lag so viel Wärme, die es mir erleichterte, aus meiner Komfortzone herauszutreten und diesen Abend zu bestreiten.

Ich nickte und stieg aus dem Wagen. Atmete tief durch, straffte meine Schultern und streckte meinen Rücken durch. Dann hakte ich mich bei Leander unter und wir betraten den Club.

Als wir in das schummrige Licht eintauchten, nachdem wir dem Türsteher unsere Einladung von Ben unter die Nase gehalten hatten, war ich kurz erschlagen angesichts der vielen Eindrücke, die auf mich einströmten. An der langen Bar standen zahlreiche Menschen, die sich angeregt, zum Teil im Takt wippend, mit ihren

Drinks in der Hand unterhielten. Die hellen Lichter, die von der Decke zuckten, ließen mich irritiert die Augen zusammenkneifen.

Himmel, ich musste echt lockerer werden, wenn ich den Abend gut überstehen wollte.

»Willst du was trinken?«, rief Leander lautstark gegen die Musik an. Trinken war das richtige Stichwort. Ich brauchte die lockermachende Wirkung von Alkohol, falls ich hier und heute nicht stocksteif wie ein Besen auf der Tanzfläche stehen wollte.

Ich nickte ihm zu und wir steuerten die Bar an.

»Magst du einen bestimmten Drink?« Er schaute mich fragend an.

Ich zuckte mit den Schultern. Hauptsache Alkohol, dachte ich und war genervt von mir selbst, dass ich nicht ohne Promille im Blut locker sein konnte. Zumindest nicht hier.

»Keine Ahnung«, meinte ich überfordert. »Such du mir etwas aus.«

»Zwei Mojito«, sagte Leander in Richtung Bar. Der Barkeeper legte los und schob uns nach kurzer Zeit lässig die Drinks über den Tresen.

»Rechnung geht auf den Gastgeber«, erklärte er schief grinsend und Leander streckte mir meinen Drink entgegen. »Kling« machte es, als unsere Gläser zusammenstießen. Ich nahm einen kräftigen Schluck und trank mir Mut an.

»Hey! Da seid ihr ja!« Ben fiel uns von hinten auf die Schultern, jeweils einen Arm auf meine und Leanders gelegt, in einer Hand einen Drink haltend. Alkohol schwappte über den Glasrand und tropfte auf den Boden. Er wirkte, als hätte er schon reichlich davon intus. »Habt ihr Spaß, Leute?«

Seine Alkoholfahne wehte mir in die Nase. Er hob seinen Drink, prostete uns zu und verschwand, ohne unsere Antwort abzuwarten, wieder zwischen den zuckenden Lichtern und tanzenden Menschen, um neue Gäste zu begrüßen.

»Typisch mein Bruder.« Leander schüttelte den Kopf und begann, sich leicht im Rhythmus zu bewegen. »Willst du tanzen?«, fragte er nah an meinem Ohr und ich musste kichern, weil es kitzelte.

Ehe ich antworten konnte, zog er mich zur Tanzfläche und ich versuchte, mich locker zu machen, was mir mehr oder weniger gelang.

Kopf aus, Ella, Kopf aus. Einfach nur bewegen, versuchte ich mir in Gedanken Mut zu machen. Bis mich eine Person von hinten überfiel und auf die Wange küsste. Ich erkannte sie sofort an ihrem blumigen Duft. »Amy! Ich bin so froh, dass du da bist.«

Noch nie war ich dankbarer, sie zu sehen.

Sie streckte mir einen weiteren Drink entgegen und prostete mir mit ihrem zu. »Hey, ihr beiden Lovebirds. Leander, wie ich sehe, hast du gute Arbeit geleistet, wenn du es geschafft hast, Ella auf die Tanzfläche zu bewegen.« Sie blies sich eine Locke aus dem Gesicht und grinste frech zwischen ihren wilden Haaren hervor.

»Sehr witzig.« Ich gab Amy einen leichten Seitenhieb. »Wie bist du überhaupt ohne Einladung hier reingekommen?«

»Frau hat da so ihre Tricks«, war alles, was sie mit einem Augenzwinkern kommentierte. Dann wandte sie sich Leander zu: »Später musst du mir unbedingt noch deinen Bruder vorstellen, okay?«

»Falls wir den heute nochmal zu Gesicht bekommen, gern.«

Nach dem zweiten Drink wurde ich allmählich lockerer.

Leander stand an der Bar und unterhielt sich mit Leuten, die ich nicht kannte. Amy hatte mich überredet, auf der Tanzfläche zu bleiben.

»Komm schon, Baby!«, feuerte sie mich an und warf ihre Arme in die Luft, als würde sie um ihr Leben tanzen.

Wie gerne wäre ich wie sie. Ich versuchte, meinen Kopf auszuschalten und mein Rhythmusgefühl an. Dank der steigenden Promille, die ich intus hatte, gelang mir das immer besser.

Amy war in ihrem Element. Ohne Scham bewegte sie sich zur Musik. Der Spaß, den sie hatte, fing ganz langsam an, sich auf mich zu übertragen. So war es immer gewesen, so würde es wohl immer sein. Sie, die Mutige, ich, die Vorsichtige. Sie, die Rampensau, ich die, die nicht gerne im Mittelpunkt stand. Sie, die Draufgängerin, ich die, die tausendmal abwägte. Egal. Heute Abend war es egal. Ich fühlte den Beat und wurde dank des Alkohols immer lockerer. Dachte nicht mehr nach, sondern tanzte. Wurde Teil der Musik. Ließ mich treiben in der wild zappelnden Menge. Und tatsächlich, keiner beobachtete mich. Die Tanzfläche war voll von Menschen, die alle das gleiche Ziel hatten. Für einen Moment alles zu vergessen. Es war egal, wie ich dabei aussah. Egal, wie ich mich bewegte. Zumindest für diesen Augenblick.

Irgendwann kam Leander mit Ben von der Bar zurück und Amy war sofort am Start, ihn anzutanzen.

»So viel zum Thema vorstellen«, grinste ich Amy an und sie verdrehte gespielt genervt die Augen.

Wir tanzten zu mehreren Songs, bis wir verschwitzt und kaputt waren. Glücklich umarmte ich Amy, die darauf mit Ben im Getümmel verschwand.

Leander schob mich von der Tanzfläche zur Lounge. Dort standen ein paar gemütliche Sessel, die zum Abhängen einluden. »Ich hole uns was zu trinken, ja?«, erklärte er und bewegte sich in Richtung Bar.

Ich lehnte mich glücklich zurück, während ich die Menge beim Feiern beobachtete. Der Duft der Nebelmaschine vermischt mit Schweiß und Parfum, gepaart

mit Alkohol hing in der Luft. Ich atmete tief durch und streckte meine müden Beine von mir.

Leander kam mit zwei Drinks zurück, die er auf dem Tisch vor uns abstellte, um sich dann dicht neben mich zu setzen.

»Ich wäre jetzt viel lieber mit dir allein«, raunte er mir heiser ins Ohr und fing an, leichte Küsse auf meinem Hals zu verteilen.

Augenblicklich überzog eine Gänsehaut meinen ganzen Körper. Bis ich *sie* sah und mein Herz mit einem heftigen Schlag aus dem Takt geriet. Sie war in ein Gespräch vertieft und ihre Bewegungen wirkten so sehr in Szene gesetzt wie damals. Ich erkannte sie an der Art, wie sie lachte. Dieses affektierte Lachen, das mich vor Jahren verhöhnt hatte und dessen Klang ich nie vergessen würde.

Alles in mir zog sich zusammen. Das durfte jetzt nicht wahr sein! Nicht sie. Nicht hier.

Während sie sich mit einem Typen unterhielt, den sie offensichtlich anflirtete, den Kopf in den Nacken warf, ihr Haar lasziv mit der einen Hand nach hinten strich, streifte auch kurz ihr Blick umher, als würde sie ihre Umgebung scannen. Und dann blieben ihre Augen für einen Moment an Leander haften, der sie jedoch nicht wahrzunehmen schien. Als ihr Blick mich taxierte, konnte ich eine Abneigung darin lesen, die mich erstarren ließ.

Ein kalter Schauder lief meinen Rücken hinab und hinterließ ein verdammt unangenehmes Gefühl. Warum fühlte ich mich plötzlich so hilflos und klein?

»Geht's dir gut?«, fragte Leander nah an meinem Ohr, doch mein »Ja«, das nur brüchig über meine Lippen kam, war weder ehrlich noch überzeugend.

Ich spürte, wie sich alles in mir verkrampfte. Zu schwer war die Last der Erinnerung, die auf mich einstürzte. Wie tief saß diese Wunde und wie naiv war meine Annahme gewesen, sie einfach verdrängen zu können?

Meine zitternden Hände schob ich unter meine Unterschenkel. Mein tobendes Herz war im Fluchtmodus und schrie laut: Alarm!

Nichts war mehr gut und mein Ja eine glatte Lüge.

Leanders fragender Blick suchte in meinem Gesicht nach der wahren Antwort. Da hörte ich auch schon ihre Stimme, die ich in hundert kalten Wintern nicht mehr vergessen würde. Zu viele Lügen und Gehässigkeiten hatte sie vor Jahren in meine Seele gepflanzt.

»Winterfeldt, Winterfeldt, du alter Draufgänger. Hast dich ja schnell über mich hinweggetröstet, wie ich sehe?« Ihr penetrant süßes Parfum hing in der Luft und als ich sie anblickte, wich alles Blut aus meinem Kopf und sackte in meine Füße.

Was hatte sie da gerade gesagt?

»Willst du mich nicht vorstellen? Oder hat es dir

etwa die Sprache verschlagen? Wo sind deine Manieren geblieben?«

Leander räusperte sich, doch sie plapperte unbeirrt weiter.

»Wobei, wir scheinen uns ja schon zu kennen, wie ich sehe. Hallo Ella.« Sie streckte mir förmlich die perfekt manikürte Hand entgegen. Makellose Fingernägel in weinrot, langes glattes Haar. Sie trug ein kurzes Kleid, das ihre natürlich ebenfalls perfekten Beine betonte. Nichts an ihr schien zufällig. Sie wirkte wie inszeniert und war wunderschön. Natürlich. Wie sollte es auch anders sein? Sie war schon immer perfekt gewesen. Äußerlich.

Das Gefühl, dass die Luft im Raum dünner wurde, erschien übermächtig und ich zwang mich, ruhig zu atmen.

»Romy, kannst du mir mal erklären, was genau das hier werden soll?« Leanders Tonfall wurde leicht ärgerlich.

»Erklären? Dass ich nicht lache. Vielleicht erklärst du mir mal, was das hier soll?«, fiel sie ihm ins Wort und schnaubte laut. Ihr abschätziger Blick, mit dem sie mich von oben bis unten scannte, ließ deutlich erkennen, was sie über mich dachte. Ich rutschte immer tiefer in meinen Sessel.

Warum verdammt nochmal stand ich nicht einfach auf? Ich hätte auf die Toilette flüchten können. Egal wohin. Nur weg von ihr. Doch meine Beine weigerten sich.

»Dass du so feige bist, mit mir per iMessage Schluss zu machen, ist die eine Sache …« Sie legte eine dramatische Pause ein und bohrte ihren spitzen, manikürten Zeigefinger in Leanders Brustkorb, der ihre Hand verärgert wegschob. Ich merkte, wie mir das Blut in den Ohren rauschte, als sie sich an mich wandte. »Aber dass *du* dich in unsere Beziehung drängst, sorry, das geht gar nicht. Wobei, du siehst toll aus, scheinbar weißt du jetzt auch, wie man Make-up benutzt. Ich hätte dich fast nicht erkannt. Wundert mich wirklich, dass sie jetzt der Typ Frau ist, auf den du stehst.« Den letzten Satz sagte sie an Leander gewandt.

Krawumm. Ihre Worte trafen mich erbarmungslos mitten in mein Herz, das sich daraufhin schmerzend zusammenzog, wie eine pochende Wunde. Ich versuchte, ruhig zu atmen und all die Emotionen, die diese Begegnung und ihre Worte in mir auslösten, zu beruhigen.

In mir formte sich eine Menge Wut über ihre Unverschämtheiten, die sich in dem bisschen Mut, den ich in mir finden konnte, entlud und plötzlich hörte ich mich sagen: »Das ist jetzt *nicht* dein Ernst, Romy? Was. Soll. Das?«

»Dasselbe könnte ich dich auch fragen. Ich wünschte, ich könnte auch so abgebrüht sein wie du und anderen den Typen ausspannen, ohne schlechtes Gewissen. Trägst du eigentlich immer noch deinen Roboterfuß?«

Was verdammt nochmal war falsch mit dieser Person? Was versuchte sie, mir zu unterstellen?

Ich schüttelte nur meinen Kopf. Ihre Beleidigungen schwappten wie Wellen über mir zusammen und ihre abfällige Art riss nur weitere alte Wunden auf. Ich versuchte, nach außen die Fassung zu wahren, denn ich wollte ihr nicht zeigen, wie sehr mich die Begegnung mit ihr aufwühlte.

Wie hässlich konnte ein Mensch in seinem Inneren sein, um sich so schäbig zu verhalten?

Die vorgetäuschte Fassung hatte fluchtartig ihre Koffer gepackt und mich allein hier meinem Schicksal überlassen, während mir das Blut in die Füße sackte. Ich versuchte Leander ein Zeichen zu geben, dass ich gehen wollte, doch der schien all meine Blicke nicht zu verstehen. Ich hatte das Gefühl, der Boden unter mir würde sich auftun. Jegliche Farbe wich aus meinem Gesicht.

Plötzlich war ich wieder siebzehn und eine Lawine aus schmerzenden Erinnerungen rollte über mich hinweg und riss mich hart in die Vergangenheit zurück. Niemals hätte ich mit Leander etwas angefangen, hätte ich gewusst, dass Romy, aka Klischee-Barbie, Leanders Exfreundin war. Oder war sie etwa noch seine Freundin und er hatte mir nur etwas vorgemacht? Was hatten ihre Anspielungen zu bedeuten? Und ich wäre ebenso niemals auf diese Party gegangen, hätte ich geahnt, sie dort anzutreffen.

Atme, Ella. Atme.

Mir wurde schwindelig. Mein Blick suchte Leanders und ich hoffte, er würde etwas zur Erklärung sagen. Verdammt nochmal irgendetwas, das die Situation entspannte.

»Ihr kennt euch?«, war alles, was er von sich gab.

War das sein Ernst? Drei nichtssagenden Worte in einer Situation, in welcher es doch so wichtig gewesen wäre, Stellung zu beziehen?

In mir begann sich alles zu drehen. Meine Gedanken und Gefühle – ich war ein Ozean voller aufgewühlter Emotionen. Und plötzlich kroch dieser bittere Geschmack der Scham meinen Hals hinauf, so als wäre er nie weg gewesen. Er warf sich wie ein trotziges Kind vor dem Süßigkeitenregal zu Boden und buhlte um Aufmerksamkeit.

Du bist es nicht wert, dass man sich zu dir stellt. So war das schon immer. Du wirst immer nur die zweite Wahl sein. Du bist nicht genug. Noch immer nicht genug.

Ich hatte verloren, als ich begann, diesen Lügen zuzuhören. Mir wurde schlecht. Vom Alkohol. Der Luft. Den ekligen, fiesen Erinnerungen, die in meiner Seele brannten. Eine schreckliche Mischung aus allem.

»Echt, Romy, was soll das?« Leanders Stimme drang nur noch gedämpft an mein Ohr.

Ich suchte nach Worten, um mich zu verteidigen. Worte, die ich ihren entgegenschleudern könnte, doch jede Zelle meines Körpers schien wie erstarrt und

meine Sprachfähigkeit für einen viel zu langen Moment außer Kraft gesetzt. Unbeweglich wie ein Betonklotz saß ich da, unfähig mich zu bewegen und doch so tief getroffen, dass ich mir wünschte, der verdammte Boden würde sich auftun und mich verschlingen.

Von einer Sekunde auf die andere fühlte sich alles falsch an und ich mich so fehl am Platz. Warum verdammt sagte Leander nichts, um mich zu verteidigen? Hatte er mir nicht genau das versprochen, dass er den Personen, die mich verletzt hatten, die Meinung sagen würde? Und jetzt kam von seiner Seite ... nichts. Ein Nichts so schmerzend leer und kalt, dass ich glaubte, nicht mehr atmen zu können.

Ich kratzte den letzten Funken Verstand zusammen, der sich noch in meinem Kopf befand. Mein Autopilot startete. Und dann tat ich das, was ich immer schon getan hatte in solchen Situationen. Ich trat die Flucht an. Ich wollte Romy dieses Mal nicht gewinnen lassen. Aber zu mehr war ich nicht in der Lage. Das war alles, was ich im Moment an Stärke in mir finden konnte. Ich würde hier verschwinden. Sofort.

Tränen brannten hinter meinen Augen. Der Kloß in meinem Hals schnürte mir die Luft ab. Auf einmal war alles zu laut, zu eng, zu hell, zu stickig. Zu viel von alledem. Mir war plötzlich so übel. Ich musste hier raus. Ganz schnell.

Ohne ein Wort stand ich auf, drehte mich auf dem

Absatz um und bewegte mich, ohne nachzudenken, in Richtung Ausgang. Während ich mich durch die Menge kämpfte, rempelte ich mehrere Leute an, die genervt hinter mir herriefen, doch ich war unfähig, Rücksicht zu nehmen. Nicht jetzt. Alles, was ich noch hörte, war Romys: »Was hat sie denn plötzlich?«, welches mich auf dem Weg zum Ausgang verfolgte. Und ich nahm vage Leanders Stimme wahr, die »Ella« rief. Doch ich konnte nicht stehenbleiben. Nicht jetzt.

Dann stolperte ich hinaus in die Dunkelheit und übergab mich am Straßenrand. Benebelt stieg ich in das nächstbeste Taxi, welches vorfuhr. Tränen brannten in meinen Augen und ich schluchzte.

»Alles in Ordnung?«, fragte der Fahrer irritiert und reichte mir ein Taschentuch nach hinten.

»Ja, nein … Ach, egal«, stammelte ich, ließ mich erschöpft in den Sitz sinken, nannte ihm meine Adresse und war froh, als ich zu Hause ankam.

Als ich endlich die Tür aufschloss, fiel alles von mir ab und ich sank weinend auf mein Bett. Es war, als hätte jemand eine Schleuse geöffnet. Ich wurde von einem heftigen Weinkrampf geschüttelt und konnte nicht mehr aufhören.

Keine Ahnung wie lange ich auf meinem Bett kauerte, bis es an meiner Tür klingelte. Ich wischte mir die Tränen aus den Augen und blickte auf die Uhr. Es war nach drei, mitten in der Nacht.

Als ich zur Tür torkelte und an die Sprechanlage ging, erklang Amys Stimme. »Kann ich zu dir hoch kommen?«

Das Geräusch des automatischen Türöffners surrte durchs stille Treppenhaus. Ich lehnte meine Haustür an und ließ mich wieder auf mein Bett fallen. Amy legte sich zu mir und hielt mich fest, ohne ein Wort zu sagen, während ich alle Tränen weinte, die ich in mir hatte.

Ich hatte das Gefühl, nie wieder damit aufhören zu können. Sie fuhr mir durch die Haare und küsste mich auf meine Stirn. So lagen wir eine Weile, bis ich gefühlt keine Tränen mehr hatte. Ich fühlte mich unendlich leer.

»Was ist passiert?«, flüsterte sie leise in die Stille. »Willst du reden?«

Ich schüttelte den Kopf und eine Weile später fiel ich in ihren Armen in einen unruhigen Schlaf. Träumte von tanzenden Menschen, die einen Kreis um mich bildeten. Ein Spotlight auf mich gerichtet. Sie feuerten mich zum Tanzen an, doch ich stand stocksteif auf der Tanzfläche, bis Romy aus der Menge trat und sie dazu anstiftete, mich auszubuhen. Neben ihr Leander, der einfach nur dastand und mit den Schultern zuckte.

Die Szene wechselte und ich war wieder siebzehn. Sah mich den Schulflur entlang laufen. Einen Ordner fest an meine Brust gedrückt, immer mit gesenktem Kopf, immer in Angst vor neuen Mobbingattacken.

Auf einmal Schritte und Stimmen. Ich wagte es nicht, mich umzudrehen, als mir plötzlich jemand von hinten den gesunden Fuß wegzog und ich fiel.

Als ich hochschreckte, klebte mir mein Shirt am Körper und ich schnappte nach Luft. Neben mir saß Amy mit besorgtem Blick in meinem Bett. Sie streckte mir eine Tasse Kaffee entgegen. »Du hast geträumt, Ella.«

Tief seufzend versuchte ich die Panik, die mich überfallen hatte, wieder abzuschütteln.

»Atme tief durch«, hörte ich wie durch Nebel Amys Stimme, die versuchte, mich zu beruhigen. Ganz langsam kam ich wieder in der Realität an, die wie eine Mauer vor mir stand, und ich lief mit voller Wucht dagegen.

Amy streckte mir eine Tüte mit Franzbrötchen vor die Nase, doch allein der Gedanke an etwas Essbares ließ meinen Magen rebellieren. Ich schob sie mit der Hand weit von mir und nippte an dem heißen Kaffee, während die Erinnerungen an gestern Abend wie schwere Steine grausam über mir zusammenstürzten und mich darunter begruben.

Ich zog die Bettdecke in Höhe meines Halses und versuchte, die Bilder aus meinem Kopf zu drängen.

»Was ist gestern passiert? Du hast so happy gewirkt, als wir getanzt haben. Als ich dich später gesucht habe, warst du weg. Alles, was ich mühsam aus Leander herausbekommen habe, war, dass du abgehauen bist. Der wirkte, als stünde er total neben sich.«

»Abgehauen? So hat er das also genannt? Alles, was ich gestern wollte, war Spaß zu haben. Wenn das das verdammte Resultat davon ist, hasse ich es, es überhaupt probiert zu haben. Gib mir eine Katastrophe und ich spaziere mit Vollgas hinein.«

»Wenn du mir jetzt noch sagst, was genau passiert ist, kann ich dir bestenfalls auch folgen.« Amy blickte mich ratlos an und ich brach erneut in Tränen aus. Sie zog mich in ihre Arme und küsste meine Haare.

»Erinnerst du dich noch an Klischee-Barbie?«, wisperte ich.

»O Gott, Romy? Wie könnte ich sie vergessen, diese Kuh. Warum?«

»Sie ist Leanders Freundin. Oder seine Ex? Ehrlich gesagt, ich weiß es nicht mal genau.«

»Was? Wie? Halt, stopp! Ich komme nicht klar. Leander hatte oder hat was mit Klischee-Barbie am Laufen? O mein Gott, wie schräg ist das denn bitte?« Amy raufte sich die Haare.

»Die eine Sache ist, dass Leander was mit ihr hatte. Oder hat? Ich hab keinen Plan. Die andere Sache ist, dass sie mich kleingemacht hat, wie damals, nur auf viel subtilere Art und Weise. Und ich war so … Ich … ich saß da wie versteinert und habe mich viel zu sehr von ihr einschüchtern lassen. Ich war wie überrollt von den Erinnerungen. Ich hätte ihr viel mehr die Stirn bieten müssen, als ich es getan habe, aber ich konnte es nicht besser. Ich war so … betäubt, überfahren von der ganzen Situation. Was. bitte. läuft. falsch. bei. mir?«

»Und Leander?« Sie sagte es nur flüsternd, so als hätte sie Angst vor meiner Antwort.

»Er hat nicht viel gesagt. Außer ein: ›Ihr kennt euch?‹ Und ein: ›Romy, was soll das?‹ Sonst nichts. Verstehst du? NICHTS. Was um alles in der Welt mach ich falsch? Warum vertraue ich schon wieder dem falschen Kerl? Ich versteh einfach gar nichts mehr.«

Amy zog mich noch fester an sich. »Nichts. Du machst nichts falsch. Du bist zu gut für diese Welt. Einfach viel zu gut. Ella mit dem weichen, großen Herzen. Und Leander ist ein Vollidiot.«

21

Ella

Wie ich die nächsten Tage überlebt hatte, wusste ich nicht, aber ich hatte überlebt. Auch wenn es sich nicht wie Leben anfühlte. Eher wie ein Dahinvegetieren.

Ich fühlte mich wie im eigenen Körper gefangen. Wer war die Person, die ich angeblich sein sollte? Wo war die Ella hin, die ich für kurze Zeit hatte aufblitzen sehen? Die Ella, die wieder leise Hoffnung gehabt hatte, sich verlieben zu können und vorsichtig vertraute.

Dieses Gefühl, das in meinem Inneren gewachsen war, hatte ich zu mögen begonnen. Bis diese zarte Pflanze gestern eiskalt ausgerissen wurde. Entwurzelt, zertrampelt und liegen gelassen. Bis sie vertrocknete.

Alles in mir war Schmerz. Purer, stechender, pochender Schmerz. Ich war mir fast sicher, dass ich an gebrochenem Herzen sterben würde.

Amy tänzelte die ganze Zeit besorgt um mich herum. Dachte, ich würde es nicht bemerken, dass sie sich ernsthaft Sorgen um mich machte. Weil ich nicht mehr essen konnte. Weil ich seit Tagen nicht mehr schlafen konnte. Weil ich vermutlich aussah wie ein wandelnder Zombie. Oder schlimmer.

Welcher Mensch bitte kann essen oder schlafen, wenn ihm das Herz gebrochen wurde? Ich gehörte definitiv nicht dazu. Es war, als wäre mein Kopf von meinem Körper abgeschnitten. Von einem riesigen, schmerzenden Kloß, der sich in meinem Hals befand und sich weigerte, sich auch nur einen Millimeter wegzubewegen. Da war kein Platz mehr für Essen. Nichts ging vorbei an diesem Kloß. Er saß da und machte seinen verdammten Platz streitig. Groß. Viel zu groß und schmerzend.

Meine Gedanken fanden nachts keine Ruhe, wenn ich in meinem Bett lag. Sie kreisten in einer Abwärtsspirale um Leander, bis mir schwindelig wurde. Und um Romy. Um Leanders Feigheit und meine. Ich war mir nicht sicher, was davon schlimmer war.

Leanders Gesicht, das immer wieder in meiner Vorstellung auftauchte. Seine Augen.

Ich vermisste ihn so sehr, dass es körperlich wehtat, und wünschte mir gleichzeitig, ihn nie getroffen zu haben. Er hatte mir zahlreiche Nachrichten geschickt, die ich alle ignorierte. Die ich irgendwann aufhörte zu zählen. Immer wieder auf meine Mailbox gesprochen, die ich nicht abhörte. Meine Angst, seine Stimme zu hören, war übermächtig. Ich hatte Angst vor dem Schmerz, der mich dann vermutlich in einen Strudel reißen würde. Vor der Sehnsucht, die mich innerlich zerreißen würde. Einerseits wünschte ich mir, er würde hier auftauchen und mit mir reden und sich entschuldigen. Andererseits war mir klar, ich würde ihm niemals die Tür öffnen. Ich würde es nicht ertragen, ihn zu sehen. Und so war ich gleichzeitig enttäuscht, dass er nicht kam und zu gleichen Teilen froh, dass er offensichtlich zu feige war. Das gab mir eine gewisse Genugtuung. Gott, ich war so verkorkst. Der Schmerz saß metertief in meiner Brust und würde Leander es wagen, im Café aufzutauchen, würde ich Amy vorschicken. Ich könnte ihm nicht in die Augen sehen, ohne in Tränen auszubrechen.

Eigentlich wollte ich nie wieder aufstehen. Meine Tage damit verbringen, mir die Decke über den Kopf zu ziehen und mir selber leidzutun. Aber das ging nicht. Da war diese eine rothaarige Freundin, die mich jeden Morgen aus dem Bett zog. Und Omsi und Opa. Vor allem Oma. Opa war eher so im Hintergrund still verunsichert. Ich sah es, wie er mich heimlich mit tiefen Falten hinter seiner Zeitung anschaute, wenn ich mal wieder den Teller gefüllt mit meinem Lieblingsessen weit von mir schob. Und dann seufzte er. Warf Oma besorgte Blicke zu. Blicke, die sagten: »Kannst du nicht irgendetwas dagegen machen?« Aber das konnte sie nicht. Das konnte niemand.

Also riss ich mich zusammen. Oma und Opa zuliebe. Amy zuliebe. Allen anderen zuliebe. Mal wieder. Stand morgens auf. Ging ins Café. Bediente, funktionierte. Überlebte. Lächelte. Bediente wieder. Funktionierte. Überlebte. Lächelte. Immer und immer und immer wieder. Bis es zu einer Art Routine wurde. Es sich fast richtig anfühlte. Auch wenn ich in Wirklichkeit innerlich weinte.

Ich tat, was ich jahrelang trainiert hatte. Nach außen zu lächeln, auch wenn ich zerbrochen war und meine Seele heimlich dicke Tränen der Enttäuschung weinte.

Ich hatte das Gefühl, mich in einem Labyrinth aus Schmerz verlaufen zu haben und den Ausgang nicht mehr zu finden. Ich steckte fest, mit all den gesammelten Erinnerungen an Leander, an die ich mich nicht erinnern wollte. Die aber trotzdem in meinem Kopf ihr Unheil trieben, wenn ich mal wieder stundenlang nachts wach lag und im Dunkeln die Wände anstarrte. Dann wünschte ich mir sehnlichst, nichts mehr von alldem zu fühlen. Und so gingen mehrere Wochen ins Land.

Bis ich irgendwann aufhörte, auch diese zu zählen.

Am Tresen stehend polierte ich Gläser, als ein gut aussehender Mann, ungefähr Mitte 50, das Café betrat. Er schien neu zu sein. Man sah es an der Art, wie er sich bewegte und erstmal einen Überblick verschaffte, bevor er an einem Tisch Platz nahm.

Ich trocknete mir die Hände ab und ging auf ihn zu, um die Bestellung aufzunehmen.

»Hallo. Willkommen in Ellas-Welt. Was darf ich ihnen bringen?« Wie automatisch spulte ich gekonnt freundlich meinen Text ab und lächelte ihn an.

»Ella?«, war alles, was er fragte. Ein leicht unsicherer Unterton schwang in seiner Stimme mit.

»Ähm, ja, die bin ich.«

Verwundert, woher er meinen Namen kannte, wartete ich gespannt auf seine Reaktion.

Er öffnete seine Hand und legte einen Gegenstand vor mir auf den Tisch. Es war ein kleines Holzherz, das aussah, als hätte es schon einige Stürme überstanden. Risse, die wie Narben wirkten, zeugten davon.

»Ich verstehe nicht ganz?« Fragend zog ich die Stirn in Falten, schüttelte den Kopf und zuckte mit den Schultern.

»Leander schickt mich. Das soll ich Ihnen geben. Und diesen Brief.« Er schob einen Umschlag über den Tisch und blickte mich an.

Ich presste meine Lippen aufeinander, um nicht vor ihm in Tränen auszubrechen.

»Es tut ihm leid, Ella. Er würde alles dafür geben, wenn Sie ihm noch eine Chance geben würden. Vielleicht fassen Sie sich ein Herz und lesen diesen Brief in Ruhe durch? Er ist nur noch ein Schatten seiner selbst und ich kann es nicht mehr mit ansehen.«

»Ich … ich denke darüber nach«, murmelte ich und rang mir ein Lächeln ab. »Was darf ich Ihnen bringen?«, lenkte ich schnell vom Thema ab, um meine Fassung zu wahren.

»Einen Kaffee. Schwarz. Ich bin übrigens Anders.« Lächelnd streckte er mir eine Hand entgegen.

»Ich hab es mir fast gedacht.« Ich griff nach seiner kräftigen, leicht rauen Hand. »Kaffee kommt sofort.«

Der Kloß im Hals hämmerte so laut, dass es schmerzte. So schnell ich nur konnte, nahm ich den Brief und das Herz und verschwand hinten in der Küche. Dann brach ich erneut in Tränen aus. Lehnte mich an die Schränke und ließ mich daran zu Boden sinken. Den Kaffee musste Amy servieren. Ich dagegen saß auf dem Fußboden der Küche und heulte das letzte bisschen Flüssigkeit aus meinem erschöpften Körper und meiner wunden Seele.

Oma setzte sich neben mich, ich lehnte meinen müden Kopf an ihre Schultern und schluchzte. »Jeder Mensch verdient eine zweite Chance, Ella-Kind. Findest du nicht?« Sie küsste mich auf die Wange, strich mir die Tränen aus dem Gesicht und zog mich in ihre Arme.

»Aus Omas Weisheitsratgeber Seite 128«, war alles, was ich erwidern konnte. Danach brach ich lauthals in Lachen aus, bis mir der Bauch schmerzte und ich nicht mehr aufhören konnte. Und Oma lachte mit. Dann ging mein Lachen wieder in Weinen über.

»Oh, Ella.« Oma seufzte tief, während sie mir übers Haar streichelte.

»Ach, Omsi«, schluchzte ich und wischte mir mit den Händen die heißen Tränen von den Wangen.

»Ella, weißt du, weinen befreit. Es rettet die Seele vorm Ertrinken. Also lass es raus, okay?« Sanft massierte sie mir den Rücken.

Ich weinte noch mehr und konnte nicht aufhören, bis Oma beschloss, dass jetzt Feierabend für uns wäre. Sie ordnete an, dass wir zu ihr nach Hause fahren würden, wo Opa schon auf uns wartete. Wo ich auf der Couch hing und sinnlose Fernsehsendungen schaute. Weinte. Schlief. Mein Lieblingsessen aß, das Oma extra zubereitet hatte. Tee trank, den Opa für mich gekocht hatte. Blumen im Garten goss. Auf den Friedhof ging. Noch mehr Tee trank. Spazieren ging. Wieder weinte. Wieder schlief. Und aß.

Das tat ich so lange, bis ich das Gefühl hatte, atmen zu können. Bis ich das Gefühl hatte, meine Seele würde langsam aus dieser Dunkelheit hervorkriechen. Bis ich die Kraft hatte, diesen Brief zu lesen. Leanders Brief.

22

Leander

Ich kann nicht behaupten, dass ich auch nur ansatzweise stolz auf mein Verhalten Ella gegenüber war, als ich sie auf Bens Party einfach hatte gehen lassen. Würde man mich fragen, was mich da geritten hatte, könnte ich es niemals in Worte fassen. Die Frage hatte ich mir selbst Tag und Nacht gestellt – wenn ich mal wieder grübelnd wach lag.

Dieser Teil des Abends an Bens Party hatte sich wie ein schlechter Film angefühlt. Einer, in dem ich eine Nebenrolle hatte, obwohl ich die Hauptrolle hätte spielen sollen. Zumindest in dem Teil, in dem es darum ging, Ella zu verteidigen. Klang das verständlich? Vermutlich nicht.

Wie sollte mich jemand verstehen, wenn ich es selbst am wenigsten tat. Schlichtweg glaube ich, dass durch den Alkohol mein Hirn vernebelt war, was eine absolut miese Ausgangsbasis war. Und Romy? Sie war die Letzte, die ich auf Bens Party erwartet hätte. Wie konnte der Idiot so dämlich sein, sie einzuladen?

Hatte er sie überhaupt eingeladen? Ach, keine Ahnung, was änderte das? Alles, was ich hier tat, war dumme Ausreden für mein dummes Verhalten zu finden. Doch es gab definitiv keine Ausrede, außer meine eigene Blödheit. Dass Romy und Ella sich dann auch noch kannten, hatte mich völlig durcheinandergebracht. Alles, was ich getan hatte, war leicht betrunken Romys Schlagabtausch zuzuschauen. Bis ich realisierte, was in dem Moment abging und mir bei dem Wort »Roboterfuß« dämmerte, dass Romy Ella nicht das erste Mal beleidigt hatte, war diese längst verschwunden.

Natürlich war ich ihr nachgerannt. Ich war zwar ein betrunkener Idiot gewesen, aber so bescheuert dann doch wieder nicht. Das, was ich von ihr noch sehen konnte, war, wie sie in ein Taxi einstieg und davonfuhr. Mein Rufen hatte sie nicht mehr gehört und die Autotür war zugefallen.

Warum kamen Taxis immer in den falschen Momenten?

Meine hundert Nachrichten, die ich ihr geschickt hatte, in denen ich sie bat, mir zuzuhören, hatte sie ignoriert. Tausendmal hatte ich wie hypnotisiert auf mein Handy gestarrt und es angefleht, sie möge mir zurückschreiben. Doch es passierte verdammt nochmal nichts. Und nichts konnte sich so schrecklich schlimm nach NICHTS anfühlen. Wie eine endlose Leere, ohne Ziel. Eine, die einem das Gefühl gab, dass nichts Sinn machte. In der man einfach nur ins Bodenlose fiel, ohne die Reißleine eines Fallschirms ziehen zu können.

Tage vergingen. Tage, die sich zogen wie zäher, fader Kaugummi. Tage, in denen ich mich innerlich ohrfeigte. Und hasste. Für meine Dummheit.

Ich wusste, dass nichts meiner dämlichen Erklärungen, die ich mir zurechtgelegt hatte, mein Verhalten rechtfertigte. Es war, wie es war. Ich hatte es vermasselt.

Das Schreckliche daran war, dass es mir zum ersten Mal etwas ausmachte. Weil sie mir so viel bedeutete. Dass alles für mich davon abhing und ich nicht wusste, wie ich es je wieder gut machen sollte. Es gab keine vernünftige Erklärung. Diese Erkenntnis war der Grund, der es mir so schwer machte, Ella jemals wieder zu begegnen. Ich hätte an ihrer Wohnung vorbeigehen können. Aber ich hatte zu viel Angst davor. Dass mir die Worte fehlten. Dass sie mich hassen würde. Mir nicht öffnen würde. Weil ich wusste, dass ich es total verbockt hatte.

Ich konnte mir selber nicht verzeihen, wie also sollte sie es tun?

Ich hätte ins Café gehen können. Dort hätte sie mir nicht ausweichen können. Zumindest in der Theorie nicht. Aber wir wären dort nicht ungestört und es wäre nicht der richtige Ort für eine vernünftige Aussprache gewesen.

Oft saß ich im Auto vor dem Schaufenster und starrte hinein, aber stieg nicht aus. Konnte nicht aussteigen. Weil ich wusste, sie würde nicht mit mir reden wollen. Angst davor hatte, dass sie mich wegschicken würde.

Warum sollte sie auch mit mir reden? Ich hatte es zugelassen, dass Romy sie an ihrem wundesten Punkt verletzte, und war nur danebengestanden. Und so steckte ich fest in dieser unerträglichen Warteschleife, die es mir unmöglich machte, mich vorwärts oder rückwärts zu bewegen.

Tagelang stand ich wie in Trance bei Anders in der Werkstatt. Half ihm bei seinen Aufträgen. Sägte, schliff und hämmerte und versuchte jämmerlich, mein taubes Inneres durch den Lärm von außen zu übertönen. Dachte dabei an Ella und tat mir selber leid. Ging schlafen, konnte nicht schlafen. Wälzte mich im Bett und stand müde auf. Arbeitete wieder. Aß zu wenig. Trank zu viel Kaffee. Tat mir noch mehr leid. Hasste mich dafür, dass ich mir leidtat, denn ich hatte nicht das Recht, mir leidzutun.

So gingen Wochen ins Land. Bis Anders meine Lethargie nicht mehr ertragen hatte und anbot, meinen Brief, der seit Tagen in meinem Tiny House lag und den ich tausendmal zerrissen und wieder neu geschrieben hatte, persönlich bei Ella abzugeben. Ich hatte ihm davon erzählt. Er bot es an, bevor ich es nie tun würde.

»Das wird sonst nie etwas«, hatte er mit sorgenvoll gerunzelter Stirn erklärt. Und dass man das Elend ja nicht mehr mit ansehen könne, sagte er auch. Und dass er ein gutes Wort für mich einlegen würde.

Ich bezweifelte, dass es reichte.

23

Ella

Leanders Brief

Ella.

Ich weiß, ich bin ein verdammter Vollidiot und du hast allen Grund, mich zu hassen.

Ich habe den dümmsten Fehler meines Lebens gemacht. Einen, den ich so unendlich bereue und mir wünsche, ich könnte die Zeit zurückdrehen, um noch eine Chance zu bekommen. Nur eine klitzekleine. Aber ich befürchte, dass das nicht geht.

Ich bitte dich nur um eines – lies den Brief bitte, bitte bis zum Ende. Ich würde es absolut verstehen, dass du so wütend auf mich bist und ihn sofort zerreißen willst. Aber vielleicht gibst du mir die eine Chance, ihn wenigstens zuerst zu lesen, bevor du ihn vernichtest.

Ella! Ich weiß echt nicht, was ich sagen soll. Weißt du, ich mache mir jeden Tag, der vergeht, tausend

Vorwürfe. Mir ist klar, dass du mich hassen musst. Ich kann es verstehen. Ich schäme mich für mein übel feiges Verhalten. Ich hasse mich selbst am meisten dafür. Und ich kann dir nicht mal eine sinnvolle Erklärung geben, warum ich so reagiert habe, oder besser gesagt, gar nicht wirklich reagiert habe.
Weißt du, ich habe den Abend tausendmal in meinem Kopf durchgespielt. Jede noch so kleine Situation durchdacht. Bis mein Hirn fast explodiert ist und meine Hirnwindungen verknotet waren. Es ändert nichts daran, dass ich es komplett verbockt habe. Wie sollte es auch?
Ich könnte es auf den Alkohol schieben. Dass ich nicht klar im Kopf war. Nicht mit Romys Erscheinen gerechnet hatte. Schon gar nicht damit, dass ihr euch kennt.
Die Situation hat mich komplett überfahren, weißt du? Das ist absolut keine Entschuldigung, aber vielleicht eine winzigkleine Erklärung. Eine richtig schlechte, ich weiß. Ich erwarte von dir kein Verständnis. Das wäre zu viel verlangt und ich hab es auch nicht verdient.
Romy hat dich verletzt und schlecht gemacht und ich habe es verdammt nochmal zugelassen und nichts dagegen unternommen. Ich habe es viel zu spät realisiert. Bis ich kapiert habe, was da ablief, war es vorbei und du warst weg. Ich bin dir hinterherge-

laufen, aber ich war zu langsam. Du warst gerade ins Taxi gestiegen und ich habe meine Chance vermasselt. Ich war zu feige, bei dir vorbeizukommen, aus Angst, du würdest mich nicht mehr sehen wollen. Und diese Gewissheit hätte ich niemals ertragen. Aus Angst vor der Wahrheit habe ich nichts gemacht, denn hättest du mich weggeschickt, wäre das so verdammt endgültig gewesen. Auch wenn das genauso dämlich war. Weil die Wahrheit sowieso irgendwann rauskommt.
Ach Mensch, Ella, ich will, dass du eines weißt: Ich vermisse dich. Unendlich! Ich kann nicht essen, nicht klar denken, nicht mehr schlafen. Du bist im Dauerzustand in meinem Kopf. Drehst in meinen Gedanken deine Kreise. Als hätte jemand für immer Repeat gedrückt, verstehst du?
Und Romy hat nicht die Wahrheit gesagt. Wir waren nicht mehr zusammen. Außerdem war es nie eine wirkliche Beziehung. Das habe ich, seit ich dich kenne, verstanden. Weil es mit dir unendlich besonders ist. Alles. Ich will, dass du das weißt, auch wenn es keinen Unterschied macht, weil ich dich vermutlich für immer verloren habe. Was meine größte Angst ist, denn seit ich dich kenne, habe ich erst kapiert, dass genau du es bist, die mich komplett macht.
Das erste Mal habe ich nicht das Bedürfnis, aus einer Beziehung flüchten zu wollen. Zum ersten Mal

hat es sich so verdammt richtig angefühlt. Mit dir. Zum ersten Mal hatte ich das Gefühl, wirklich etwas zu fühlen. Und das erste Mal macht es diesen einen großen Unterschied, dass ich es komplett verbockt habe. Weil es mir nicht mehr egal ist. Weil du mir nicht egal bist. Ich mir so sehr wünsche, dass du das liest.

Weißt du, ich hatte dir gesagt, dass ich nicht so gut bin in Gefühlssachen. Darüber zu reden. Aber du hast es mir so leicht gemacht. Und ausgerechnet jetzt habe ich es vermasselt. Es tut mir leid, Ella. Alles. Dass ich feige war. Nicht für dich da war, als du mich gebraucht hast. Und dass ich mich so dermaßen blöd verhalten habe. Es tut mir leid. Wirklich. Ich wiederhole mich.

Ich war ein Vollidiot. Vielleicht kannst du mir eines Tages ein kleines bisschen verzeihen. Falls du bis hierher gelesen hast. Danke.

Leander

Ich las Leanders Brief bestimmt tausendmal. Inhalierte ihn wie eine Droge. Trug ihn überall mit mir herum. Studierte akribisch jedes Wort. Las die Zeilen. Las zwischen den Zeilen. Über und unter den Zeilen. Mit jedem Buchstaben und jedem erneuten Lesen verschwand mein riesengroßer Kloß im Hals ein winziges bisschen. Mein Schmerz wurde etwas kleiner und das

Wort Sehnsucht geisterte plötzlich in meinem Kopf herum. Doch ich versuchte vehement, es zu verscheuchen.

»Was mache ich denn jetzt?«, fragte ich schwer seufzend, während ich bestimmt schon tausend Löcher in die Atmosphäre gestarrt hatte.

Amy und ich saßen an der Binnenalster am Jungfernstieg und ich beobachtete, wie die Alsterfontäne unermüdlich vor sich hin sprühte, was eine beruhigende Wirkung auf mich hatte. Fast meinte ich, feine Wassertropfen spüren zu können, was praktisch unmöglich war.

Wir waren dick eingemummelt, Amy hatte Decken mitgeschleppt und so saßen wir eingekuschelt in Unmengen von flauschigem Material auf dieser Bank am Ufer. Tranken warmen Tee, den Amy ebenfalls mitgebracht hatte, und starrten gemeinsam aufs Wasser.

Es war ein Herbsttag und die Sonne hing irgendwo über dem grauen Himmel fest. Sie hatte es nicht ganz geschafft, die Wolken zu vertreiben, blitzte aber immer wieder durch. Die Luft war kühl und der leichte Herbstwind ließ ein paar Blätter am Boden herumwirbeln. Das Wetter passte zu meiner Stimmung, die sich seit Tagen nicht zwischen Hoffnung und Verzweiflung entscheiden konnte.

Amy versuchte mich wie immer mit ihrer guten Laune anzustecken. Vermutlich hatte sie Angst, ich würde an Unterernährung sterben, und Essen für eine ganze Armee eingepackt. »Ella, es ist doch völlig klar, was du tun wirst.« Auf ihrem Gesicht lag dieser mütterlich-belehrende Blick und sie schaute mir so tief in die Augen, als wollte sie mich hypnotisieren.

»Aha. Ist es das?« Ich unterdrückte ein Seufzen und zog erwartungsvoll die Augenbrauen hoch.

»Natürlich ist es das. Du machst einen Schritt auf ihn zu. Ich meine, er hat sich entschuldigt, oder? Jeder Mensch hat eine zweite Chance verdient, oder etwa nicht?«

»Jetzt fängst du auch noch damit an«, meckerte ich kopfschüttelnd. »Hast du dich mit Omsi abgesprochen?«

Amy zuckte gespielt lässig mit den Schultern, so als würde ich mit meinem Eindruck komplett daneben liegen. »Ganz eventuell habe ich das, ja«, gab sie zu und zog eine unschuldige Schnute. »Aber es ist zufällig auch haarklein das, was ich denke und dir raten würde«, erklärte sie mit einem schiefen Grinsen.

»Aha! Das habt ihr euch ja schön ausgedacht. Dann wisst ihr beiden bestimmt auch schon, was ich zu tun habe, oder? Habt ihr da vielleicht zufällig auch schon eine Idee? Soll ich auf den Brief antworten? Oder lieber persönlich vorbeigehen?«

»Alsoooooo,« zog sie das Wort unnötig in die Länge. »Das wollten wir dir dann doch selbst überlassen«, sagte Amy und gluckste.

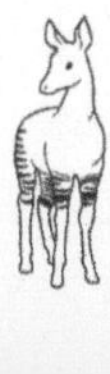

»Wie nett«, erwiderte ich kichernd.

»Wobei, wenn ich meine Meinung dazu sagen darf…«

»Konnte ich dich jemals daran hindern, mir deine Meinung zu sagen?«

Sie setze diesen »Ich strenge mich an, darüber Nachzudenken«-Blick auf. »Hmmmmmm, nein.« Lachte, pustete sich eine ihrer wilden Locken aus dem Gesicht und warf mir einen Kuss zu. »Dann sind wir uns also einig. Und ganz ehrlich, du wirst das Richtige tun. Da bin ich mir sicher«, erklärte sie und schob sich ein Stück des Sandwichs in den Mund, welche sie für uns zubereitet hatte.

»Siehst du, was bleibt mir auch anderes übrig? Ich kann mich unmöglich dem Rat zweier solch schlauer Frauen entgegensetzen.«

»Und das heißt?«, fragte Amy kauend.

»Das bleibt erstmal mein Geheimnis.« Ich lächelte vielsagend. Eventuell zum ersten Mal an diesem Tag.

Und vielleicht wollte ich das auch gar nicht, mich gegen den Rat der beiden tollsten Frauen in meinem Leben sträuben. Vielleicht hielt ich es gefühlt keine Sekunde länger aus, Leander nicht zu sehen. Wen wunderte es also, dass ich zwei Stunden später in meinem Auto saß und ins Alte Land rausfuhr.

Einzelne Bäume, die den Straßenrand säumten, fingen an, sich von Grün in Gold zu verfärben. Die Luft war inzwischen schwerer, erdiger als noch vor ein paar Wochen. Und als ich aus dem Auto stieg, blies mir ein kühler Wind ins Gesicht. Alles deutete darauf hin, dass der Herbst in den Startlöchern stand.

Mich fröstelte, als ich über Anders Hof ging, und ich zog meinen Mantelkragen höher. Die Tür zur Werkstatt stand leicht offen, also beschloss ich, einen vorsichtigen Blick hineinzuwerfen. Vielleicht war Leander ja am Arbeiten. Doch an seiner Stelle blickte mir ein beschäftigter Anders entgegen, als ich den Kopf zur Tür hinein streckte.

»Ella, schön dich zu sehen. Komm rein.« Er hielt in seiner Arbeit inne und legte den Hobel, mit dem er gerade eine Holzplatte bearbeitete, zur Seite. »Darf ich dir einen Kaffee anbieten? Mit Milch und Zucker?«

Dieser Mann war so freundlich und hatte diese unglaublich warme Ausstrahlung. Angesichts seiner Freundlichkeit hätte ich fast alles getrunken, auch einen ekligen Kamillentee, also nickte ich und konnte nicht anders, als zurückzulächeln.

»Hast du schon mit Leander reden können?«, brach er die nicht unangenehme Stille zwischen uns.

»Deswegen bin ich eigentlich hier. Ist er da?«

»Ich glaube im Moment nicht, er hatte was von einem Arzttermin gesagt. Irgendeine Nachuntersuchung wegen seines Unfalls, glaube ich.«

»Oh, verstehe. Dann muss ich wohl ein anderes Mal wiederkommen.« Meine Stimme klang enttäuscht, was Anders gespürt haben musste.

»Du darfst gern ein bisschen bei mir altem Mann bleiben, Ella«, lud er mich zwinkernd ein. »Ich freue mich immer über ein wenig Gesellschaft. Natürlich nur, wenn du magst und Zeit dafür hast. Ich will dich nicht von wichtigen Dingen abhalten.«

Also blieb ich. Es war Montag und Montag bedeutete Ruhetag im Café. Ich hatte Zeit und keine Lust, allein zu Hause zu sitzen, wo ich eh nur wieder meinen trüben Gedanken nachhängen würde.

»Ella, ich weiß, es geht mich nichts an, aber wenn ich eines sehe, dann, dass Leander wirklich leidet. Ich kenne diesen Kerl ja nun erst ein paar Monate, also noch nicht wirklich lange, aber er bereut, was auch immer er dir angetan hat, zutiefst. Er war die letzten Wochen nur ein Schatten seiner selbst und ich habe mir zeitweise wirklich Sorgen um ihn gemacht. Ich meine, ich hab sein Strahlen gesehen, seit er mit dir zusammen ist, dieses Leuchten in seinen Augen. Und eben die Leere in seinem Blick, jetzt nachdem …« Er stockte. Fuhr sich durch sein grau meliertes Haar und seufzte tief. »Mehr werde ich zu dem Thema auch nicht sagen. Wie gesagt, es geht mich nichts an und ihr beide seid alt genug, das hinzubekommen, das werdet ihr auch, da bin ich mir sicher. Aber ich …« Er brach mitten im Satz ab und wich meinem Blick aus.

Irgendetwas brannte ihm auf der Seele.

»Anders? Da ist noch etwas, oder? Du hast doch noch was auf dem Herzen.«

Anders blickte zu Boden und starrte betreten auf den Grund seiner Kaffeetasse, als würde er darin nach Antworten suchen.

»Was ist los, Anders?« Ich sah ihm in die Augen, sein Blick war pure Traurigkeit.

»Dir kann man nichts vormachen, oder?«

Ich zuckte mit den Schultern, lächelte ihn an und er lächelte dieses entwaffnende Lächeln zurück, das mir plötzlich irgendwie bekannt vorkam. Anders atmete tief ein, zog einen Hocker unter der Werkbank vor und setzte sich. Ich nahm auf einem Holzblock Platz und blickte ihn erwartungsvoll an.

»Ich trage da ein Geheimnis mit mir herum, eines von dem ich nicht weiß, wie ich damit umgehen soll.«

Ich nippte an meinem Kaffee und gab ein langgezogenes »Mhmm«, von mir, was einer Einladung an Anders gleichkam, weiterzureden.

»Es ist kompliziert. Also eigentlich ist es ganz einfach, aber eben doch nicht ...« Er stützte seinen Kopf ab, die Ellenbogen auf seinen Knien abgestellt.

»Okay? Ich muss zugeben, dass ich dir nicht ganz folgen kann. Vielleicht fängst du ganz von vorne an und wenn ich etwas nicht verstehe, frage ich nach?«

Anders stand auf und schloss die Tür zur Werkstatt. Kurz schaute er gedankenverloren durch das Fenster auf den Hof. Dann drehte er sich langsam seufzend um.

»Ich bin Leanders Vater.« Seine Stimme war nur noch ein Flüstern.

»Das ist schön, Anders ... Moment ... bitte, was? Was hast du gerade gesagt?« Ich schüttelte den Kopf. Ich musste mich verhört haben, da gab es keinen Zweifel.

Anders ließ sich schwer auf den Stuhl fallen. Das alte Holz knarzte.

»Du bist bitte *was?*«

»Ich bin Leanders Vater«, wiederholte er, diesmal etwas lauter.

Ich hatte mich *nicht* verhört.

»Wow!« Mehr konnte ich nicht sagen und kippte den Rest meines Kaffees in mich hinein, so als wäre es Schnaps. Leider hatte er nicht dieselbe Wirkung. »Okay? Und jetzt?«

»Ja, wenn ich das wüsste.« Anders stand auf und ging nervös in der Werkstatt umher wie ein unruhiger Tiger in einem viel zu engen Käfig, der einen Ausweg suchte.

»Okay Anders, gib mir einen Moment, um mich zu sammeln. Ich meine, das war jetzt nicht wirklich von vorne erzählt, oder?« Ich rieb mit meinen Fingern meine Stirn und blickte ihn verwirrt an. »Seit wann weißt du es? Weiß er es überhaupt?«

»Genau da liegt das Problem. Nein.« Anders setzte sich wieder, seine innere Zerrissenheit war deutlich spürbar. »Ich weiß es schon immer. Also ich wusste, dass ich einen Sohn habe. Ich hatte vor Jahren eine

Affäre mit Leanders Mutter Sophia. Sie war zu der Zeit schon verheiratet mit Leanders vermeintlichem Vater. Und ich noch nicht zusammen mit meiner inzwischen verstorbenen Frau. Die habe ich erst später kennengelernt. Sophia war meine große Liebe. Und sie war unglücklich in ihrer Ehe. Als sie schwanger wurde, hat sie Erik Winterfeldt erstmal nichts gesagt und ihn im Glauben gelassen, es wäre sein Kind. Wir haben uns noch einige Zeit getroffen.« Anders' Stimme klang plötzlich so müde.

»Puhhhh, das sind ja Neuigkeiten«, murmelte ich und ließ laut die Luft entweichen. »Was ist dann passiert?« Vorsichtig sprach ich die Worte aus, da Anders spürbar mit sich kämpfte.

»Sie hat es ihm gebeichtet und er ist komplett ausgerastet. Natürlich. Er hat gedroht, ihr Leander wegzunehmen und glaub mir, er hätte das durchbekommen. Der Mann ist mächtig und reich genug und hätte seinen Einfluss geltend gemacht, da bin ich mir sicher. Er hat ihr jeglichen Kontakt mit mir verboten. Dafür gesorgt, dass ich Leander nie zu Gesicht bekommen habe. Alles, was ich von meinem Sohn hatte, waren einige Fotos und ein paar Briefe, die sie mir heimlich geschickt hat. Ich habe nicht mal mitbekommen, dass sie gestorben ist, und war inzwischen selbst verheiratet. Meine Frau ist letztes Jahr bei einem Unfall verstorben. Ehrlich gesagt hatte ich die Hoffnung, Leander irgendwann zu

sehen, längst begraben. Dann rief er an, wegen dem Tiny House. Ich meine, wie verrückt ist das, Ella? Eine Anzeige, die vermutlich hunderte Leute lesen und wer meldet sich? Ausgerechnet er!«

Ich nickte ihm bestätigend zu.

»Seitdem überlege ich hin und her, wie ich es ihm am besten sagen soll. Ich hab Angst vor seiner Reaktion. Vor allem, seit ich weiß, dass das Verhältnis zu seinem Vater nicht gut ist.«

»Ist das nicht eher gut für dich, was meinst du?« Die Frage war berechtigt, wie ich fand, auch wenn ich bemerkte, dass Anders anderer Meinung war.

»Na ja, sagen wir es mal so. Ich habe zugelassen, dass er unter diesem Druck groß werden musste. Ich habe nicht um ihn gekämpft, vor allem Sophia zuliebe. Ich habe ihm die Chance verwehrt, seinen richtigen Vater kennenzulernen. Ich bin mir nicht sicher, ob das richtig war. Oder nur die leichtere Entscheidung. Aber ich musste Sophia schützen.«

Anders seufzte und blickte mich an. Seine Schultern hingen schwer hinab und unter seinen Augen lagen dunkle Schatten, die davon zeugten, dass er nicht viel geschlafen haben konnte die letzte Zeit.

»Vielleicht sollte ich es jetzt auch für mich behalten, was meinst du, Ella? Ich bin so glücklich, dass ich ihn endlich bei mir habe, ich will das nicht kaputt machen, verstehst du?« Er stellte die Frage leise zögernd in den

Raum. So vorsichtig, als könnte sie dadurch wie Seifenblasen in Luft zerplatzen und er hätte sie nie gestellt.

Ich schüttelte meinen Kopf. Das konnte er doch nicht erst meinen. »Auf keinen Fall«, sagte ich lauter als geplant. Und etwas leiser dann: »Ich finde, er hat ein Recht drauf, zu erfahren, wer sein richtiger Vater ist. Wenn ich mich in seine Lage versetze, würde ich es auf jeden Fall wissen wollen.«

»Hmmm, vermutlich hast du recht.« Anders nickte.

»Du musst mir versprechen, es ihm bald zu sagen, ja?«

»Mhm ...« Er machte diese nachdenkliche Pause und fuhr sich durch sein graues Haar, das ihm heute, entgegen seines sonst sehr gepflegten Aussehens, etwas wirr vom Kopf abstand. »Ich werde es ihm in einem passenden Moment sagen, versprochen.«

»Ehrenwort?« Ich blickte ihm ins Gesicht und er lächelte zaghaft. Kurz blitzte Leanders Lächeln in seinen Gesichtszügen durch und ich schüttelte irritiert den Kopf.

»Ehrenwort«, sagte er und hob die Hand, wie zu einem Schwur.

Zögernd machte ich einen Schritt auf ihn zu und streckte ihm die Arme entgegen. Er erhob sich vom Stuhl und zog mich in eine Umarmung.

»Und jetzt schaut, dass ihr beide das wieder hinbekommt, ja?«

Ich nickte an seiner Brust und seufzte. »Ich komme morgen Abend wieder, denke ich.«

Kurz bevor ich ins Auto stieg, warf ich noch einen Umschlag in Leanders Briefkasten. Vor ein paar Tagen hatte ich ihm ein Gedicht geschrieben und vielleicht konnte er zwischen den Zeilen lesen, dass ich die weiße Fahne schwenkte.

Für Leander

Worte.
Viele Worte.
Chaosförmig in meinem Kopf.
Wollen raus,
dir meine Welt erklären,
wie ich sie sehe.

Fragen, noch mehr Fragen.
Über dich und mich.
Über jetzt und heute.
Über das, was war,
das was ist,
was sein könnte.
Vielleicht.
Weil es mehr ist, was du bist,
du mehr für mich bist.
Weil du bist.

Als ich am nächsten Abend vor Leanders Tür stand, pochte mein Herz wie wild. Zögernd klopfte ich an das Holz und wartete, ob sich etwas regte, bis ich Schritte hörte. Kurz darauf öffnete sich die Tür und er blickte mich erst überrascht, dann erleichtert bis schuldbewusst an.

»Darf ich reinkommen?« Die Worte krochen leise aus meinem Mund.

»Natürlich.« Ein zögerliches Lachen huschte über sein Gesicht. Er öffnete die Tür weiter und trat zur Seite.

Als ich eintrat und im gemütlich warmen Wohnbereich stand, atmete ich tief durch. Ich war lange nicht hier gewesen.

Er machte einen langsamen Schritt auf mich zu und wir blickten uns einige Sekunden stumm an.

»Danke, dass du gekommen bist«, flüsterte er in die Stille.

Ich nickte, zog meine Jacke aus und nahm auf der Couch Platz. Die Füße an meinen Bauch angezogen, saß ich da und blickte mich um.

»Magst du was trinken?« Seine Stimme klang so leise, fast unsicher.

»Kaffee wäre toll, mein Tag war lang und anstrengend. Am besten intravenös.«

Zaghaft lächelte er und hantierte an der Kaffeemaschine. Für einige Minuten lehnte ich mich in die

weichen Polster der Couch und beobachtete stumm, wie Leander meinen Kaffee zubereitete. Er trug ein T-Shirt und ich ertappte mich dabei, wie ich ihn anstarrte. Sein Haar stand ihm wirr vom Kopf ab, er sah aus, als wäre er gerade erst aufgestanden. Seine Augenringe erzählten, wie meine, Geschichten von schlaflosen Nächten.

Als er vor mir stand und mir den Kaffee reichte, konnte ich den Duft seines Aftershaves riechen und mein Hals füllte sich wieder mit diesem fiesen Sehnsuchtskloß, der die letzten Wochen mein ungeliebter Freund geworden war.

Das Polster gab nach, als Leander sich etwas entfernt neben mich setzte. Er wahrte einen Sicherheitsabstand und in mir regte sich ein dämlicher Gefühlsmischmasch aus Sehnsucht und Schmerz. Gepaart mit Wut und Liebe war es eine bittersüße Kombination.

»Ella?« Seine Stimme ein vorsichtiges Flüstern.

Ich blickte in sein Gesicht und konnte sehen, wie er nach den richtigen Worten suchte.

»Es tut mir so leid. Alles. Von Anfang bis Ende. Ich hätte Romy sofort wegschicken müssen. Ich habe zugelassen, dass sie dich verletzt und habe dich dadurch nur noch mehr verletzt, obwohl ich noch groß behauptet habe, ich würde den Personen, die dich verletzt haben, die Meinung sagen. Kennst du das, wenn du das Gefühl hast, deine Vergangenheit holt dich ein?« Sein fragender Blick fiel in meinen.

»Ob ich das kenne? Genau das ist passiert, als Klischee-Barbie aufgetaucht ist.«

»Klischee-Barbie?«

»Romy.«

Ich sah ein leichtes Zucken um seine Mundwinkel.

»Weißt du, es ist die eine Sache, dass du zugesehen hast, als sie mich beleidigt hat. Ganz zu schweigen davon, dass ich in dem Moment nicht mal wusste, ob sie damit recht hat, dass ihr noch zusammen seid.«

»Und die andere Sache?« Seine Worte klangen so vorsichtig, als könnten sie wie dünnstes Eis zerbrechen, wenn er sie nur aussprach.

Einen Atemzug lang hielt ich inne und sprach dann leise weiter. »Die andere ist meine eigene Feigheit. Die fast noch Schlimmer ist. Dass du es zugelassen hast, tat verdammt weh. Ich hätte mir gewünscht, du wärst für mich eingestanden. Wirklich. Viel schlimmer ist aber, dass ich es selbst erneut zugelassen habe, dass jemand auf mir herumtrampelt. Ja, ich habe ihr widersprochen. Ich hätte es aber noch viel mehr tun sollen. Dass ich ausgerechnet *diese* Person wiederholt auf mir herumtrampeln habe lassen. Dass es überhaupt jemand tut, als wäre ich ein dreckiger Fußabtreter und nur dafür da. Dass ich mich zu wenig gewehrt habe. Ich war wie in einem Tunnel und in mir selbst gefangen. Mensch Leander, ich war nicht mutig genug. Nicht in diesem Moment. Wie kann ich von dir erwarten, dass du für mich einstehst, wenn ich es selbst nicht tue? Trotzdem hätte ich es mir gewünscht.«

Ich blies all den angestauten Frust aus meiner Lunge.

Langsam rutschte er ein Stück näher und strich mir sanft eine Haarsträhne hinters Ohr. »Es tut mir von Herzen leid, Ella. Ich hoffe so, du kannst mir verzeihen. Ich war ein bescheuerter Idiot. Alles, was ich dir in dem Brief geschrieben habe, meine ich ernst. Danke für dein wunderschönes Gedicht. Danke, dass du gekommen bist und uns nicht aufgegeben hast. Das hast du doch nicht, oder?«

Seine Pupillen wanderten fragend zwischen meinen hin und her. Ich holte das kleine Holzherz aus der Hosentasche, legte es auf meine flache Hand und betrachtete es.

Er sah es und ein Lächeln huschte über sein Gesicht.

»Das habe ich nicht. Ich kann nicht, weißt du. Ich war so wütend auf dich. So maßlos enttäuscht. Ich dachte, es war ein Fehler, dich in mein Leben zu lassen, und dass du genauso ein Idiot wie Jack bist.«

»Jack, dein erster Freund?«

Ich nickte. »Ja, genau der. Ich habe alles vermischt. Weißt du, Romy war die Person, mit der Jack damals rumgemacht hat. Und sie war diejenige, die mich als Weirdo mit Roboterfuß beschimpft hat, als ich die beiden damals erwischt habe. Auf einer Party. Auf die ich mit ihm und allein ihm zuliebe gegangen bin. So wie ich vieles nur ihm zuliebe gemacht habe.«

»Verdammte Scheiße.« Leander schlug die Hände vors Gesicht. »Was ist damals genau passiert?«

Mit einem Blick voller Verständnis, der tief in meine Seele fiel und dort ein wohliges Gefühl hinterließ, schaute er mich an.

»Romy hat Jack damals erklärt, dass ich ein Weirdo bin. Ein Weirdo mit nur einem Fuß. Er wusste es bis dato nicht … das mit meiner Fußprothese. Fast niemand wusste es. Nur Amy und ein paar wenige Personen aus meiner Klasse. Und irgendwann hat es Romy eben mitbekommen. Nach dem Abend auf der Party hat sich das Ganze dann noch mehr herumgesprochen. Ich war irgendwann das Gespött der halben Schule. Ich war in ihren Augen schon immer seltsam, weil ich ständig lange Hosen trug, um meine Prothese zu verstecken. Im Sportunterricht konnte ich viele Dinge nicht so tun wie andere. Rennen zum Beispiel, weil ich den Fuß nicht richtig abrollen konnte. Damals hatte ich noch eine Prothese, die nicht so gut saß wie meine heute. Romy sorgte dafür, dass es noch schlimmer wurde. Sie haben mich als Quasimodo beschimpft. Ich war die komische Langweilerin und noch dazu zu ruhig und zu schüchtern. Immer zu wenig. All diese Sachen.«

»Scheiße, Ella, das tut mir so leid. Und dann komm ich und versaue es komplett. Jetzt verstehe ich noch mehr, was du an der Elbe damals angedeutet hast. Warum du manchmal so gemauert hast.« Er atmete hörbar aus. »Meinst du, du bekommst das hin mit dem Verzeihen?«

Ich ließ mich tiefer in die Couch sinken und seufzte. »Ja, das bekomme ich hin. Darüber habe ich lange nachgedacht. Das will ich. Ich habe wochenlang versucht, dich zu vergessen, dich aus meinen Gedanken zu löschen. Es geht nicht. Du bist mir zu wichtig. Ja, du hast mich verletzt, das stimmt. Romy hat mich verletzt, aber ich habe verstanden, dass es nicht allein eure Verantwortung ist. Sondern eben auch meine. Dass ich alt genug bin, um für mich einzustehen. Dass es nicht gut ist, wenn ich mich selbst immer nur verstecke und keine Grenzen ziehe. Dass das niemand für mich übernehmen kann, nur ich selbst. Und dass ich mir das selbst wert sein muss, verstehst du?«

»Und wie ich dich verstehe. Das mit den Grenzen. Weißt du, ich denke, ich hätte viel eher die Grenze zu meinem Vater ziehen müssen. Aber ich bin froh, es überhaupt getan zu haben. Seitdem hat sich so viel verändert. Ich habe endlich das Gefühl, zu leben. Nicht nur zu funktionieren. Und ich habe dich gefunden. Zum ersten Mal habe ich das Gefühl, irgendwo angekommen zu sein. Hätte mir das jemand noch vor ein paar Monaten gesagt, hätte ich ihn für verrückt erklärt. Ich war permanent auf der Flucht. Vor mir. Vor der Unzufriedenheit in mir. Mit dir, das fühlt sich zum ersten Mal richtig an. Es ist das erste Mal, dass ich nicht flüchten will, wenn ich mit einer Frau zusammen bin. Es hat mich fast zerrissen, als ich dachte, dich verloren zu haben.«

Sachte wischte er eine Träne aus meinem Gesicht, die an meiner Wange herunterlief, und ich sah, dass auch seine Augen glänzten.

»Und danke für dein Gedicht. Danke, dass du uns nicht aufgegeben hast.«

Sein Gesicht kam langsam näher. Ich vergrub meine Hände in seinen Haaren. Sog seinen vertrauten Duft ein. Ich hatte ihn so sehr vermisst. Alles an ihm. Sein Lachen, seine Stimme, seine Berührungen. Er blickte mich an. Blickte tief in meine Seele.

»Ella«, murmelte er. Seine Lippen trafen meine. Erst sachte. Mehrere Male. Dann immer fordernder. Er teilte mit der Zunge meine Lippen, stöhnte leise auf und wanderte mit seinen Küssen meinen Hals hinab.

Ich ließ meinen Kopf in den Nacken fallen, als er mit seinen Händen an meinem Körper hinab wanderte. Gänsehaut breitete sich überall aus.

»Ella«, flüsterte er leise. »Ich hab dich so vermisst. Ich bin fast umgekommen vor Sehnsucht nach dir.«

»Mhhhh, ich auch. Hör nie wieder auf damit.«

»Womit?«, fragte er leicht heiser.

»Mich zu lieben.«

»Das ist praktisch sowieso unmöglich. Und das habe ich nie vorgehabt«, sagte er mit einem Raunen in der

Stimme an meinem Hals und öffnete langsam die Knöpfe meiner Hemdbluse. Überzog dann meine nackte Haut mit tausend warmen Küssen. »Du bist so wunderschön, Ella«, sagte er und streifte mir diese vom Körper.

Während ich ihm sein Shirt auszog, küsste er mich und seine Hände wanderten immer tiefer, bis ich nicht mehr klar denken konnte. Alles in mir pochte. Jede Faser meines Körpers vibrierte.

»Ich will dich«, hörte ich mich leise sagen und seine Lippen verschlossen meine. Dann stand er auf, hob mich hoch und trug mich nach oben in sein Schlafzimmer.

Die Welt um uns herum verschwamm, als wir wie im Rausch miteinander verschmolzen. In fernen Galaxien schwebten. Bis er mich bis zum Höhepunkt streichelte, während er eine Million Küsse auf meinem Körper verteilte. Ich ihn überall berührte. Wir beide zu einer Explosion wurden. Einer Explosion in den buntesten Farben. Als ich seinen Namen flüsterte. Er meinen Namen in mein Ohr raunte. Ich mich an ihn klammerte, als wäre ich ein Schiff, das Angst vorm Untergehen hatte. Er war mein Anker. Ich würde ihn nie wieder loslassen. Nie. Wieder.

Ich fühlte mich leicht wie Sternenstaub. Wir zwei waren glühende Sterne im Universum. Ich wünschte mir, dass das für immer so blieb. Eng ineinander verschlungen schliefen wir ein.

Als ich am nächsten Morgen erwachte, schlief Leander noch tief und fest. Ich wollte dieses Bett nicht verlassen, doch mir blieb keine Wahl, ich musste ins Café.

Einen Atemzug lang sog ich seinen Duft ein und küsste ihn in sein verwuscheltes Haar. Er räkelte sich kurz, wachte aber nicht auf, drehte sich nur zur anderen Seite. Ich hinterließ ihm eine kurze Nachricht und legte sie auf den Esstisch. Dann verließ ich das warme Haus und trat hinaus in die Kälte.

Ich würde einen kurzen Zwischenstopp zu Hause einlegen, und mich umzuziehen und dann ins Café fahren.

Als ich gerade dabei war, die Stühle an den Tischen auszurichten, betrat Amy Ellas-Welt.

»Heilige Scheiße, was ist mit dir passiert? Du strahlst fast, als wärst du radioaktiv. Das Glück trieft dir quasi aus den Ohren.« Sie grinste mich wissend an, kam auf mich zu, drückte und küsste mich. »Ihr habt euch versöhnt, oder? Oder?« Vor lauter Ungeduld schien sich ihre Stimme zu überschlagen.

Grinsend nickte ich.

»Ich freu mich so. Dann lassen wir es mal krachen heute, was? Das kann nur ein guter Tag werden.«

Sie wählte eine Playlist aus, startete die Musik und fing an, durchs Café zu tanzen.

»Du hast so einen an der Schüssel und ich liebe dich dafür. Danke, für alles. Danke, dass du für mich da warst die letzten Wochen. Danke, dass du meine Freundin bist.«

Mein glückliches Seufzen ließ Amy in ihren Dancemoves innehalten und sie blickte mich plötzlich ernst an.

»Ella. Für dich immer. Ich würde alles für dich tun, das weißt du, oder? Alles!«

»Hör auf, ich heul gleich.«

Und das tat ich dann auch. Vor Erleichterung. Und Glück. All die Last der letzten Wochen fiel von mir ab und Amy hielt mich, wie sie es so oft getan hatte.

»Danke«, flüsterte ich in ihre Locken.

»Du wiederholst dich, Ella. Machst du mir einen Kaffee? Ich brauch dringend Koffein. Ich hatte keine Zeit mehr heute morgen.«

»Alles, was du willst, du Keks«, erklärte ich glücklich.

Kurz vor Feierabend war das Café fast leer, als Amy auf dem Tresen saß und mit den herunterhängenden Füßen baumelte. Die Gäste waren bis auf ein verliebtes Pärchen, das hinten im Bookstore saß, alle gegangen.

»Gott, meine Beine tun heute so weh«, jammerte sie.

Ich war gerade dabei, den Tresen zu putzen, als die Tür aufging und eine langbeinige, perfekt gestylte Person das Café betrat.

»O Gott, Klischee-Barbie«, hörte ich Amy flüstern und für den Bruchteil einer Sekunde klappte mir die Kinnlade runter. Dann atmete ich tief ein und straffte meine Schultern.

»Na sieh einer an.« Ihre Stimme hatte wieder diesen zynischen Unterton. »Die Ella hat ein Café. Ich dachte, da schau ich mal vorbei.«

Langsam stöckelnd kam sie auf den Tresen zu, warf ihr langes, braunes Haar über die Schulter und schien ihren Auftritt sichtlich zu genießen. Ihr penetrantes Parfum kitzelte in meiner Nase, katapultierte mich kurz zurück in den Club, zu Bens Party.

Ich schüttelte genervt den Kopf.

»Interessante Einrichtung hier. So … rustikal.« Sie gackerte humorlos.

»Was können wir dir Gutes tun, Romy?«, fragte ich betont freundlich. Diese Kuh würde mich nicht nochmal kleinkriegen.

»Gutes tun?« Sie wiederholte die Frage, als wäre es Spott. »Du kannst mir meinen Mann wieder rausrücken.«

»Pffff«, machte ich und verkniff mir ein Lachen. »Mann? Ich wusste gar nicht, dass du verheiratet bist?«

Ich konnte mir ein Grinsen nicht verkneifen.

»Halt mich nicht für blöd. Du weißt genau, wie ich das meine.« Ihre Stimme wurde böse und ihre Augen verengten sich zu Schlitzen.

»Weiß ich das? Okay, Romy, ich weiß nicht, was dein Problem ist, aber klär das bitte mit Leander, nicht mit mir. Ansonsten würde ich dich bitten, dass Café zu verlassen. Wir schließen nämlich in ein paar Minuten.«

»Dann darfst du mir in genau diesen paar Minuten noch einen Latte Karamell machen. Bitte. To go«, erklärte sie säuselnd.

Da ich keine Lust auf ihre Spielchen hatte, kam ich ihrer Bitte nach, bereitete ihren Kaffee zu und stellte den Becher demonstrativ lässig auf den Tresen.

»Bitteschön. War's das?«

»Hmmm. Lass mich mal nachdenken. Ich denke, ja. Wie gesagt, lass die Finger von Leander. Er ist eine Nummer zu groß für dich und ich könnte schwören, dass er bald die Nase voll hat von einem Weirdo, wie dir. Sag nachher nicht, ich hätte dich nicht gewarnt, wenn er dir das Herz bricht. Er hat es noch nie lange mit einer Frau ausgehalten, glaub mir. Warum also sollte sich das ausgerechnet bei dir ändern?«

Romys Stimme triefte vor Verachtung. Vertieft in ihr irrsinniges Gerede, bekam sie nicht mit, wie ich mich ihr näherte. Und dann übernahm mein siebzehnjähriges Ich die Oberhand und tat das, was es damals nicht getan hatte. Meine Hand griff nach dem Kaffeebecher auf dem Tresen und holte mit Schwung aus. Als ich sah, wie die warme, braune Flüssigkeit über Romys Mantel schwappte, musste ich mir ein Grinsen verkneifen und so kindisch, wie ich mich gerade verhalten hatte, so sehr fühlte es sich richtig an.

Romy hielt für einen Moment die Luft an. Stille erfüllte den Raum. Sie war verdammt nochmal endlich still. Sprachlos hatte ich sie noch nie erlebt.

Provozierend blickte ich sie an. »To Go, sagtest du, oder?«

Mit ernster Miene starrte ich ihr in die Augen. Die Fassungslosigkeit stand ihr ins Gesicht geschrieben und als sie ihren Mund öffnete, um vermutlich loszuwettern, fiel ich ihr ins Wort.

»Darf es sonst noch etwas sein?«, fragte ich provokant, innerlich grinsend. Mein Gesicht ein Pokerface. »Der Latte to go geht aufs Haus. Schönen Abend noch, Romy.«

Dann trat ich wortlos zurück hinter den Tresen und polierte die Gläser, als wäre nichts gewesen.

Romys Mund öffnete sich, nur um ein Zischen auszuspucken. Dann drehte sie sich um und stöckelte aus dem Café. Als sich die Tür schloss, atmete ich laut aus.

»Alter Falter, Ella. Was war das denn bitte?«

»Etwas, das ich schon viel früher hätte tun sollen.«

Dann brach ich in schallendes Gelächter aus. Ich lachte und lachte und konnte nicht mehr damit auf-

hören. Amy fiel mit ein. Wir ließen uns auf den Boden plumpsen und lachten, bis mir der Bauch wehtat.

Das verliebte Pärchen verließ vermutlich verstört das Café, was mir nicht mehr egal sein konnte als in diesem Moment. Wir hielten uns die Bäuche vor Lachen und saßen mit roten Köpfen aneinander gelehnt auf dem Boden, bis Amy ihre Stimme wiederfand.

»Ich bin so stolz auf dich. Du warst der absolute Knaller.«

»Und jetzt lass uns Feierabend machen, ja?« Auf meinem Gesicht lag noch immer ein Grinsen. »Ich will unbedingt noch zu Oma und Opa.«

Ich hielt mir den schmerzenden Bauch.

»Nimmst du mich mit?« Amy blinkerte mit ihren langen Wimpern.

»Wer könnte dir schon widerstehen?«, fragte ich und küsste sie fest auf die Wange.

Es verging keine Stunde, bis wir bei Oma und Opa am gemütlichen Küchentisch saßen. Ich mit der Welt im Einklang, unfassbar stolz auf mich und meinen Mutausbruch.

»Omsi, pass auf. Ich zähl dir jetzt drei Möglichkeiten auf, was heute im Café passiert ist, ja? Du hast die einmalige Chance, die Richtige zu erraten. Wenn du sie errätst, darfst du eine Sonderschicht im Café einlegen.« Amy gestikulierte wild mit ihren Händen und kicherte.

»Oha? Ich bin gespannt.« Oma blickte interessiert zu Amy, dann zu mir und schürzte ihre Lippen.

»Ich würde es selbst nicht glauben, wäre ich nicht dabei gewesen.« Amy zwinkerte und gab mir einen Seitenhieb, sodass mir die Gabel aus der Hand fiel und auf den Tisch schepperte.

Unwillkürlich musste ich lachen.

Opa blickte neugierig von seinem Teller auf. »Jetzt wird's spannend, Klara. Also ich bin ganz Ohr.« Er machte eine auffällige Geste, mit welcher er darauf hinwies, dass er die Lautstärke seines Hörgerätes lauter gestellt hatte. »Schieß los, mien Deern.«

»Erste Möglichkeit: Beyoncé hat auf ihrer Deutschlandtour einen Zwischenstopp in unserem Café gemacht, um sich einen Kaffee to go zu holen.«

»Bejon... was?« Opa blickte irritiert und drehte wieder an der Lautstärke seines Hörgerätes herum.

Amy fing laut an zu lachen.

»Diese Sängerin, Lorens. Aus Amerikaaaa«, erklärte Oma und ich prustete los.

»Amerikaaaaaa. Wie viele As hat das Wort bei dir, Oma?«

Oma gab mir lachend einen leichten Seitenhieb.

»Nie gehört«, murmelte Opa in seinen Bart und schüttelte den Kopf.

»Zweitens: Die Kaffeemaschine ist heute mit einem lauten Knall explodiert.«

»Oha!« Omas Falten auf der Stirn zeigten, dass es in ihrem Kopf arbeitete. »Ich hoffe doch nicht!«, warf sie ein und schlug die Hände vor den Mund.

»Dritte Möglichkeit: Ella hat heute einer Kundin Kaffee auf den Mantel geschüttet.«

Ich rutschte mit einer Mischung aus ein bisschen Stolz und noch mehr Verlegenheit immer tiefer in meinen Stuhl und spürte, wie Röte in meine Wangen schoss, weil plötzlich sechs Augen interessiert in meine Richtung starrten.

»Du hast bitte, waaaaas?« Für Oma schien der Fall ziemlich klar zu sein, warum auch immer.

Ich zuckte gespielt lässig mit den Schultern.

»Alles gut, Omsi, sie hatte es verdient. Wirklich«, beschwichtigte Amy Oma. »Diese bescheuerte Kuh hat Ella schon früher gemobbt. Neulich ist sie schon auf einer Party aufgetaucht und war absolut übergriffig. Und dann hatte sie noch die Dreistigkeit, im Café aufzutauchen und damit weiterzumachen. Sorry, die Kuh hat es echt nicht anders verdient. Ella war der Hammer. Ich bin so stolz auf sie.«

Opa kicherte und schob seine Brille höher. »Ella, Ella, ich wusste schon immer, dass ein kleiner brodelnder Vulkan in dir steckt. Stille Wasser sind tief.«

Bestätigend wackelnd hob er den Zeigefinger.

Oma schüttelte ungläubig den Kopf. »Man muss immer tiefer graben, um einen Menschen wirklich zu kennen, oder?«

Verlegen starrte ich das Bild an der Wand an.

»Da bin ich *einmal* nicht im Café und verpasse die besten Geschichten. Ab jetzt bin ich täglich vor Ort, das hält jung. Kann ja nicht angehen, dass ich so etwas verpasse. Ich hätte ihr dann gleich auch noch eine Dusche verpasst, hör mal.« Sie kicherte und ihre langen Ohrringe wippten dazu im Takt.

Zufrieden grinsend saß ich inmitten meiner liebsten Menschen und war mit mir und der Welt im Reinen. Ich hatte es geschafft, mich nicht unterkriegen zu lassen. Mich endlich zu wehren, und das fühlte sich so unfassbar befreiend an.

»Zum Altsein hab ich doch wirklich noch genug Zeit, oder Lorens, was meinst du?«, philosophierte Oma weiter.

»Wer würde es wagen, dir zu widersprechen, Klara?« Opa lachte, tätschelte Omas Hand und schob sich eine vollgehäufte Gabel mit Kartoffelsalat in den Mund. »Ich wäre ja schön blöd, wenn ich es täte. Du kochst einfach zu gut.« Sein verschmitztes Lächeln ließ die Falten um seine Augen tanzen. »Nicht, dass du mich noch auf die Straße setzt.«

Er warf Oma einen Kuss zu und Oma fing ihn gespielt mit ihrer Hand und lächelte.

Diese beiden Spinner. Wann würden sie aufhören, so urkomisch zu sein? Ich hoffte, dass es nie passierte.

24

Leander

Es war ein kühler Freitagmorgen, als ich in Richtung Werkstatt schlurfte. Noch ein wenig müde und »unterkoffeinisiert«, wie ich diesen Zustand nannte.

Ich hatte mich um acht Uhr mit Anders verabredet, da wollten wir mit unserer Arbeit beginnen. Ein Kunde hatte verschiedene Schränke für seinen Laden bestellt, welche wir die letzte Zeit zusammen herstellten. Anders brachte mir während der Arbeit jede Menge neue Kniffe bei. Ich lernte unglaublich viel von ihm. Die Arbeit machte mich glücklich, weil ich endlich mit den Händen Dinge erschaffen konnte. Nicht mehr nur mit dem Kopf arbeitete. Meine Kreativität einsetzen konnte.

Als ich die Werkstatt betrat, lief Musik, das Licht brannte, aber von Anders war weit und breit nichts zu sehen. Also fing ich an, aufzuräumen, kehrte Haufen von Sägespänen zusammen, ordnete das Werkzeug und leerte den Müll.

Anders war immer noch nicht erschienen, obwohl inzwischen fast eine halbe Stunde vergangen war. Mit der Arbeit beginnen konnte ich blöderweise auch nicht ohne ihn, da er die Pläne gestern Abend mit ins Haus genommen hatte.

Spontan beschloss ich, dort nachzusehen und bei der Gelegenheit die benutzten Kaffeetassen in die Spülmaschine zu räumen. Vielleicht konnte ich dabei auch frischen Kaffee kochen. Anders hatte die Angewohnheit, seine Haustür nicht abzuschließen.

»Hier draußen vertraut jeder jedem«, war seine Aussage, wenn ich ihn darauf hinwies, dass das eventuell leichtsinnig sein könnte. In diesem Fall war ich froh, wenigstens etwas tun zu können.

Die Tür gab nach, als ich dagegen drückte, und ich ging die knarzenden Holzstufen nach oben, um nach ihm zu sehen.

»Anders?«, rief ich in die Stille.

Nichts regte sich.

»Bist du da?«

Etwas unangenehm war es mir schon, ungefragt in seine Privatsphäre einzudringen. Ich fühlte mich unwohl, als ich in seinem gemütlichen Wohnzimmer stand, in dem er die meisten Möbel selbst gebaut hatte, und hoffte, die Pläne auf dem Esstisch anzufinden.

Doch außer einigen Werbeprospekten lag nichts weiter dort.

Ratlos schaute ich mich im Raum um, als mein Blick auf eine wunderschöne alte Kommode fiel. Ich stellte die Kaffeetassen auf dem Boden ab und strich ehrfürchtig über das Nussholz. Vielleicht hatte er die Pläne in die Schublade gelegt? Einen Spalt breit öffnete ich sie, den Gedanken verdrängend, dass ich gerade in Anders' Privatsachen herum stierte. Schließlich wollte ich doch nur mit der Arbeit beginnen, daran konnte ja nichts Falsches sein, oder? Ich wühlte zwischen zahlreichen Skizzen anderer Projekte, konnte die passenden Pläne aber nirgendwo finden.

Als ich die Schublade wieder schließen wollte, stockte mir für einen flüchtigen Moment der Atem. Ein zartblauer Umschlag war zwischen dem vielen Papier hervorgerutscht. Die Handschrift darauf hätte ich unter tausenden wiedererkannt. Die Adresse war der Absender meines Elternhauses. Sophia Winterfeldt stand in der geschwungenen Schrift meiner Mutter geschrieben und mein Herz schlug schneller. Was zum Henker machte dieser Brief hier in Anders' Schublade?

Mit zitternden Händen zog ich das Papier aus dem Umschlag, als ein Foto herausfiel und zu Boden segelte. Ich hob es auf. Schlagartig beschleunigte sich mein Puls. Das Bild zeigte meine Mom und mich an einem Urlaubstag am Meer. Wir lachten beide in die Kamera. Ich, etwa zehn Jahre alt.

Sofort hatte ich die Bilder dieses Urlaubs vor Augen. Meine Hände waren schweißnass, als ich das Papier auseinanderfaltete. Mein Herz pochte bis zum Hals und ich hielt den Atem an.

Lieber Anders,
ich weiß, du hast lange nichts von mir gehört. Es tut mir von Herzen leid, aber Erik schöpft bei den geringsten Gelegenheiten Verdacht, dass ich den Kontakt zu dir in irgendeiner Form aufrecht erhalten könnte. Manchmal bin ich schon fast paranoid und fühle mich verfolgt. Denke, er hätte einen Privatdetektiv auf mich angesetzt, was gar nicht so abwegig ist angesichts seiner krankhaften Eifersucht. Es vergeht kein Tag, an dem ich nicht an dich denke. Ich vermisse dich unendlich und mein Herz zerspringt regelmäßig in tausend Stücke, wenn ich Leander anschaue. Er hat so viel von dir. Sein strahlendes Lächeln, die dunklen Haare und Augen. Er ähnelt dir und das ist wunderschön und zerreißt mir gleichzeitig das Herz. Dass er dich nicht kennenlernen kann. Dich, seinen wundervollen Vater. Ich habe keine Wahl, Anders. Nicht die geringste Chance. Ich fühle mich für ihn verantwortlich. Er ist mein Kind und ich würde alles für ihn tun. Ich weiß, dass du das verstehst. Das mit uns war einzigartig, du bist einzigartig.
Vergiss das nicht.
In Liebe, Sophia

Mir wurde schwindelig. Hatte ich mich verlesen?

Ich ließ den Brief sinken und setzte mich auf den Holzboden. Was genau lief hier für ein Film, verdammt? Mein Puls hämmerte in meinen Ohren. Was war das hier? Träumte ich gerade? Ich konnte nicht mehr klar denken, als ich auf einmal Schritte hörte.

Jemand kam die Treppe hoch.

Ehe ich den Raum verlassen konnte, tauchte Anders vor mir auf. Blickte von mir zur Kommode, die offen stand. Sekundenbruchteile, bis er verstand, was passiert war. Das Entsetzten war ihm auf die Stirn geschrieben.

»Leander … Ich …«

»Was um alles in der Welt hat das zu bedeuten, Anders?«, fiel ich ihm ins Wort, den Brief fest umklammert.

»Lass es mich dir erklären, *bitte.*«

»Erklären? Dein Ernst jetzt? Wann wolltest du es mir sagen? Wolltest du es mir *überhaupt* jemals sagen? Verdammt nochmal, was soll das hier? Wie lange wolltet ihr mich belügen? Das hast du dir ja prima ausgedacht. Verkaufst mir dein Tiny House und spielst weiter den unbekannten Gönner für mich. Ernsthaft? Und ich war so dumm, dir mein Vertrauen zu schenken«, schrie ich ihn wütend an und wedelte hektisch mit dem Brief meiner Mutter in der Luft herum.

Anders wurde immer kleiner und sackte in sich zusammen.

»Scheiße ist das. Ganz große Scheiße, verstehst du das?« Ich vergrub den Kopf in meinen Händen und raufte mir die Haare.

»Leander, ich wollte es dir ja sagen. Ich … ich hab nur noch nicht gewusst, wie. Wann der richtige Zeitpunkt dafür ist.« Anders Stimme klang brüchig.

»Der richtige Zeitpunkt?« Meine so hysterisch, dass ich sie selbst nicht mehr erkannte. »Es wird ja immer besser. Spar dir deine verfluchten Ausreden.« Mein humorloses Lachen klang so verdammt hohl. »Aber klar, das ist schwer, wenn man einen jahrelang im Stich gelassen hat. Da muss man gut abwägen, wann der richtige Zeitpunkt für die Wahrheit ist. Ich fass es nicht.«

»Leander, lass mich dir doch erklären …« Anders senkte den Kopf und seufzte.

»Und der richtige Zeitpunkt. Dein Ernst?« Ich schnaubte verächtlich und sprang auf. Schweiß stand auf meiner Stirn. Mein Blick verschwamm. »Der richtige Zeitpunkt? Dass ich nicht lache.« Ich schüttelte den Kopf. »Wann soll der sein? Jetzt etwa? Danke auch, Anders. Es geht mir jetzt viel besser. Soll ich dir etwas verraten? Der beschissene richtige Zeitpunkt kommt nie in solchen Dingen. NIE! Kannst du dir das vorstellen? Was für eine Ironie.«

Ich warf die Hände in die Luft. Meine Stimme triefte vor Zynismus und ich schmiss den Brief von mir.

Rempelte in meiner Wut die herumstehenden Kaffeetassen um, die laut klirrend über den Boden schepperten.

»Leander … warte …«

Anders Rufen verfolgte mich auf der Treppe, doch ich ließ mich nicht einholen. Ich flog die Stufen hinunter. Bis ich im Freien stand. Und nach Luft schnappte. Und schrie. Ich schrie, so laut ich konnte, als ginge es um mein Leben. Egal, wer mich hörte. Sollten sie doch denken, dass ich irre geworden war. Vielleicht war ich das ja auch? Denn es fühlte sich in diesem Moment fast genauso an.

Ich schrie all meinen Frust aus meinem Körper. Bis ich zitterte.

Was war das für eine riesige Scheißlüge? Mein Vater war nicht mein Vater. Anders war mein Vater. Das konnte doch unmöglich wahr sein. Das alles *durfte* nicht wahr sein. Meine Mutter hatte eine Affäre mit Anders gehabt.

Mir wurde schlecht. Die, die ich immer für unfehlbar gehalten hatte, hatte mich jahrelang belogen. Warum? Wie konnte sie mir das antun? Warum sie? Ich hatte ihr blind vertraut.

Ich konnte nicht mehr klar denken. Der Gedanke, dass alles, was ich bisher geglaubt hatte, eine einzige Lüge war, fuhr in meinem Kopf Achterbahn und sorgte dafür, dass mir schwindelig wurde. Ich fühlte mich betrogen. Von dem Menschen, der mir in meinem Leben am meisten bedeutet hatte.

Das hier fühlte sich vollkommen falsch an. Nichts machte mehr Sinn. Was sollte ich noch glauben?

Wütend wischte ich mir die Tränen aus dem Gesicht. Dass Jungs nicht weinen, hatte mir mein Vater, der gar nicht mein Vater war, über die Jahre eingerichtet. Nicht einmal jetzt schaffte ich es, diese fiese Stimme zu ignorieren. Die, dass Jungs immer stark sein müssen. Verdammt nochmal, ich wollte weinen und konnte es nicht. Außer stiller Tränen war da nichts. Weil er es mir jahrelang verboten hatte. Weil er mich dann als Weichei betitelt und ich mich dafür so unendlich geschämt hatte. Also schrie ich wieder. So lange, bis ich das Gefühl hatte, etwas zu spüren. Und wenn es nur das dumme Kratzen meines Halses war, weil ich mich heiser geschrien hatte.

Ich schleppte mich in mein Tiny House, warf mich aufs Bett und spürte warme Flüssigkeit, die meine Wangen herunterlief. Ich konnte mich nicht dagegen wehren und wurde von meinen Gefühlen übermannt. Schwor mir in diesem Moment, dass ich diesen Schmerz nicht mehr wegdrücken wollte. Weil ich verdammt nochmal das Recht dazu hatte, zu fühlen, und weil mein Vater, der verdammt nochmal gar nicht mein Vater war, mir nichts zu sagen hatte. Nie mehr. Es war endgültig vorbei.

25

Ella

Ich ahnte, dass es kein gutes Zeichen war, als Anders schon morgens das Café betrat. Normalerweise war er um diese Zeit in seiner Werkstatt zu finden und seine traurige Miene und gesenkte Körperhaltung sprachen Bände. Schwer seufzend ließ er sich auf einen Stuhl sinken. Seinen Kopf stütze er auf seinen Händen ab, als er am Tisch saß, verharrte einige Minuten reglos in dieser Haltung.

Also legte ich mein Geschirrtuch zur Seite, trocknete meine Hände ab, legte ein Franzbrötchen auf einen Teller und ließ einen Kaffee aus der Maschine. Mit beidem bewaffnet lief ich zu seinem Tisch. Wortlos stellte ich Kaffee und Gebäck vor ihm ab.

Er blickte traurig auf und ich ihn auffordernd an.

»Du siehst aus, als könntest du jede Menge davon vertragen. Vor allem vom Kaffee. Wobei, Süßes hilft auch. Immer. Ich kenne da jemanden, der kennt sich damit aus. Aus Gründen.« Ich zwinkerte ihm zu.

»Ach, Ella«, murmelte er seufzend.

»Dieses *ach* vor meinem Namen, ich weiß nicht, ob mir das gefällt.« Ich nahm seine Hände, die er inzwischen auf den Tisch gelegt hatte, tröstend in meine und lud ihn ein, zu sprechen. Noch ehe er etwas sagen konnte, war mir klar, was ihn bedrückte. »Leander?«

Er nickte vorsichtig.

»Du hast es ihm gesagt?«

»Nicht ganz ...«

Jetzt war ich irritiert.

»Er hat einen Brief seiner Mutter gefunden. Wir hatten uns in der Werkstatt verabredet und ich hatte mich verspätet. Er hat mich im Haus gesucht und offensichtlich etwas anderes gefunden.«

»O nein!« Erschrocken schlug ich meine Hände vor den Mund. »Du hast den Brief offen herumliegen? Warum?«

»Wo denkst du hin? Er lag in einer Kommode in der Schublade. Ich konnte ja nicht ahnen, dass er in meinen Sachen herum-«

Anders stockte, es war ihm sichtlich unangenehm, den Gedanken, dass Leander in seinen Privatsachen herumgeschnüffelt hatte, weiterzudenken.

»Und jetzt?«, fragte ich zögernd und hatte gleichzeitig Angst vor der Antwort.

»Er war außer sich vor Wut, wie du dir denken kannst. Ich kann es ihm nicht verübeln. Seitdem geht er mir aus dem Weg. Ich habe ihn nicht mehr gesehen.« Er nippte am Kaffee und lehnte sich zurück.

»Ich habe keine Ahnung, was ich tun soll. Schätze, er hat beschlossen, mich zu hassen, was ich auch verstehen kann. Im Moment weiß ich überhaupt nicht, was ich tun soll. Vermutlich braucht er Zeit ... hoffe ich. Das muss ich akzeptieren, auch wenn es mir schwer fällt, jetzt meine Füße stillzuhalten.«

Er nahm seine Tasse und legte die Hände darum, als müsste er sich daran festhalten. Dann trank er einige Schlucke.

»Ich kann dich gut verstehen, aber vermutlich ist das im Moment wirklich das Beste.« Ich hob die Schultern. »Wenn ich etwas für dich tun kann, lass es mich wissen, ja?«

»Danke, das werd ich tun. Danke, dass ich dir deine Zeit stehlen durfte.«

»Immer doch. Ich hoffe, du weißt das? Das hier geht aufs Haus.« Ich zeigte auf den Teller, von dem Anders nichts angerührt hatte, und den Kaffee, an dem er wenigstens ein paar Mal genippt hatte.

»Danke.« Er nickte mir zu, stand auf und verließ mit langsamen Schritten das Café.

Nachdenklich blickte ich ihm hinterher. Als ich in die Küche zurücklief, zog Oma fragend die Augenbrauen hoch. Sie stand hinterm Herd und kochte eine köstlich riechende Tomatensuppe. Wir hatten täglich

wechselnde Suppen als Tagesessen und Oma war unsere Expertin auf diesem Gebiet. Im riesigen Kochtopf rührend, blickte sie mich fragend an.

»Jaaaaa, Omsi? Du willst mich doch fragen, wer das war, hab ich recht?«

»Ich weiß jetzt nicht, wie du darauf kommst?« Omas Lächeln war verschmitzt.

»Klara Sommer, ich kann Ihre Gedanken lesen, wussten Sie das nicht?«

»Ach, weißt du, diese Fähigkeit wird doch eher Hexen zugeschrieben, und da ich gerade im Zaubertrank rühre, bin das wohl eher ich, oder? Aber mal ernsthaft, wer war dieser Mann? Ihr saht ziemlich vertraut aus.«

»Pfffffffff.« Ich blies die Luft aus meinem Körper. »Es ist kompliziert, Omsi. Und eine sehr lange Geschichte.« Erschöpft lehnte ich mich an den Küchentresen und schüttelte den Kopf. »Ich glaube, mehr kann ich dazu gerade nicht sagen.«

»Verstehe.« Oma kostete mit einem Löffel vorsichtig von der dampfenden Suppe. »Köstlich. Ich muss schon sagen, ich habe mich mal wieder selbst übertroffen«, sagte sie kichernd und legte den benutzten Löffel ins Spülbecken. »Und das andere werde ich schon erfahren, wenn die Zeit dafür gekommen ist.«

»Ich bewundere dich wirklich für deine Geduld und Weisheit, Omsi. Danke.«

»Man lernt zu warten mit den Jahren, Ella-Kind.

Was kommen soll, kommt dann schon, zur richtigen Zeit. Aus Omas Weisheitenratgeber Seite 128«, erklärte sie und lächelte.

Als wir um 18 Uhr das Café schlossen, fasste ich spontan den Entschluss, zu Leander raus zu fahren. Wir hatten uns über den Tag ein paar Mal geschrieben und er klang unglücklich, was zwischen den Zeilen lesbar war, auch wenn er es zu verbergen versuchte.

Ich packte die restliche Tomatensuppe und etwas Brot ein und machte mich auf den Weg. Die Fahrt ins Alte Land half mir, meine Gedanken zu sortieren, und diese Strecke hatte, sobald man den Hamburger Verkehr hinter sich gelassen hatte, eine entspannende Wirkung auf mich. Wenn die vom Herbst verfärbten bunten Bäume an mir vorbei zogen, die Wiesen den Rand der Straße säumten und die Elbe immer wieder hervor blitzte, fühlte ich mich schon fast entschleunigt.

Bepackt mit einem Topf stand ich eine Weile später vor dem Tiny House, in dem Licht durch die Fenster fiel. Laute Musik von Linkin Park dröhnte nach draußen. Mit meiner freien Hand hämmerte ich gegen die Tür. Nichts tat sich. Als er mir nach mehreren Klopfversuchen immer noch nicht geöffnet hatte, beschloss ich, ihn auf dem Handy anzurufen. Hoffte, dass er dieses mit seiner Box gekoppelt hatte und die Musik dadurch unterbrechen würde.

Ich hatte Glück, mein Plan funktionierte und Leander nahm ab.

»Ja?«

»Ich stehe mit Essen vor deiner Tür. Machst du mir auf? Du hast mein Klopfen nicht gehört.«

»Oh! Sorry«, antwortete er und im selben Moment öffnete sich die Tür. Sein Lächeln wirkte maskiert.

Zögernd ging ich auf ihn zu und gab ich ihm einen Kuss auf die Wange. Seine Bartstoppeln kratzten. Ich spürte seine angespannten Kiefermuskeln.

»Ich hab uns Suppe mitgebracht. Hast du Hunger?«, versuchte ich die Stimmung etwas aufzulockern.

Emotionslos zuckte er mit den Schultern.

Ich stellte den Topf auf den Herd, schaltete das Gas an, holte Teller und Besteck aus dem Schrank und deckte den Tisch für uns. Als ich mit allem fertig war, bedeutete ich ihm, sich zu setzen, was er auch tat.

»Kann es sein, dass du etwas loswerden musst?« Ich lächelte ihn offen an.

Er zuckte mit den Schultern und nahm einen Löffel von der Suppe.

»Schon möglich, ja«, murmelte er und seufzte tief. »Es ist wegen Anders. Ich hab Scheiße gebaut, Ella. Und dabei Dinge erfahren, die ich auf diese Art nicht erfahren wollte. Weil ich Anders gesucht habe, als wir zum Arbeiten verabredet waren, bin ich ins Haus gegangen. Er schließt ja nie ab.« Leander vergrub die Hände in seinen Haaren.

»Okay?«, ermunterte ich ihn, weiterzureden.

»Ich hab nach den Plänen gesucht für einen Auftrag und da nichts herumlag, hab ich in einer Kommode geschaut. Ehe ich wusste, was ich da tat, habe ich in der Schublade gewühlt und … und …« Er schluckte hart. »Einen Brief meiner Mutter entdeckt. Ich war so perplex, weißt du … Ich hab ihn gelesen. Weil … ich …«

Er rang mit den Worten und schlang seine Arme um sich.

»Verdammt, Ella! Anders ist mein Vater. Er und meine Mutter hatten eine Affäre. Das habe ich durch diesen Brief herausgefunden. Wäre ich nicht in Anders' Haus gegangen, hätte ich es viel später erfahren. Oder vielleicht auch nie? Wer weiß das schon? Anders kam nach Hause und …«

»Leander, ich … Ich muss dir auch etwas sagen«, fiel ich ihm ins Wort.

Er blickte auf, mit dieser nachdenklichen Falte zwischen seinen Augen. »Was denn?« Sein Tonfall klang verwundert. Fragend zog er die Augenbrauen hoch.

»Ich war neulich bei Anders in der Werkstatt, als ich zu dir wollte. Vor dem Tag, als ich bei dir war und wir uns versöhnt haben, weißt du?«

Ein kurzes Lächeln huschte über sein Gesicht.

»Okay?« Fragend blickte er mich an.

»Anders wirkte sehr bedrückt und hat mir sein Herz ausgeschüttet.«

Leanders Augen wurden groß und die nachdenkliche Falte vertiefte sich. »Das heißt?«

Ich hielt für einen Moment die Luft an. »Anders hat es mir erzählt.«

»Wie? Was? Ich versteh nicht. Das heißt, du wusstest es?« Er ließ sich tiefer in den Stuhl sinken.

»Ja, noch nicht lange, aber ja, ich wusste es«, murmelte ich und blickte auf die Tischplatte.

»O-okay. Das ist ... heftig ... das muss ich erstmal sacken lassen.«

Er stand vom Stuhl auf und lief im Zimmer umher. Plötzlich war da diese Schwere zwischen uns, die wie eine graue Wolke unter der Decke hing.

»Leander, ich wollte Anders nicht vorgreifen und er hatte mir fest versprochen, es dir zu sagen.«

»Du wolltest was? Nicht vorgreifen? Und deswegen lügst du mich an?«

Ich spürte, wie die Stimmung kippte und Leanders Schmerz fast greifbar wie eine Mauer zwischen uns stand.

»Ella.« Mein Name stolperte brüchig aus seinem Mund. Er war jetzt direkt vor mir, ich konnte seinen warmen Atem spüren und trotzdem wurde die Distanz immer größer. »Verdammt, Ella!«

In seinen Augen lag so viel Enttäuschung. Sein Blick wirkte leer und kalt. Für ein paar Atemzüge sagte keiner von uns etwas. Da war plötzlich nur noch Stille zwischen uns im Raum. Sie hämmerte so laut an die Fenster unserer Seelen, dass mich fröstelte.

Dann folgte Leanders tiefes Seufzen.

»Kannst du dir eigentlich vorstellen, was ich die letzten Tage durchgemacht habe?«, fragte er leise. »Meine Welt ist zusammengebrochen. Ich habe meine Mom praktisch immer für eine Heilige gehalten und jetzt finde ich heraus, dass sie mich mein Leben lang angelogen hat. Hast du eine Idee, wie verdammt scheiße sich das anfühlt? Ganz zu schweigen von meinem Vater, aber bei dem wusste ich wenigstens, dass er ein Arsch ist. Was es allerdings auch nicht besser macht.«

Sein hohles Lachen wirbelte durch den Raum und traf schmerzend einen wunden Punkt in meiner Seele. Ich fühlte mich so unglaublich schuldig in diesem Moment.

»Und Anders? Pffff … ja, Anders? Was soll ich dazu denken? Ich hatte Vertrauen zu ihm gefasst und auch er hat mich belogen.« Sein Kopf senkte sich und er fuhr sich durch die Haare. »Und als wäre das alles noch nicht heftig genug, kommst auch noch du und sagst, du hast es gewusst. Überraschung! Soll das alles hier ein verdammter Witz sein? Das habt ihr euch echt super ausgedacht alle miteinander!« Leanders Stimme brach.

Ich fühlte mich unendlich hilflos. Versuchte, seine Hand zu nehmen, doch er schob sie wütend weg.

»Ich verstehe dich …«, stammelte ich leise. Das tat ich wirklich. Es brach mir das Herz, ihn so verzweifelt zu sehen.

»Du verstehst mich?« Er lachte höhnisch auf. Seine Stimme klang so kalt, dass die Kammern meines Herzens zu Eis erstarrten. »Ich glaube nicht, dass du das tust. Sonst hättest du mit mir geredet und es mir erzählt, Ella. Stattdessen kommst du hierher und tust so, als wäre alles okay? Schon das letzte Mal, als du hier warst, hast du mich in dem Glauben gelassen, dass alles in Ordnung wäre. Dabei war es das kein bisschen. Du hast mich ins offene Messer laufen lassen. Und jetzt behauptest du, du verstehst mich? Sorry, aber das kann jetzt nicht dein Ernst sein.«

Er klang so bitter und ich hatte das Gefühl, in einen Abgrund gerissen zu werden. Der Schmerz über das, was hier gerade passierte, saß wie ein brüllender Riese auf meiner Brust und nahm meiner Seele die Luft zum Atmen. Und ich? Ich konnte nichts dagegen tun, als es zuzulassen. Denn ich war selbst schuld an diesem Chaos, das ich ausgelöst hatte.

»Weißt du was, ich komme mir absolut verarscht vor. Erst von Anders und meiner Mom und jetzt auch noch von dir. Ich dachte, ich könnte dir vertrauen. Ich hasse nichts mehr, als angelogen zu werden. Ja, die

Wahrheit kann wehtun, aber die Unwahrheit ist verdammt unerträglich.«

Ich schluckte hart. Er hatte ja recht. Aber was hätte ich denn tun sollen? Was um alles in der Welt? Ich hatte mich auf Anders' Aussage verlassen und es war falsch gewesen. Ich hätte auf mein Bauchgefühl hören müssen. Leander hatte recht, daran ließ sich nicht rütteln. Und das machte es tausendmal schlimmer, denn zu meinem Fehler kam noch dieses Gefühl der Schuld, das jetzt bleischwer auf meinem Gewissen lastete.

»Du kannst mir vertrauen, Leander, und ich habe dich nicht angelogen. Anders hatte mir versprochen …«, begann ich zu einer Erklärung anzusetzen. Er musste doch verstehen, er musste …

»Hör auf, Ella. Wirklich!«, fiel er mir ins Wort. »Du machst es nicht besser durch deine Erklärungen. Ich will keine Ausreden, ich hätte einfach nur die Wahrheit gewollt. Dass du ehrlich zu mir bist. Nicht mehr und nicht weniger.«

Ungläubig schüttelte er den Kopf.

Mein Kloß im Hals war wieder da. Der ungebetene alte Gast. Bittere Tränen traten mir in die Augen, als ich ohnmächtig dastand und Leander sich immer weiter von mir entfernte. Ich spürte es an seiner Körperhaltung. Sah es an der Art, wie er mich ansah. Das Leuchten in seinen Augen, welches sonst immer da gewesen war, wenn er mich anschaute, war verschwunden. Sein Blick jetzt war pure Enttäuschung. Voller Schmerz und Kälte.

Ich trat einen Schritt auf ihn zu, doch er hob abwehrend seinen Arm. Etwas zwischen uns hatte sich verschoben und als Leanders Worte wie giftige Pfeile in meinem Herzen landeten, wusste ich, ich hatte diesen Kampf verloren.

»Ich möchte, dass du jetzt gehst. Lass mich allein. Bitte.«

Seine Stimme klang fremd. Kalt und distanziert und bitter. Ich sah Tränen in seinen Augen und es zerriss mich, ihn so zu sehen. Die Kluft, die sich zwischen uns aufgetan hatte, schien unüberwindbar. Wie konnte das passieren? Wie konnte er mich so missverstehen? Ich ihn so verletzen? Ich war am Zittern und mir war schlecht.

»Können wir nicht einfach in Ruhe darüber reden? Bitte?« Ich hasste den verzweifelten Klang in meiner Stimme. Dass ich um seine Zuneigung bettelte und gleichzeitig wusste, dass ich sie verloren hatte. Er hatte die Mauern um seine Seele unüberwindbar hochgefahren. Und ich konnte verdammt nochmal nichts mehr dagegen tun.

»Es gibt nichts mehr zu reden. Ich wüsste echt nicht worüber. Das hättest du früher tun müssen, mit mir reden. Jetzt ist es zu spät.«

Als er diese Worte aussprach, zuckte ich innerlich zusammen. Ich wollte schreien, dass das nicht sein durfte, doch all die Worte blieben mir ungesagt im Halse stecken. Sie sanken zurück in mein Herz, kratzten dort verzweifelt an den Wänden und verstummten dann im Nirgendwo.

Taumelnd nahm ich meine Jacke und griff in die Tasche, worin sich das kleine Holzherz befand, welches ich von ihm bekommen hatte. Seither hatte ich es jeden Moment bei mir getragen. Immer.

Ich blickte Leander an, doch der hatte sich inzwischen abgewandt und sah in die andere Richtung. Ich hatte verloren. Ihn verloren.

Wortlos legte ich das Herz auf dem Esstisch ab und verließ das Tiny House. Lief wie in Trance zu meinem Auto. Wie hinter dichtem Nebel nahm ich wahr, dass Anders aus der Werkstatt meinen Namen rief, doch ich konnte nicht antworten. Ich hatte nicht die Kraft und konnte nicht atmen. Nicht denken. Ich war ein einziges Chaos aus Gefühlen und in mir ein schrecklicher Wirrwarr aus Schmerz und Enttäuschung. Und ich war verdammt nochmal selbst schuld daran.

26

Ella

Keine Ahnung, wie ich es bis vor Amys Wohnung geschafft hatte. Ich wusste es nicht. Ich erinnerte mich lediglich daran, dass sie mir die Tür geöffnet hatte und ich wortlos in ihr Bad stürzte und über der Kloschüssel hing, um mich zu übergeben. Bis ich völlig leer war. Mein Hals brannte. Mir war so elend.

Amy strich mir die Haare aus dem Gesicht, packte mich aufs Sofa und wickelte mich in eine Decke ein. Ich sagte kein einziges Wort. Sie kochte uns Tee und stellte Taschentücher bereit, als sie sich neben mich setzte und mir den dampfenden Tee reichte.

»Ich bin eine wandelnde Katastrophe«, sagte ich leise, verzweifelt und brach erneut in Tränen aus.

Amy zog fragend die Augenbrauen hoch. »Das wüsste ich aber.«

Dann brach alles aus mir heraus. Ich erzählte ihr die ganze Geschichte, angefangen bei Anders' Geständnis, seiner Affäre mit Leanders Mom und dass ich mit ihm hätte reden müssen. Amy hörte sich alles geduldig an, ohne mich zu unterbrechen. Als ich fertig war, nahm sie meine Hand und blickte mich ernst und voller Liebe und Mitgefühl an.

»Ganz ehrlich, dich trifft am wenigsten Schuld. Das haben andere vor dir verbockt. Leanders Mom vor allem, aber auch Anders und sein Nicht-Dad, der Arsch, aber am allerwenigsten du. Du wurdest in die Sache mit hineingezogen. Das ist blöd. Und Leander ist gerade so verletzt, der kann das im Moment nur falsch verstehen, glaube ich. Hoffe ich.«

»Ich weiß nicht. Ich hätte es ihm sagen sollen.« Dieses fiese Gefühl der Schuld hatte sich in meine Seele gebohrt und ließ sich nicht so einfach abschütteln, so sehr ich es auch versuchte.

»Ich bin mir da nicht sicher, Ella. Vielleicht. Vielleicht auch nicht. Manchmal gibt es kein richtig oder falsch. Manchmal gibt es nur die falsche Option und kein richtig. Ich befürchte, in diesem Fall konntest du nur verlieren. Anders hätte dich da raushalten sollen. Das war echt dumm von ihm, dass er dich da mit reingezogen hat. Du hast aber auch die unglaubliche Gabe, dass jeder dir sein Herz ausschüttet. Du kannst gar nichts dafür, aber alles an dir scheint immer: ›Erzähl mir deinen Kummer, ich bin für dich da‹, zu rufen.«

Fast musste ich schmunzeln. Stattdessen brach ich

erneut in Tränen aus. Sie hatte recht. Ich war ein Sorgentelefon auf zwei Beinen (oder eher eineinhalb) mit Standleitung.

»Ich habe keine Ahnung, was ich jetzt machen soll«, sagte ich an Amy gelehnt, in ihren Pulli schluchzend.

»Wenn du meinen Rat willst, erstmal gar nichts. Er hat dich weggeschickt. Er braucht Zeit. Und so hart es ist, du kannst nur warten.«

»Ich weiß nicht, ob mir der Rat gefällt. Vor allem, weil ich Angst habe, dass du recht hast.«

Und noch mehr Angst davor, dass ich alles kaputt gemacht hatte und keine Zeit der Welt etwas daran ändern konnte, dachte ich. Ich war mir nicht sicher, ob er mir je verzeihen konnte. Und ob ich mir selbst verzeihen konnte.

Ich weiß nicht, wie viele Taschentücher ich an diesem Abend vollgeheult hatte, aber als ich am nächsten Morgen auf Amys Couch erwachte, lag ich in einem weißen Meer aus zerknüllten Papiertüchern.

Die Erkenntnis, dass ich nicht nur einen schlechten Traum gehabt hatte, traf mich wie ein Fausthieb. Die ganze Wucht von Schmerz und Verzweiflung stürzte wie eine Lawine über mir zusammen und ich hatte keine Ahnung, wie ich weitermachen sollte. Es fühlte sich so an, als könnte nichts den Schmerz in mir heilen. Eher würde sich der Nordpol dem Südpol nähern.

Ich hatte den Menschen, den ich seit langer Zeit ganz

nah an mich herangelassen hatte, verloren und es fühlte sich unwiderruflich an. Wie sollte ich mir das jemals selbst verzeihen?

27

Leander

Als Ella aus dem Tiny House gestürmt war, hatte ich das Gefühl, sie hatte mein Herz gleich mitgenommen. Mir war schon klar, dass ich selbst die Person gewesen war, die sie weggeschickt hatte. Was aber den Schmerz nicht verringerte.

Ich war konfus und alles, was ich tat, glich einem Eiertanz. Lüge und Wahrheit waren die letzten Tage zu einem gefährlichen Brei vermischt worden und hatten mein Leben vergiftet. Ich musste etwas tun und meiner Seele Luft verschaffen.

Auch wenn ich dafür meinen inneren Schwur brechen musste. Den, nie wieder einen Fuß in die Firma meines Vaters zu setzen. Ich musste meinem Nicht-Vater in die Augen sehen, wenn er mir den Grund für seine jahrelangen Lügen auftischte. Ich musste sehen, wie er reagierte, und ich wollte hören, was er zu seiner

Verteidigung zu sagen hatte, auch wenn ich vermutlich nichts davon gelten lassen konnte. Trotzdem. Es musste sein. Manchmal war die Wahrheit wie ein Pflaster, das man schmerzhaft von der Haut riss, damit die Wunde darunter heilen konnte. In diesem Fall wusste ich zwar nicht, wie das funktionieren sollte, doch in einer Sache war ich mir sicher: Ich würde Erik Winterfeldt mit seinen Tonnen von Lügen nicht so einfach davonkommen lassen. Dieses Mal nicht. Dieses Kapitel musste endgültig abgeschlossen werden.

Ich stürmte an Charlottes Empfangstisch vorbei, die laut aufgeregt hinter mir herrief, was ich gekonnt ignorierte. Entschieden riss ich die schwere Bürotür auf, als mich drei erschrockene Augenpaare anblickten. Zwei davon gehörten zur Familie. Eines war mir fremd. Das hier würde interessant werden, dessen war ich mir sicher, denn bestimmt würde ich nicht warten, bis sich der Geschäftspartner, Kunde, was auch immer er war, hier verabschiedet hatte. Ich würde das jetzt und hier über die Bühne bringen. Scheißegal, ob ich meinem Nicht-Vater dadurch einen Auftrag vermasselte. Was durchaus gerecht war, wie ich fand, im Vergleich zu dem, was er mir über die Jahre angetan hatte.

Verdammt egal, ob es meinem Vater gerade in den Zeitplan passte oder nicht. Denn dieses Gespräch würde ihm nie passen. So wie ich ihm auch nie gepasst hatte.

»Leander? Gibt es etwas Wichtiges, dass du einfach so in unser wichtiges Meeting hereinplatzt?« Er blickte über den Rand seiner Lesebrille hinweg und schob nervös einen Füllfederhalter auf dem Tisch hin und her. Dabei verzog er das Gesicht zu einem Lächeln, welches eher einer Grimasse gleichkam.

Heute fuhr er also die diplomatische Tour. Klar, vor einem Kunden musste er sich natürlich von seiner besten Seite zeigen. Die konnte er sich meinetwegen in seinen plattgedrückten Büroarsch stecken.

»Wir müssen reden«, platzte es aus mir heraus.

»In Ordnung, Leander, dann lässt du dir am besten einen Termin bei Charlotte draußen geben, ja? Ich bin gerade mitten in einer wirklich wichtigen Besprechung, wie du siehst.«

Für ihn schien der Fall erledigt zu sein, denn er würdigte mich keines Blickes mehr.

Ben blickte in meine Richtung und formte mit seinen Lippen: »Was ist los mit dir?«

Ich schüttelte vehement den Kopf. »Besprechung?«, wiederholte ich zynisch. »Das hier geht ganz schnell. Deswegen nein, ich werde mir keinen Termin geben lassen. Weißt du was, *Dad?* Es ist mir sogar verdammt scheißegal, ob es bei dir gerade passt oder nicht. Ich wurde jahrelang auch nicht gefragt, ob es mir passt, angelogen zu werden. Von dir, *Dad.* Oder sollte ich ab jetzt eher Erik zu dir sagen? Oder noch besser, Herr

Winterfeldt? Wie hättest du es denn gerne? Jetzt, nachdem ich herausgefunden habe, dass du gar nicht mein Vater bist, Erik? Also erzähl mir bitte nichts davon, dass es dir gerade nicht passt, verdammt. Denn es passt seit Jahren nichts. Und du bist der größte Lügner der Nation. Herzlichen Glückwunsch.«

Energisch warf ich die Hände in die Luft und spürte Tränen der Wut in meinen Augen aufsteigen. Ich würde jetzt verdammt nochmal nicht in Tränen ausbrechen. Nicht hier und nicht vor ihm, aber der Schmerz in meiner Brust wütete wie ein beschissener Orkan.

»Verdammt, Leander«, kam es ihm lauter als vermutlich geplant über die Lippen. Plötzlich hatte ich seine volle Aufmerksamkeit. Traurig, dass das nur auf diese Weise möglich war. Seine Kinnlade klappte nach unten und er schnappte nach Luft.

»Ja, verdammt! Das trifft den Nagel auf den Kopf.« Ich stöhnte laut und knallte meine Faust auf seinen Schreibtisch. So sehr, dass seine Stifte darauf vibrierten.

Ben riss die Augen auf, die jetzt tellergroß erschienen, und sein Ausruf: »Du bist *was*? Nicht Leanders Vater?«, durchschnitt die kurze, geschockte Stille.

Er sprang hektisch vom Stuhl auf und fing an, wie eine geschäftige Ameise im Büro herumzulaufen. Der noch anwesende Kunde rutschte irritiert auf seinem Stuhl herum. Ihm war es sichtlich unangenehm, dass er mitten zwischen die Fronten eines Familiendramas

geriet. Die Luft war zum Greifen geladen mit ungeklärten Fragen und Vorwürfen, die wild in unseren Köpfen und im Raum umher wirbelten.

Während ich mit der Fassung rang, griff mein Vater sich plötzlich panisch an den Kragen seines Hemdes. »Ich bekomme keine Luft«, presste er hervor.

Wäre dies hier nicht mein reales, wirres Leben, wäre ich angesichts der seltsamen Situation vermutlich in Lachen ausgebrochen. Stattdessen blickte ich auf die Szene, die mein Vater hier schauspielerte.

»Dein Theater kannst du dir sparen, *Dad*. Ich glaube dir kein Wort mehr. Warum denn bloß?« Genervt fuhr ich mir durch die Haare. Bis er sich links an die Brust fasste und grau anlief. Plötzlich wirkte sein Gesicht aschfahl und er kippte wie ein nasser Sack seitlich vom Stuhl.

»Verdammt! Ben, ich glaube, er hat einen Herzinfarkt! Schnell, verdammt. Wir brauchen *sofort* einen Krankenwagen!«

Ben stürmte zum Telefon und wählte den Notruf. Hektisch zog ich meine Jacke aus und lagerte diese unter dem Kopf meines Vaters. Während ich die Krawatte um seinen Hals löste und die obersten Knöpfe seines Hemdes öffnete, redete ich auf ihn ein und erklärte ihm, dass Hilfe unterwegs wäre.

»Es … Es tut mir leid«, stammelte er unter Schmerzen.

»Nicht jetzt. Nicht reden. Du darfst dich jetzt nicht

anstrengen.« Beruhigend redete ich auf ihn ein. So sehr ich ihn gerade noch gehasst hatte, so sehr tat er mir leid. Das hier hatte ich nicht gewollt. Nicht so. Nicht auf diese Weise. Doch wie er es auch anstellte, er schaffte es immer wieder, im Mittelpunkt zu stehen.

Erleichtert atmete ich auf, als der Notarzt ins Büro stürmte und meinen Vater versorgte. Erst dann nahm ich wahr, wie meine Hände zitterten und Ben verstört in der Ecke saß.

Erschöpft ließ ich mich neben ihm an der Wand herabsinken und zog ihn zu mir. Wir warteten, bis der Arzt mit der Erstversorgung fertig war und unser Vater auf der Bahre nach unten in den Krankenwagen gebracht wurde. Der Kunde hatte sich inzwischen peinlich berührt verabschiedet.

Ich stieß die ganze Spannung mit einem Luftstoß aus und schloss kurz meine Augen, um wieder klar denken zu können. Mein Kopf war schwer und gleichzeitig so leer. Wo eben noch tausend Gedanken getobt hatten, war jetzt ein Vakuum.

»Wie lange weißt du es schon?« Bens Frage durchbrach das Knäuel meiner wirren Gedanken.

Ich blinzelte mich aus dem Gedankenchaos und schaute ihn an. »Erst seit zwei Tagen.«

»Ach du Scheiße!« Ben stützte seinen Kopf auf den Händen ab, die Ellenbogen auf den Knien abgelegt.

»Das kannst du laut sagen.« Ich lehnte meinen dröhnenden Kopf an der Wand an und seufzte. »Es kommt noch besser.«

»Alter, ich weiß gerade nicht, ob ich das wissen will.« Ben wirkte verunsichert.

»Mein richtiger Dad.« Ich machte eine kurze Pause. »Es ist Anders. Der Typ, bei dem ich das Tiny House gekauft habe. Der Typ, bei dem ich arbeite und auf dessen Grundstück ich wohne. Ich kaufe ein Tiny House, ganz Hamburg kann die Anzeige lesen und ausgerechnet ich melde mich. Hätte mir das jemand vorher gesagt, hätte ich gesagt, dass es so viele Zufälle nicht geben kann. Wobei ich mir inzwischen auch nicht mehr wirklich sicher bin mit diesem ganzen Zufalls-Ding. Die letzten Wochen sind Sachen passiert, die sich für mich mit Zufall nicht mehr erklären lassen.«

»Alter«, stieß Ben ungläubig aus. »Aber ich komm nicht ganz darauf klar, dass wir nur Halbbrüder sind. Und Mom was mit einem Anderen hatte. Passt irgendwie nicht in das Bild, das ich von ihr hatte.«

»Frag mich mal, Mann. Mom war für mich fast eine Heilige. Und jetzt? Ich kann einfach nicht glauben, dass sie mich, also uns, jahrelang belogen hat.«

Wütend stieß ich gegen den Papierkorb, der vor mir auf dem Boden stand. Da war so viel Wut in mir. Ich war wie ein kochender Wassertopf, kurz vor dem Siedepunkt, knapp vorm Überlaufen, und ich wusste nicht, wohin mit dieser unfassbaren Wut, die sich wie eine Tsunamiwelle in mir auftürmte und drohte, mich und alles um mich mitzureißen. Ich durfte verdammt nochmal nicht darüber nachdenken, was die letzten Stunden passiert war. Was würde passieren, wenn ich dem Ärger in mir den kleinen Finger reichte? Würde er dann übermächtig werden und mir den Arm ausreißen? Also drängte ich den Deckel auf die kochende Wut in meiner Seele und versuchte, weiterzumachen. Ich durfte jetzt verdammt nochmal nicht den Verstand verlieren.

Bens Stimme holte mich aus meinen Gedanken zurück. »Ich glaube nicht, dass sie das einfach so getan hat, oder? Das passt doch nicht zu Mom. Es muss eine Erklärung geben, meinst du nicht?«

»Ich hab keine Ahnung. Ich weiß es nicht. Ich weiß gerade gar nichts mehr, verstehst du? NICHTS! Ich fühl mich von allen einfach nur verarscht. Von Ex-Dad, Mom, Anders, Ella ...«

Ben blickte mich mitfühlend an. »Warum von Ella?«

»Weil sie es wusste. Sie wusste davon und hat mir nichts gesagt. Verdammt. Ausgerechnet sie.«

»Autsch!« Ben zog die Luft zwischen den Zähnen ein. »Aber meinst du nicht, dass es auch dafür einen Grund gab?«

»Ach Mann, ich bin komplett durch gerade. Ich hab keine Ahnung von irgendwas. Es fühlt sich an, als würde mir alles, die ganze Wucht der Welt, auf meine Füße fallen. Ich mache zwei Schritte vorwärts und gefühlt geht es danach drei wieder zurück. Wie soll ich da bitte klarkommen? Keine Ahnung, warum mir das Leben gerade so heftig ans Bein pinkelt.«

Schwer seufzend fuhr ich mir durch die Haare. Eine Welle von Hoffnungslosigkeit flutete mich.

»Ich kann hier nicht länger tatenlos rumsitzen«, lamentierte ich und sprang auf. »Ich werd irre sonst. Ich fahre zu Dad. Nicht-Dad, verdammt, whatever Dad, ins Krankenhaus. Kommst du mit?«

Ben nickte mitleidig und wir machten uns auf den Weg.

Als wir 20 Minuten später in grünen Gewändern das Zimmer der Intensivstation betraten, wusste ich nicht, was ich empfinden sollte. Es war eine Mischung aus Wut, Mitleid, Verunsicherung und Angst um und auf diesen verkabelten Menschen, der an den piepsenden Geräten hing, die seinen Herzschlag und seine Sauerstoffsättigung überwachten.

Ich hatte Erik Winterfeldt noch nie zuvor so hilflos erlebt. Er wirkte klein in diesem sterilen Krankenhausuniversum und deplatziert auf eine seltsame Art. Bleich und verloren irgendwie. Und unendlich fremd.

Wer war dieser Mann, der vor mir im Bett lag? Ich hatte keine Antwort darauf und dafür umso mehr Fragen im Kopf.

Unsere Rollen hatten sich verschoben. Er, der immer so überlegen gewirkt hatte, war von einem Moment auf den anderen aus dieser Rolle gerissen worden. Es war das erste Mal in meinem Leben, dass ich mir neben meinem Vater wie ein Erwachsener vorkam. Dass er dafür hilflos in einem Krankenhausbett liegen musste, war auf seltsame Weise schräg und traurig zugleich.

Vorsichtig traten Ben und ich an sein Bett. Müde schlug er die Augen auf, suchte meinen Blick, indem so viel Unausgesprochenes lag, und hob schwach seine Hand.

Ich kam langsam näher und flüsterte leise zur Begrüßung. »Ruh dich erstmal aus. Alles Weitere klären wir später, wenn du wieder bei Kräften bist. Nicht jetzt.«

Ich schüttelte den Kopf, immer noch verwirrt, dass dies hier nicht mein Vater war, und bedeutete Ben, draußen auf ihn zu warten. Dann verließ ich das Zimmer.

Total erschöpft und am Ende meiner Kräfte merkte ich erst jetzt, wie mir der Schock im Nacken lag. Also steuerte ich den nächsten Kaffeeautomaten an, ließ mir einen Espresso raus und mich in einen der Sessel im Wartebereich fallen.

Wenige Minuten später stand ein aufgelöster Ben neben mir. Das Ganze hatte ihn sichtlich mitgenommen.

»Ben?«

Er wirkte abwesend, als das Polster neben mir nachgab.

»Lust auf Essen bestellen und fernsehen bei mir?«

Ben nickte dankbar.

»Unter einer Bedingung«, warf ich noch nach.

»Hmmm?« Ben blickte auf.

»Heute werden keine Probleme mehr gewälzt, okay? Ich bin sowas von durch. Alles, was ich will, ist Pizza, ein Alsterwasser, die Glotze und meine Ruhe. Deal?« Ich streckte Ben die Hand entgegen und er schlug ein.

»Deal.«

Als ich am nächsten Morgen erwachte, fühlte ich mich wie von einem Achtzehntonner überrollt. Schlurfend ging ich die Treppen hinunter und blickte einem verstrubbelten Ben entgegen, der auf der Couch saß und einen Becher Kaffee in der Hand hielt.

»Alter, siehst du scheiße aus.« Ein freches Grinsen lag auf seinem Gesicht.

»Danke, dir auch einen guten Morgen, du Arsch, und schau mal in den Spiegel«, meinte ich ebenfalls grinsend.

Ich drückte den Knopf der Kaffeemaschine, ließ mir einen Kaffee raus und schmiss mich neben Ben auf die Couch.

»Und nun?« Er blickte mich fragend an.

»Und nun was?« Ich schüttelte den Kopf und nahm einen Schluck meines heißen Kaffees, in der Hoffnung, einen klaren Kopf zu bekommen.

»Was willst du jetzt tun?«

Wenn ich das wüsste. »Sag du's mir.«

»Hmmmm«, brummte er in seinen Kaffeebecher. »Ich denke, reden hilft fast immer, oder?«

»Und mit wem jetzt genau, Schlaumeier? Dad, Nicht-Dad, Ella? Wo soll ich deiner Meinung nach anfangen? Ich bin dezent überfordert, ehrlich gesagt. Und überhaupt, warum ich? Warum muss immer ich alles klären? Ich hab's schließlich auch nicht verbockt. Warum soll ich jetzt also derjenige sein, der alles wieder geradebiegt? Das nervt mich gerade voll, kannst du dir das vorstellen?«

Ich spürte diese fiese Wut in mir aufsteigen, allein nur, weil ich darüber redete. Das ganze Thema machte mich so mürbe. Dieser Berg an ungeklärten Dingen war zu groß. Er war zu viel. Zu schwer. Sodass ich innerlich resignierte und gar nicht erst anfangen wollte, ihn zu bezwingen. Weil ich absolut nicht wusste, wie.

Ben blickte mich mitfühlend an. »Das sind verdammt viele Fragen, großer Bruder, und vermutlich verstehe ich nicht mal im Ansatz, wie es dir gehen muss, wenn es sich für mich schon so scheiße anfühlt. Wie muss es erst in dir aussehen?« Er nippte an seinem Kaffee. »Eins weiß ich aber. Diese Ella. Sie passt zu dir. Ob du das jetzt hören willst oder nicht, aber ich hab dich noch nie so happy gesehen wie mit ihr. Lass nicht zu, dass dieses Chaos alles zerstört, ja?«

Unfähig, darauf zu antworten, nickte ich der Einfachheit halber nur. Weil Zustimmung manchmal leichter war, als zu diskutieren und kontra zu geben. Und das hatte ich die letzten Tage zur Genüge getan.

Gerade hatte ich Ben nach Hause gefahren, als ich auf den Stufen vor meinem Eingang einen Umschlag fand. Er war mit einem Stein beschwert, sodass er nicht wegfliegen konnte. Verwundert bückte ich mich und hob ihn auf. Drehte ihn, um zu sehen, ob sich irgendwo ein Absender befand, doch es war nichts zu sehen.

Ich blickte mich nach allen Seiten um. Kein Mensch weit und breit. Warum lag er auf den Stufen und nicht im Briefkasten?

Kopfschüttelnd schloss ich die Tür auf und ließ mich auf die Couch fallen. Gespannt öffnete ich den Umschlag und faltete erwartungsvoll das Papier auseinander.

Ich schluckte, als ich die Handschrift meiner Mutter erkannte. Gänsehaut kroch über meinen Körper. Meine Hände zitterten, als ich zu lesen begann.

Lieber Leander,
ich wusste, der Tag würde kommen, an dem du erfahren würdest, wer dein wahrer Vater ist. Wenn du diesen Brief liest, werde ich nicht mehr da sein und ich habe dir mein

Leben lang die Wahrheit verschwiegen. Ich ahne, dass du ziemlich wütend auf mich, auf Anders, der ja, wie du jetzt weißt, dein Vater ist, und auch auf Erik bist.
Vielleicht gibst du mir die Chance, dir zu erklären, warum ich nie mit dir darüber reden konnte. Vielleicht wirst du mich dann verstehen und mich weniger dafür verachten. Ich hoffe es so sehr.
Eines kann ich auf jeden Fall mit Sicherheit sagen: Anders trifft keine Schuld. Er hat in dieser ganzen Sache vermutlich am meisten gelitten, weil er dich nie bei sich haben konnte. Umso mehr hoffe ich, dass du ihm jetzt die Chance gibst, dein Vater zu sein.
Aber lass mich von vorne beginnen. Ich habe Anders kennengelernt, als ich ein Jahr mit Erik verheiratet war. Erik hat sich, kaum dass er mich geheiratet hatte, ziemlich rar gemacht. Es war, als hätte man einen Schalter bei ihm umgelegt. Auf einen Schlag war er fast zu einer anderen Person geworden. Einer mir fremden Person. Unnahbar und kalt. Nicht mehr die, die ich geheiratet hatte. Für ihn gab es außer der Karriere nicht viel und alle Versuche, ihm klarzumachen, dass ich mehr Zeit mit ihm verbringen wollte, sind an ihm abgeprallt. Gleichzeitig hatte er immer darauf gedrängt, möglichst schnell einen Erben in die Welt zu setzen, und als auch das nicht so funktioniert hat, wie er sich das vorgestellt hatte, hat er noch mehr gearbeitet und mir die Schuld dafür gegeben. An ihm konnte es ja nicht liegen, warum auch? Er war komplett davon überzeugt, im Recht zu sein, bei allem, was er tat.

Ich habe Anders getroffen, weil ich damals einen Schrank für unser Wohnzimmer anfertigen ließ. Ich hatte nach einem Schreiner gesucht und er kam vorbei, um sich ein Bild davon zu machen, das Ganze sollte schließlich zusammenpassen. Er hat zugehört und war aufmerksam. Wir haben uns gut verstanden und dann auch so getroffen. Ohne geschäftlichen Anlass. Ich habe mich so wohl mit ihm gefühlt und hatte das Gefühl, verstanden zu werden. Ja und dann war es passiert, wir hatten uns ineinander verliebt und als ich merkte, dass ich schwanger von Anders war, war die Panik groß. Ich musste es Erik sagen, denn der war ja nicht dumm und konnte eins und eins zusammenzählen.

Er hatte einen Privatdetektiv angeheuert. Zahlreiche Beweise für meine Treffen auf den Tisch gelegt. Fotos, auf denen ich mit ihm zu sehen war. Es zu leugnen, wäre zwecklos gewesen. Zudem hat er mir jeglichen Kontakt zu Anders verboten und gedroht, dich mir wegzunehmen. Mir war klar, dass das keine leere Drohung sein würde. Erik hatte Einfluss, genug Geld und hätte Möglichkeiten gefunden, mir das Sorgerecht zu entziehen. Er hätte mir aus meiner Angststörung einen Strick gedreht und behauptet, dass ich psychisch labil wäre und nicht fähig, dich großzuziehen. Dann hätte ich dich vermutlich nie wieder gesehen. Das hätte ich nicht überlebt.

Leander, du warst mein Baby und es hätte mir das Herz gebrochen. Also habe ich Anders erklärt, dass wir uns nicht mehr sehen dürfen, und versucht, mit dem Schmerz

klarzukommen. Immer wieder habe ich ihm heimlich Briefe geschickt, damit er wenigstens ein paar Fotos von dir hatte. Du sollst wissen, dass Anders keinerlei Schuld trifft. Er hat sich aus Liebe zu dir und mir zurückgehalten. Er ist einer der gütigsten Menschen, die ich kenne, und er verdient es, dass du ihm eine Chance gibst. Du kannst wütend auf mich sein und auf Erik, aber Anders ist der Letzte, der es verdient hat.

Ich habe ihm diesen Brief gegeben, damit er ihn dir eines Tages überreicht, wenn der Zeitpunkt gekommen ist. Anscheinend ist dieser jetzt da, sonst würdest du ihn nicht in den Händen halten.

Vergiss nie, dass ich dich liebe, und verzeih mir.

In Liebe

Deine Mom

Die Worte jagten mir mehrere Schauer über den Körper.

Ich ließ meinen Kopf gegen das Polster der Couch fallen. Tränen der Wut stiegen in meine Augen. Erik war ein noch größerer Arsch, als ich geglaubt hatte. Nicht zu glauben, dass ich mich jahrelang wegen ihm verbogen hatte. Mich angestrengt hatte, ihm zu gefallen. Eindruck bei ihm zu schinden. Ganz zu schweigen davon, was er uns allen damit angetan hatte. Er hatte Moms Herz genommen und rücksichtslos darauf herumgetrampelt. Und mir den Vater. Mich jahrelang schikaniert und angelogen.

Wütend sprang ich auf. Schlug vor Wut gegen die Wand meines Esszimmers und schrie meinen Frust hinaus. Mein Puls raste. Erik Winterfeldt war die personifizierte Ungerechtigkeit und Egoismus auf zwei Beinen. Auf einmal war da nichts mehr als Abscheu in mir auf den Typen, den ich all die Jahre verzweifelt beeindrucken wollte. Wie blind war ich gewesen?

Wie konnte er uns das antun? Mom das antun? Sie hatte alles für ihn aufgegeben und das nicht aus Liebe zu ihm, sondern aus purer Angst und Verzweiflung. Diese Wahrheit traf mich wie ein heftiger Schlag ins Gesicht. Aus Liebe zu mir und …

Anders' Gesicht tauchte in meinen Gedanken auf. Ich hatte ihm so verdammt unrecht getan. Wie sollte ich ihm jemals wieder unter die Augen treten? Ich schämte mich so und hoffte, das geradebiegen zu können.

Entschieden schob ich all meinen Stolz beiseite. Zog hastig meine Jacke an und lief eilig über die Wiesen in Richtung Werkstatt, bevor mich der Mut verließ.

Mein Herz klopfte wie verrückt. Vorsichtig öffnete ich die Tür der Werkstatt. Als ich Anders an der Werkbank stehen sah, war ich kurz versucht, sie leise wieder zu schließen und den Rückzug anzutreten. Zu groß war die Angst vor Ablehnung.

In diesem Moment blickte er auf. Sein unsicherer Blick wich einem vorsichtigen Lächeln, als er mich

ebenfalls schwach lächeln sah. Ich verdrängte den Feigling in mir und betrat die Werkstatt.

»Leander?« Anders' Stimme klang unsicher.

Leise zog ich die Tür hinter mir zu, schob einen Hocker unter der Werkbank hervor und setzte mich still. »Anders, ich ...«

Verdammt, ich musste mit diesem Gestammel aufhören.

Gespannt blickte er mich an.

»Lass es mich schnell aussprechen, bevor ich es nicht schaffe. Weil ... ich mich schäme. Und weil ich feige bin. Ich hab dir unrecht getan. Verdammt unrecht. Ich wusste nicht ... Ich war so wütend ... Ich ... ach, Scheiße, Anders. Es tut mir einfach so leid. Alles. Auch dass ich in deinem Zeug herumgestiert habe. Lass es mich erklären.«

Anders kam langsam auf mich zu. Streckte mir seine Hände entgegen. Zog mich vom Hocker hoch, direkt in seine offenen Arme.

Ich schluckte den riesigen Kloß in meinem Hals herunter. Atmete tief ein und spürte, wie mein Blick leicht verschwamm. Wie gut diese Umarmung sich anfühlte.

»Es ist gut, Leander. Es ist alles gut. Ich bin dir nicht böse. Nicht im Geringsten. Ich bin so froh, dass du gekommen bist und dass deine Mutter so klug war, diesen Brief zu schreiben. Ich habe ihn all die Jahre aufbewahrt, darauf gewartet und gehofft, dass der Zeitpunkt kommen würde und ich ihn dir geben kann.«

Anders drückte mich fester. Das war der Augenblick, an dem mein Herz um Tonnen leichter wurde. Der Moment, der sich für alle Zeiten in meine Erinnerung einbrannte. Der Zeitpunkt, an dem ich einen neuen Vater bekam. Einen, der mich genauso akzeptierte, wie ich war. Mit allem, was ich war. Meinen Stärken und Fehlern und den Dingen, die okay waren. Ich war bei Weitem nicht perfekt, aber bereit, mich zu verändern. Ich spürte, dass ich bei Anders nichts beweisen oder leisten musste. Er hatte so viel Liebe für mich, dass er bereit gewesen war, Jahre auf mich zu verzichten. Um im richtigen Moment aufzutauchen. Was für mich an ein Wunder grenzte.

»Danke Ande… Danke, einfach nur danke.«

Am nächsten Morgen saß ich bei Anders am Frühstückstisch und es fühlte es sich ein bisschen so an, als wäre ich immer noch lediglich ein Besucher. Einer, der nicht völlig fremd war, aber dass ich bei meinem Dad am Tisch saß, war eine Tatsache, die erst richtig in mein Herz fallen musste.

»Was denkst du?«

Anders riss mich aus meinen Gedanken und stellte mir eine Tasse dampfenden Kaffee vor die Nase. Ich sog den Duft ein und musste grinsen, als mir bewusst wurde, dass wir beide ihn schwarz tranken.

»Ich denke, dass ich noch nicht ganz klarkomme mit dem Gedanken, dass du mein Dad bist. Es fühlt sich noch so unwirklich an. Keine Ahnung, wie lang das dauert, bis ich es richtig glauben kann. Bis ich dich auch so nennen kann. Vermutlich dauert das noch seine Zeit. Ich hoffe, das ist okay? Eventuell musst du mich öfter mal kneifen.«

»Ach, du, das ist kein Problem. Aber wo wir es gerade vom Kneifen haben. Ich glaube, ich muss dich noch wegen ganz anderen Dingen in den Hintern treten. Das macht man doch so als Vater, oder?«

Er grinste und ein paar Lachfalten tanzten um seine Augen.

»Was meinst du?«

Er bedachte mich mit diesem ernsten Blick, den ich schon einmal bei ihm gesehen hatte. Damals, als ich Ella verletzt und er mich überredet hatte, ihr endlich den Brief zu bringen.

»Ella«, war alles, was er sagte, während er Schultern und Augenbrauen hochzog.

Ella.

Ich unterdrückte ein Seufzen. Mir war bewusst, dass ich unbedingt mit ihr reden musste und ihr ein Gespräch schuldete. Zu viel war die letzten Tage über mich hereingebrochen und ich hatte bisher nicht die Kraft gehabt, mich bei ihr zu melden. Ich war zu verletzt gewesen und verwirrt von all den Dingen, die auf mich eingeprasselt waren.

»Sie konnte nichts dafür, Leander. Das war allein meine Schuld. Ich hätte sie da nicht mit reinziehen dürfen. Sie stand einfach zum falschen Zeitpunkt bei mir in der Werkstatt und sie hat diese Gabe, einem das Gefühl zu geben, dass man ihr alles anvertrauen kann. Sie war diejenige, die mich gedrängt hat, mit dir darüber zu reden. Ich habe nicht genügend darüber nachgedacht, was ich damit auslöse und dass du diesen Brief findest, bevor ich mit dir reden konnte.«

Anders rieb sich das Gesicht mit den Händen und die Falten auf seiner Stirn verstärkten sich. Es war deutlich zu spüren, dass er sich Vorwürfe machte.

Ich nickte. Mehr brauchte ich nicht zu tun, damit seine Mundwinkel wieder leicht nach oben wanderten.

Vielleicht hatte es etwas mit Glück zu tun, dass Anders und ich uns nach all den Jahren gefunden hatten. Manche würden es Zufall nennen, Fügung, Schicksal, was auch immer. Ich hoffte und wollte glauben, dass es mehr als das war. Dass die Worte, die ich am Grab meiner Mom flüchtig wie ein Stoßgebet in den Himmel geschickt hatte, nicht ungehört geblieben waren. Und scheinbar waren sie das nicht. Denn ich hatte nicht nur meinen richtigen Dad gefunden. Der sich nicht nur so nannte, sondern es auch sein wollte, sondern auch Ella. Und das in Summe war mehr, als ich je zu hoffen gewagt hätte.

Anders hatte mir voller Glück erklärt, dass er ein neues Schild über der Werkstatttür anbringen lassen wollte. Stolz präsentierte er mir die Entwürfe des Grafikers, den er schon länger vor unserer Aussprache beauftragt hatte.

»Anders und Sohn«, zeigte der Schriftzug und ich sah die Freude in seinen Augen.

»Ich habe übrigens auch noch Neuigkeiten«, erklärte ich, als wir die Ideen am Monitor betrachteten.

Er wandte sein Gesicht zu mir. »Lass hören.«

»Also … Ich denke, ich werde eine Ausbildung zum Schreiner machen, vorausgesetzt, du kannst mich offiziell ausbilden und findest das gut?«

Er drehte sich auf seinem Stuhl um und blickte mich mit großen Augen an. »Du … du willst das echt machen?« Seine Stimme schlug vor Freude Purzelbäume.

»Sieht ganz so aus«, erklärte ich lächelnd. »Falls das geht. Ich weiß ja nicht, ob du den Meister hast oder eine Ausbildungsberechtigung.«

»Den Meister hab ich nicht. Die Ausbildungsberechtigung schon. Tatsächlich hatte ich schon mal einen, der bei mir lernen wollte, ob man es glaubt oder nicht.« Anders klatschte freudig in die Hände und drehte sich auf seinem Bürostuhl einmal lachend im Kreis. »Das sind Neuigkeiten, meine Güte, ich brauch einen

Schnaps.« Er kicherte und schüttelte den Kopf. »Ob ich das gut finde? Du bist ein Witzbold. Und wie ich das gut finde. Mehr als das.«

Er stand auf, zog mich in eine Umarmung und drückte mich so fest, dass mir die Luft wegblieb.

»Ich hab noch eine Idee, Dad.«

»O-okay? Ich weiß nicht, wie viel ich noch verkrafte heute. Du hast mich gerade Dad genannt. Verdammt. Jetzt werd ich auf meine alten Tage noch rührselig.«

Ich sah, wie er versuchte, die Tränen in seinen Augen wegzublinzeln, und ein warmes Gefühl füllte meinen Brustkorb. Eines, das sich nach zu Hause anfühlte.

Lächelnd legte ich ihm einen Arm auf seine Schulter.

»Jetzt bin ich gespannt, mein Junge. Lass mal hören.«

»Was hältst du davon, wenn wir noch ein Tiny House bauen? Wir beide? Zusammen? Zum Verkauf? Ich hätte da richtig Bock drauf, was meinst du? Vielleicht wird da ein richtiges Ding draus, wer weiß?«

»Klingt nach einem Plan. Nach einem richtig guten, wenn du mich fragst. Ich bin auf jeden Fall dabei.«

Er fing an zu lachen. Aus tiefstem Herzen. So fühlte sich Glück an. Und zu Hause sein. Endlich.

28

Ella

Ich versuchte, Amys Rat zu beherzigen, und hoffte darauf, dass sie mit ihrer Aussage, dass Leander Zeit brauchte, recht hatte. Ganz sicher war ich mir da trotzdem nicht. Den Spruch, dass die Zeit alle Wunden heilen würde, hielt ich für den größten Blödsinn überhaupt. Wie sollten Dinge von allein heil werden? Wer hatte sich das ausgedacht? Wie sollte das funktionieren?

Trotzdem hielt ich mich an diesem winzigen Strohhalm fest und war nicht bereit, die Hoffnung vollständig aufzugeben. Mehr als einmal war ich versucht, Leander eine Nachricht zu schicken. Hunderte Male öffnete ich unseren Chatverlauf, um zu schreiben. Formulierte Nachrichten, die ich in meinen Notizen abspeicherte, denn das Nichtstun machte mich wahnsinnig. Tausend Mal spielte ich in Gedanken alle Szenen unserer letzten Begegnung durch, obwohl ich wusste, dass ich dadurch den Schmerz immer wieder heraufbeschwor. Ich konnte nicht anders.

Können wir reden, Leander? Bitte? Mein Daumen schwebte über dem Senden-Button.

Was sollte das bringen? Er hatte mir unmissverständlich klargemacht, dass er mich nicht sehen wollte und ich aus seinem Leben verschwinden sollte.

Ich löschte die Nachricht wieder, warf mein Handy auf den Beifahrersitz und stieg aus dem Wagen. Wütend stapfte ich die wenigen Meter durch den Sand an die Stelle des Strands, an der Leander damals das Picknick für mich gemacht hatte. Der kalte Wind wehte mir ins Gesicht. Die Elbe war rau und die Strömung wirkte gefährlicher an diesem Tag. Nichts war mehr so verträumt wie an jenem Abend, als alles perfekt erschien. Die grauen Wolken, die am Himmel vorbeizogen, waren so dunkel wie die, die über meiner Seele hingen. Ich stand an der Stelle, an der wir übernachtet hatten und …

Ich versuchte, die Gedanken an diesen einen Abend weit wegzuschieben. Es gelang mir nicht. Trotzdem war ich hier, als würde ich ihm dadurch näher sein. Was sich auf skurrile Weise auch so anfühlte.

Ich suchte Steine im Sand, die ich übers Wasser hüpfen ließ. Brach seinen Rekord und dachte an ihn.

Resigniert seufzte ich. Er hatte mich weggeschoben und ich musste es akzeptieren, ihm die Zeit geben, die er brauchte, und hoffen, dass es reichen würde. Dass es für uns reichen würde. Leander und Ella. Falls es ein »uns« noch gab. Jemals wieder geben würde.

Und dann begann ich zu schreien. Ich schrie meinen ganzen angestauten Frust gegen die Strömung und die Windböen an. Ich befreite mich von aller Gefasstheit und dem Gedanken, dass mich jemand beobachten konnte. Es war mir egal. An die Stelle der Ella, die sich früher so oft verstecken wollte, war eine mutigere getreten. Eine, die ihre Gefühle nicht mehr verbergen wollte und konnte. Die weinte, wenn es wehtat und schrie, wenn sie wütend war. Und es fühlte sich verdammt gut an. Ich war wütend, traurig und aufgewühlt, aber ich fühlte. Verdrängte nicht, sondern stellte mich dem Schmerz. Auch wenn er wie Feuer in meiner Seele brannte. Doch zu verdrängen, tat unendlich mehr weh und war so viel anstrengender. Ich gestand mir ein, dass es verflucht nochmal wehtat und ich verdammt wütend war, und ließ es zu. Ich lebte. Und es fühlte sich richtig an.

Als ich zu Hause angekommen war, meine Gedanken vom Wind hatte durchwirbeln lassen und wieder klarer sah, wusste ich, dass jetzt nur eines helfen würde. Zumindest ein wenig. Heiße Schokolade, eine Wärmflasche und eine tröstende Kuscheldecke. Mein persönliches Anti-Frust-Programm.

Gerade als ich es mir auf der Couch gemütlich gemacht hatte, klingelte es an der Tür.

»Nee, oder?«, stöhnte ich, schälte mich aus der Decke, unterbrach meine Serie und trottete genervt zur Sprechanlage.

Amys Stimme erklang und ich drückte den Türöffner, öffnete meine Wohnungstür einen Spalt breit und schlurfte in Richtung Couch zurück. Als ich kurz danach Schritte hörte, rief ich: »Komm rein, Amy, und hau dich neben mich aufs Sofa. Aber du musst leise sein, denn ich schaue gerade Serie und es ist entscheidend, ob Matt und Ellie sich kriegen ...«

»Ähmmmm ... Ella?«

Irritiert von Amys Zögern schaute ich auf und blickte sie an.

»Ich habe da jemanden vor der Haustür getroffen und mitgebracht.«

Ich rutschte auf dem Sofa herum und fasste mir kurz ins verstrubbelte Haar, als wäre da noch etwas zu retten.

»Hi, Ella.« Die leise vertraute Stimme jagte mir warme Schauer über den Rücken und mein verräterisches Herz schlug augenblicklich schneller.

Leander trat langsam hinter dem Türrahmen hervor und fuhr sich nervös durch die Haare. Er hielt einen Briefumschlag in der Hand.

Kurz war ich sprachlos und versuchte, meine Gedanken zu ordnen. Nervös setzte ich mich auf meine Hände.

»Ich lass euch dann mal allein.« Amy drückte Leander eine Tüte mit Franzbrötchen in die Hand. Ich konnte den Zimt bis zur Couch riechen.

Die Wohnungstür fiel ins Schloss, dann war ich mit ihm allein und er stand etwas verloren im Raum.

»Magst du dich nicht lieber setzen?«, versuchte ich ihm entgegenzukommen und den Stolz, der in meinem Inneren eine Reihe von Gründen lostrat, warum ich nicht mit ihm reden sollte, herunterzuschlucken.

»Darf ich?« Er wirkte unsicher, verletzlich irgendwie.

Ich klopfte auf den freien Platz neben mir und blickte ihn auffordernd an. Wappnete mich innerlich für das, was er mir zu sagen hatte.

Langsam kam er näher, setzte sich, die Tüte an seinen Bauch gedrückt, als würde sie ihm Halt geben, und ich spürte diesen Stich in meinem Herzen, als ich seinen Duft einatmete und die Unsicherheit in seinen Augen sah. Sein tiefes Seufzen sorgte in meiner Seele für Aufruhr.

»Es tut mir leid«, wisperte er und fuhr sich verlegen durchs Haar. Als ich in seine Augen blickte, hatte ich verloren und all die Argumente, warum ich Wut auf ihn verspüren sollte, verpufften in jener Sekunde, in denen sein trauriger Blick in meinen fiel und sein warmer Atem meine Lippen streifte.

»Mir tut es auch leid, Leander«, sagte ich leise.

Eine ganze Weile schwiegen wir beide. Wir starrten auf den Fernseher, der im Standbild vor sich hin leuchtete. Weil ich nicht wusste, was ich sagen sollte und er scheinbar auch nicht. Jedes Wort, das mir im Kopf herumgeisterte, fühlte sich falsch an, bis seine Stimme, die leise und traurig klang, die Stille durchbrach.

»Die letzten Tage waren der Horror für mich, Ella. Meine ganze Welt ist innerhalb kürzester Zeit zusammengestürzt. Und das, als ich gerade das Gefühl hatte, mein Chaos einigermaßen im Griff zu haben. Das Ding ist, dass die Tatsache, dass alle Bescheid wussten, nur ich nicht, mir komplett den Boden unter den Füßen weggezogen hat. Verstehst du? Es war zu viel auf einmal. Zu viele Lügen und ich wusste nicht mehr, wem ich noch vertrauen kann. Ich habe mich so betrogen gefühlt. Verstehst du das?«

Ich nickte.

Er ließ sich tiefer in die Kissen sinken, die Stirn in Falten gelegt. Er tat mir leid, weil ich spürte, wie zerrissen er war. »Inzwischen hatte ich Zeit zum Nachdenken. Mir ist klar, dass dich keine Schuld trifft. Das konnte ich in diesem Moment aber absolut nicht sehen. Da war ich einfach nur enttäuscht von der ganzen Welt, und dass du nicht mit mir darüber geredet hattest, fühlte sich an wie Verrat.«

Ich nickte, verstand ihn so gut.

Er stützte seine Arme auf den Knien ab und senkte

seinen Kopf. Vorsichtig legte ich meine Hand auf seinen Rücken, als er aufblickte. Mich anblickte. Seine dunklen Augen sahen in meine, suchten nach Antworten auf Fragen, die er nicht zu stellen wagte, und zaghaft lächelte ich ihn an. Seine Mundwinkel wanderten ebenfalls langsam nach oben. Die Erleichterung darüber, dass er zu mir gekommen war, ließ meine verletzte Seele aufatmen.

»Ich bin so froh, dass du da bist«, murmelte ich. Ich war froh, trotz oder gerade wegen all der unausgesprochenen Fragen zwischen uns, die wir noch zu klären hatten.

Er öffnete den Mund, als würde er etwas sagen wollen, sagte aber dann doch nichts.

»Was?«

Nervös rutschte er auf der Couch herum. »Ich habe das Gefühl, meine Seele ist eine Baustelle. So viel Chaos die letzten Wochen, so viele Fragen, Lügen und dunkle Punkte. So viel, was ich verdauen muss.«

»Das kann ich sehr gut verstehen, Leander.« Ich blickte ihm tief in die Augen. Sie wirkten so müde und ich konnte es so gut nachvollziehen.

»Und ich will für dich das sein. Immer.«

»Vielleicht wäre es besser gewesen, ich hätte ein ›Betreten der Baustelle verboten‹-Schild um meinen Hals gehängt. Dann hätte ich dir nicht so wehgetan, weil du Abstand gehalten hättest, und du hättest nicht meinen ganzen Frust abbekommen.«

Sein schwaches Lächeln ließ mich grinsen.

»Und du denkst, das hätte was geholfen?«

»Vermutlich nicht wirklich. Ich war einfach überfordert. Und suche immer noch nach Antworten, schäme mich, dass ich es nicht besser hinbekommen habe. Dir gegenüber.«

Eine Weile sagten wir beide nichts.

»Anders hat mir noch einen Brief gegeben«, durchbrach Leander die Stille, ohne seinen Blick von mir abzuwenden.

»Oh? Ok? Und woher ...?«

»Von meiner Mom.« Er streckte ihn mir entgegen, ich verstand, dass er wollte, dass ich ihn las. Also nahm ich ihn aus seiner Hand, für einen Sekundenbruchteil berührten sich unsere Fingerspitzen, was dieses vertraute Kribbeln in mir auslöste. Vorsichtig faltete ich mit zitternden Händen das leicht vergilbte Papier auseinander.

Ich versuchte zu verstehen, was gerade geschah und zu erfassen, was ich las. Immer wieder blickte ich auf und in sein Gesicht. Das so wunderschön war. Von dem ich nicht genug bekommen konnte.

Leanders Blick ruhte auf mir. Dieser Kerl schaffte es nach wie vor, mich unfassbar nervös zu machen. Es fiel mir schwer, mich auf all die Worte zu konzentrieren, die vor mir auf dem Papier tanzten. So viele Sätze zwischen den Zeilen, die ich verstehen wollte.

Als ich fertig war, schüttelte ich den Kopf. Ich konnte nicht glauben, was ich gelesen hatte und wie ein Mensch wie Erik Winterfeldt solch einen Egoismus an den Tag legen konnte. Und dabei noch annahm, im Recht zu sein.

Leanders Schmerz, der jahrelang unter diesem Vater, der nie ein Vater gewesen war, gelitten hatte, war in diesem Moment fast greifbar für mich. Ich konnte mir nur bruchstückhaft ausmalen, was das für ihn bedeutet haben musste. Er hatte mir nicht viel darüber erzählt, aber seine Andeutungen, die er hin und wieder machte, und dieser Brief reichten aus, um mir vorzustellen, was für ein Mensch Erik Winterfeldt sein musste. Und jetzt herauszufinden, dass die wichtigsten Menschen in seinem Leben ihn angelogen hatten, auch aus Verzweiflung und Angst, damit musste er erst mal klarkommen.

Ich konnte seinen ganzen Frust und seine Wut fühlen. Und verstehen, was viel wichtiger war. Ich verstand, dass er anfangs auch von mir enttäuscht gewesen sein musste. Für ihn hatte es sich nicht anders anfühlen können, als hätte ich ihn ebenfalls verraten. Dabei war das das Letzte, was ich hatte tun wollen. Er bedeutete mir zu viel. Mehr als ich mir selber eingestehen wollte. Er bedeutete mir die Welt. Und darüber hinaus.

Seufzend gab ich ihm den Brief zurück.

Sein Blick lag immer noch auf mir. Seine Augen traurig und fragend zugleich. Vorsichtig nahm er meine

Hand. Öffnete sie und legte sachte einen kühlen Gegenstand in meine Handinnenfläche, um sie dann wieder zu schließen. Sachte küsste er die Stelle unter meinem Puls.

»Ich hoffe, du willst es noch behalten?« In seinen Augen lag so viel Unsicherheit. »Und kannst mir hoffentlich … verzeihen?«

Die Worte kamen so leise, als hätte er Angst, sie auszusprechen. Als fürchtete er die Antwort, die er doch so dringend hören musste.

Ich legte meine Hände mitsamt Holzherz in seine. Er hielt sie fest und malte mit dem Daumen Kreise auf meinem Handrücken.

»Ja«, sagte ich. »Ja und ja.«

Sein unsicherer Blick wich einem erleichternden Lächeln.

»Ja«, wiederholte er, als müsse er das Wort noch mal hören.

»Ja. Ja. Ja«, sagte ich wieder und wieder und malte mit meiner Stimme tausend Jas in die Atmosphäre.

Er lächelte und zog mich in seine Arme. Er küsste meine Stirn und ich wollte, dass er mich nie wieder losließ. Seine Stirn an meiner, so saßen wir da, verwoben in unserem Universum, in dem es für diesen Moment weder Raum noch Zeit gab. Nur ihn und mich, ganz viel zu reden und ganz viel: »Ja!«

»Ich hätte dich nicht wegstoßen dürfen.« Er seufzte. »Nicht dich. Du bist der Mensch, der es am allerwenigsten verdient hat. Der mir am meisten auf dieser Welt bedeutet. Aber so oft verletzen wir gerade die Menschen, die wir lieben, am allermeisten. Weil wir bei ihnen wir selbst sein können. Uns fallen lassen können. Das wollte ich dir noch sagen.«

Wow. Hatte er gerade gesagt, dass er mich liebt?

Unwillkürlich wanderten meine Mundwinkel nach oben.

»Du lächelst?«

»Du hast gerade gesagt, dass du mich liebst. Ohne Wenn und Aber und vielleicht und glaube ich«, erklärte ich.

Er hielt die Luft an. »Das tue ich. Mehr als ich dachte, dass ich würde. Dass ich je könnte. Ich liebe dich, Ella. Ohne glaub ich und dieses ganze vielleicht. Ich weiß es.«

»Du weißt es«, sprach ich die Worte nach. Mehr musste ich nicht hören. Es war genug. Mehr als genug, um ihn zu küssen. Für immer. Und das tat ich, mit allem, was ich fühlte. All das legte ich in diesen Kuss. Gab mich diesem wundervollen Gefühl hin, das nur er in mir auslösen konnte. Er und seine Küsse. Die nach Unendlichkeit schmeckten und mein Herz heil werden ließen. Ich schwor mir in diesem Augenblick, ich würde ihn nie wieder gehen lassen.

»Weißt du was?«, murmelte ich zwischen seinen Lippen. »Ich liebe dich auch! Und weißt du noch was? Es gibt Dinge, die kommen direkt aus dem Himmel. Die sind nicht von dieser Welt.«

»Und welche sind das?«, flüsterte er und grinste.

»Schoko-Lava-Kuchen, Franzbrötchen und ... deine Küsse.«

»Du bist auch nicht von dieser Welt, Ella.«

Nach diesen ganzen Küssen, für die ich keine Worte hatte, weil sie zu schön waren, um wahr zu sein, hörte ich ihm zu, ließ ihn erzählen und seinem Schmerz einen Namen geben. All die Lügen, die Gängelungen, das nicht so sein dürfen, wie er hätte sein wollen. Das Verbiegen und Funktionieren, um jetzt festzustellen, dass es zu viel gewesen war. Für einen Nicht-Vater. All die verschwendeten Jahre ohne seinen richtigen Vater. Ich hörte ihm zu und spürte, wie ein Stück der Schwere von seinen Schultern wich.

Ich erzählte ihm von meinem Mutausbruch mit Romy im Café, worauf er in schallendes Lachen ausbrach. Bis er mich in seine Arme riss, mich ansteckte und wir nicht mehr aufhören konnten. Er und ich. Ein Lachbündel ohne Anfang und Ende. Ich war mir sicher, wir würden nie, nie wieder damit aufhören.

29

Leander

Ich hielt Ellas Hand fest, als wir den Krankenhausflur entlang gingen. Sie war mein Anker und ihre Anwesenheit sorgte dafür, dass ich vor diesem Gespräch nicht durchdrehte. Auch wenn alles in mir nach Weglaufen schrie, wusste ich doch, dass ich mich der Sache stellen musste.

Erik Winterfeldt war inzwischen auf eine normale Station verlegt worden und ich hatte Ella gebeten, mich zu begleiten. Mit leicht zitternden Händen öffnete ich die Tür zum Zimmer, in welchem mein Nicht-Vater lag.

Erik blickte auf. Er sah müde aus. So als wäre er in einen Sturm geraten. Wirre Haare und dunkle Schatten unter den Augen zeichneten sein Gesicht. Der Duft von Desinfektionsmittel erfüllte den Raum. Ich unterdrückte das Bedürfnis, ein Fenster zu öffnen, um den

Krankenhausmief zu verscheuchen, diesen Duft, der bei mir für Schweißausbrüche und traurige Erinnerungen sorgte.

»Leander?« Seine Stimme klang brüchig und er blickte mich an.

Wir standen am Fußende des Bettes. Ella hinter mir, ihre Hand hielt meine fest.

Erik wirkte gebrochen. Alle Stärke und vermeintliche Unfehlbarkeit schienen aus ihm gewichen zu sein. Ein leiser Anflug von Mitleid überkam mich. Ich war dazu übergegangen, ihn in meinen Gedanken mit seinem Vornamen zu nennen. Alles andere fühlte sich noch eine Stufe mehr falsch an, als dass das Wort Dad je auf ihn gepasst hatte. Falscher als falsch. So wie sich alles in seiner Gegenwart anfühlte.

»Warum hast du das getan?« Die Worte kamen leiser aus meinem Mund als geplant. »Warum, verdammt? All die Lügen, all die Jahre? Schämst du dich denn gar nicht? Wie konntest du Mom das antun? Und wie konntest du mir und Ben das antun? Wie konntest du dich überhaupt noch im Spiegel anschauen?«

All die Worte, die aus meinem Herzen stolperten und ihm direkt vor die Füße fielen. All das jahrelang angestaute Zeug. All die Fragen, die ihren Weg nach außen suchten, standen plötzlich mitten in diesem Krankenhauszimmer wie ungebetene Gäste und belagerten den Raum. Endlich konnte ich sie stellen. Ihn und mich damit konfrontieren. Endlich gab es dafür den Raum und die Möglichkeit. Es war, als würde ein giftiger Stachel aus meiner Seele gezogen. Endlich konnte er nicht mehr weglaufen.

Ich wartete auf eine Reaktion. Eine Erklärung. Etwas, was mir half, zu verstehen.

»Ich … ich habe keine Erklärung.« Er räusperte sich. Es war deutlich spürbar, wie sehr ihn das alles anstrengte.

»Ich hatte Angst, auch wenn du mir das nicht glauben magst. Angst davor, deine Mutter zu verlieren. Dich zu verlieren. Ich habe nicht verstanden, dass ich damit genau das Gegenteil erreiche. Das, wovor ich mich insgeheim gefürchtet habe. Liebe kann man nicht erzwingen. Das habe ich kapiert. Jetzt, wo es zu spät ist. Ich erwarte nicht, dass du mich verstehst. Aber vielleicht kannst du darüber nachdenken? Ich wollte dich nicht verlieren. Wollte, dass du ein besseres Leben hast, als ich es hatte. Dass du finanziell unabhängig bist und du und Ben die Firma eines Tages erbt, und habe einen hohen Preis dafür bezahlt.«

»*Du* hast einen hohen Preis bezahlt? Hast du dir überlegt, was du Ben und mir dadurch angetan hast? Du warst verdammt nochmal nie ein Vater. Klar, du warst ja auch nie mein richtiger Vater, aber Bens eben schon. Du hast uns im Stich gelassen, ist dir das klar?«

Ich wartete darauf, dass er mir widersprach. Eine Erklärung dafür hatte, so wie es immer gewesen war.

Als ich das leise »Ja« wahrnahm, blickte ich irritiert in sein Gesicht. Hatte mir dieser Mann gerade das erste Mal in seinem Leben zugestimmt? Hatte ich das richtig verstanden?

»Und es tut mir verdammt nochmal leid.«

Ich fühlte, wie meine Knie weich wurden, wie Ella ihre Hand tröstend auf meinen Rücken legte, um mir zu zeigen, dass ich nicht allein hier stand.

Meine Augen füllten sich mit Tränen. Diese Worte waren alles, was ich hören musste. Sie waren mehr, als ich mir je erhofft hatte, und sie bedeuteten alles für mich.

»Danke«, flüsterte ich leise und meine Stimme brach ab. Mehr konnte ich nicht sagen. Ich war nicht in der Lage dazu und bevor ich die Fassung verlor, verließ ich mit Ella das Zimmer. Draußen fiel ich in ihre Arme und sie hielt mich fest.

Ich wusste, es würde Zeit brauchen, um all das zu verarbeiten. Zu viele Dinge waren die letzten Tage auf mich eingestürzt. Zeit, die ich mir geben wollte. Das war ich mir selbst verdammt nochmal schuldig. Vielleicht würde ich Erik eines Tages vergeben können. Dieses eine Gespräch würde dafür nicht ausreichen.

Eines Tages würde ich ihm vergeben, schon allein um meiner selbst willen. Weil ich wusste, dass ich nur dadurch heilen konnte. Und weil ich wusste, dass vergeben loslassen bedeutete, nicht vergessen.

Aber noch tat es zu sehr weh. Noch war da zu viel Wut, die ich nicht wieder ausblenden wollte. Damit das heilen konnte, musste ich diese Wut und den Schmerz zulassen und aushalten, dass es wehtat. Und mit Ella an meiner Seite würde ich alles schaffen. Sie war meine sichere Konstante in diesem ganzen Chaos. Ella, die immer zu mir gehalten hatte, auch wenn ich es ihr nicht leicht gemacht hatte.

Epilog

Ella

Er hatte mir diesen Umschlag an Weihnachten in die Hand gedrückt. Mein erstes Weihnachtsgeschenk von ihm und ich war fast ausgeflippt vor Freude. Jetzt saßen wir in diesem fahrbaren Tiny House, wie er es scherzhaft nannte. Man konnte es auch Wohnmobil nennen und der Wetterbericht hatte eine klare Nacht vorausgesagt. Die beste Voraussetzung für das, was wir vorhatten.

Im Moment hingen einige Wolken den Nachthimmel zu, der Himmel war noch nicht klar genug, aber wir hatten die Hoffnung, dass es aufklaren würde. Immerhin waren Minusgrade gemeldet und das war gut. Der Mond blickte immer wieder scheu durch die schwarzgraue Wolkendecke des Himmels. Aufgeregt wie ein kleines Kind klebte ich am Fenster, um keine Sekunde dessen zu verpassen, was sich draußen am Himmel tat.

Wir standen mit dem Wohnmobil irgendwo bei Alta am Fjord in der Pampa und ich hatte diese eine Mission und die galt es zu erfüllen.

Leander saß dicht neben mir, sichtlich amüsiert über meine kindliche Vorfreude. Mit diesem Geschenk hatte er einen Jackpot bei mir gelandet. Es war besser als jeder Lottogewinn und das schönste Geschenk, das ich je bekommen hatte.

»Es klart auf«, stellte ich glücklich fest und fing an, nervös auf der Bank neben dem Fenster herumzurutschen. »Schnell, lass mich aufstehen, wir müssen raus.«

Leander lachte und stand auf. Er war dabei, in seine dicke Jacke zu schlüpfen. Draußen war es kalt, die Temperaturen bewegten sich zielstrebig in den Bereich unter null.

Wir stiegen aus dem Wohnmobil, das Leander für uns gemietet hatte und mit welchem wir den ganzen Weg bis Norwegen zurückgelegt hatten. Mal abgesehen von der Fähre. Mein Atem dampfte vor meinem Gesicht, als ich in die Kälte hinaustrat. Einzelne Sterne blitzten inzwischen durch und der Mond war jetzt vollkommen sichtbar, alle Wolken hatten sich verzogen. Leander stand hinter mir und legte seine Arme um mich. Ich spürte seinen warmen Atem auf meinen Wangen, so nah waren sich unsere Gesichter.

Ich hielt den Atem an, saugte diesen kostbaren Moment in mich auf, den ich nie vergessen wollte. Und plötzlich, wie aus dem Nichts, war es da. Der Himmel begann ganz sanft zu leuchten und das grüne Licht variierte in seiner Helligkeit in den verschiedensten Nuancen. Es wurde schwächer, um dann wieder zuzunehmen, und vollführte eine Art Tanz über den gesamten Horizont. Es war pure Magie. So als würde Gott da oben sitzen und einen Dimmer regulieren. Doch es war mehr als das und mir war klar, dass er dafür nichtsdergleichen brauchte. Der Himmel, das grüne Licht, alles war unendlich besonders und grün auf die unerklärlichste Art und Weise.

»Der Kuss des Himmels«, flüstere ich ehrfürchtig. Es war atemberaubend und mehr, als ich zu träumen gewagt hatte. Mehr als Worte sagen konnten. Es war nicht von dieser Welt.

Ich schickte ein stummes »Danke«, nach oben in den Himmel.

»Hoffnungsleuchten«, hörte ich mich leise sagen. Drehte mich um und blickte in Leanders glückliche Augen. Dieser Augenblick war zu schön, um wahr zu sein.

»Sagte ich doch, Hoffnung ist grün.« Er flüsterte die Worte in mein Haar, küsste sanft meine Stirn und zog mich in eine Umarmung, während um uns in all dem Licht die Zeit stillstand. Und ich wusste, dass er recht hatte.

Danksagung

Dass ich diese Zeilen tippen darf, fühlt sich gleichermaßen unglaublich und unfassbar schön an und ich kann manchmal immer noch nicht glauben, dass mein Traum, vom eigenen Buch tatsächlich Realität geworden ist. Als ich die Reise antrat und mit dem Schreiben begann, wollte ich das erstmal nur für mich machen und nun erscheint fast genau zwei Jahre danach mein erstes Buch, meine Worte in ein Buch gebunden, mit schönstem Cover versehen und ich könnte jetzt Seiten verschwenden, um zu schwärmen, aber zuerst möchte ich mich bei dir bedanken. Dafür, dass du dir mein Buch gekauft und gelesen hast. Würde es dich nicht geben, wären meine Worte zwar trotzdem zwischen diesen zwei Buchdeckeln, aber noch tausendmal schöner ist es, dass du sie gelesen hast und mit mir auf diese Reise gegangen bist. Mit Ella und Leander gelitten, geliebt und geträumt hast.

Danke an Jay Lahinch und dem Bookapi-Verlag, dass ihr Potenzial in meiner Geschichte gesehen habt, euch mit mir zusammen in Ella und Leander verliebt habt und mir die Chance gegeben habt, meinen Traum wahrzumachen.

Ich danke Nina Hirschlehner für alle Liebe und Arbeit, die sie mit mir in dieses Buch gesteckt hat. Angefangen bei dem traumschönen Cover. Und was wären wir Autor*innen, ohne unsere Lektor*innen? Genau. Nur halb so gut. Du hast mein Buch von außen und innen schöner gemacht.

Ein riesengroßes Dankeschön geht an dich Torsten. Danke, dass du noch vor dem ersten Buchstaben den ich getippt habe, an mich geglaubt hast. Du hast immer an meinen Traum vom eigenen Buch geglaubt, hast mich ermutigt, nicht aufzugeben, hast mich aufgefangen, wenn ich an mir gezweifelt habe. Danke dafür! Ich liebe Dich!

Danke auch dir Joel für allen Support bei Computerfragen. Ohne dich hätte ich wohl bis heute keine Ahnung, wie man so ein Exposé richtig formatiert und verschickt. Du hast eine unfassbare Geduld mit mir und ich bin so stolz auf dich. Und danke an meine liebste Lini, dafür, dass du mir regelmäßig den passenden Jugendslang um die Ohren haust, mich damit zu Zitaten inspirierst, meine Texte liest und ich mit dir zu jeder Zeit über Bücher schwärmen kann.

Danke an meine Testleserinnen Sylvie, Andra und Chrissy, für euer ehrliches und konstruktives Feedback. Danke, dass ihr euch die Zeit genommen habt, als mein Manuskript alles andere als fertig war und mir dadurch geholfen habt, weiter daran zu arbeiten. Danke liebe Carolin, für dein hilfreiches Sensitivity Reading. Deine Vorschläge haben mir viel abverlangt, aber ich bin dir gleichzeitig so dankbar dafür.

Und ich danke dir liebe Elja, für dein Können, das du mit mir ins Exposè gesteckt hast. Ich habe so viel von dir gelernt. Danke auch für deine Bücher. Du bist mir ein solches Vorbild und deine Geschichten haben mich träumen lassen und mich noch mehr angespornt, alles in meine hineinzulegen. Danke! Du bist wirklich eine Inspiration. Wenn die Autorin in mir groß ist, möchte ich so schreiben können, wie du.

Danke. Danke, danke, danke.

Playlist Hoffnungsleuchten

IN MY REMAINS — Linkin Park
One More Light — Linkin Park
everthing i wanted— Billie Elish
when the party's over — Billie Elish
i love you — Billie Elish
Falling — Harry Styles
lovely (with Khalid) — Billie Elish, Khalid
Hurricane — Tommee Profitt, Fleurie
Dirty Laundry — All Time Low
The Sun Will Rise — Rhys Lewis
Break my heart - Piano Accoustic – JC Stewart
Drivers license — Olivia Rodrigo
I Need You To Hate Me — JC Stewart
lose you again — Tom Odell
Can't Pretend — Tom Odell
Nebensaison — Bosse
Dreamland — Fox Stevenson
Grow old with me — Molly Hocking

Über die Autorin

Gabriella Sander ist 1977 geboren und lebt mit ihrem Mann und ihren erwachsenen Kindern in der Nähe von Schwäbisch Hall. Wenn sie nicht gerade schreibt, liest sie, joggt oder streift mit ihrer Hündin Luna über die Wiesen und überlegt sich dabei neue Geschichten. Sie liebt Kaffee, gute Gespräche und Musik. Auf Instagram postet sie Einblicke aus ihrem Schreiballtag.

@_gabriella.sander_